관심종자

아직도 눈치를 보며
가면 뒤로 숨는
당신을 위한 용기의 기술

관심
종자

To be concerned by others,
Find your own ways

양수영 지음

도서
출판 **더 로드**
The Road Books

Q: 너, 관종이냐?

A: 너, 무슨 말을 그렇게 심하게 하니? 관종이라니. 나 보통 사람이야.

'관심종자'의 줄임말로 '관종'이라는 신조어가 있습니다. '관심을 무차별적으로 좇는 자'를 일컫죠. 이 관종이라는 말, 참 듣기 싫습니다. 누군가로부터 관종이라는 말을 들었다면 아니라고 말하거나 싸우거나 둘 중 하나죠. 아마 하루 종일 그 단어를 지우고 싶을 겁니다. 이 신조어는 관심을 받고자 하는 행동으로 눈살을 찌푸리게 만드는 사람들로부터 탄생됐습니다. 부정적 인식에서 나온 부정어로 사용되죠. 관종하면 어떤 느낌이 드는지 물어봤더니 다음과 같이 이야기하더군요.

허세, 중2병, 기피 대상, 이상한 사람, 미친 사람, 오버액션, 낮은 자존감, 과한 행동, 철없음, 더러움, 안타깝다, 나댄다 등등

다양한 대답이 나왔는데 어느 것 하나 좋아 보이는 단어가 없습니다. 누군가에게 '관심을 바라는 사람'으로 인식된다면 마음이 좋을 수 없겠네요. 그럼 질문 드리겠습니다.

혹시 사람들에게 관심받기 싫으신가요?
학교에 가도 아무도 쳐다보지 않길 원하시나요?
회사에서 좋은 성과를 내도 아무에게도 축하받고 싶지 않으신가요?
피곤한 몸을 이끌고 퇴근해도 고생했다는 한마디 듣기 싫으신가요?
친구들 또는 지인들로부터 떨어져 혼자만 자급자족하며 생활하고 싶으신가요?
내 생일에 누구에게도 축하받고 싶지 않으신가요?
휴대폰이 시계의 기능만 하면 좋겠나요? 이미 그런가요?

아니라는 겁니다. 우리는 누구나 관심을 원합니다. 모두의 꿈인 행복한 삶을 위해서는 필요충분조건으로 관심을 받아야 한다는 것이지요. 우리 모두는 관심을 바라는 사람, 즉 '관종'입니다. 그런데 몇몇 문제가 있는 이들로 인해 관심이라는 말에 부정적인 느낌이 강해졌고, 관종이라는 욕 아닌 욕까지 생겼습니다.

저는 심리학으로 학사를 졸업했지만 이전에 예술대학교 방송연예과에서 전문학사로 졸업했습니다. 방송연예과 특성상 끼 많은 학생들이 많았고, 그들 대부분은 방송 활동을 하고 싶어하죠. 하지만 하고 싶다고 방송 활동을 할 수 있지 않죠. 믿지 못하시겠지만 저는 광고모델 활동을 하며 TV에 나오곤 합니다. 어느덧 40편 가까이 찍은 것 같네요. 이런 저를 보고 후배들이 상담 요청을 많이 한답니다. 제 자랑을 하려는 게 맞긴 한데, 이다음 이야기가 중요합니다.

후배들 이야기를 들어 보면 다들 그렇게 열심히 살 수가 없습니다. 인정받고 자신을 성장시키기 위해 다양한 도전을 하더군요. 가령 SNS에 자신이 직접 찍은 재미있는 영상을 올리기도 하고, 재미있는 글을 게시하기도 합니다. 그런데 사람들의 피드백이 어떠냐면, 관종이냐며 너무 튀려 한다고 핀잔을 주더랍니다. 그 말을 들으면 새로운 것들을 시도할 마음이 사라진다고 하더군요. 쉽게 말해 새로운 것에 대한 신선함이 관종이라는 말로 저지당한다는 것입니다. 이 친구들은 자신을 사람들에게 사용될 '상품'으로 생각하기 때문에 관심이 더 필요합니다. 그럼에도 관심종자에 대한 부정적 인식으로 인해 관심받기를 기피하고 두려워하는 모습에서 문제가 있음을 자주 느꼈죠.

저는 이 책을 통해 '관심'에 대한 잘못된 인식이 바로잡히길 바랍니다. 단순히 방송 활동을 원하는 사람뿐만이 아닙니다. 자신의 진정한 내적 발견을 위해 '새로움'을 시도하는 모든 이들은 욕이 아닌 박수를 받아야 하죠. 우리는 관심이 필요합니다. 인생의 커다란 행복을 가져다줄 '관심'이 잘못된 인식으로 인해 부정적으로 와 닿는다면 누가 관심을 취하려 할까요. 피하려 들다 보면 행복은 멀어지고 삶이 더욱 각박해질 것으로 보입니다. 차라리 우리가 관심종자로 커밍아웃 하여 세상에 떳떳하게 인정받는 주인공이 되기를 희망합니다.

이 책은 1장부터 5장까지 구성되어 있습니다. 1장은 관심종자의 재해석과 우리가 관심종자일 수밖에 없는 본질적인 이야기를 다룹니다. 2장에서는 사회에서 느껴지는 관종에 대한 불편한 감정들의 시작과 끝을 이야기합니다. 이를 통해 관종의 적정선을 찾아 관심에 대한 부정적 인식을 넘어서는 대안을 제시합니다. 이를 바탕으로 3장은 관심종자로 살아야 우리가 행복해질 수 있다고 전합니다. 부정적 인식을 넘어 긍정적 인식으로의 회귀를 담았습니다. 그렇다면 역사에서 나타난 관심종자의 모습은 어땠을까를 4장에서 짚었습니다. 동양과 서양을 넘나들며 과거, 현재, 미래의 관종의 모습을 발견하고자 했습니다. 5장 '관심종자, 이렇게 시작하라'에서는 우리 자신의 모습을 인정하는 것과 그것을 지속시키는 방법을 함께 이야기합니다.

이 책을 통해 우리가 다음과 같이 말하게 되기를 희망합니다.

Q: 너, 관종이냐?
A: 빙고.

그럼 모두가 관종으로 광명 찾기를 희망하며 페이지를 넘겨 보겠습니다.

차 례

PART 1

관심종자란
무엇인가

관심종자를 뜻하는 관종이라는 단어를 처음 들었던 때는 2013년 즈음이었습니다. 한 방송 BJ가 간장을 몸에 붓는 영상이 퍼지면서 누리꾼들의 관심을 모았죠. 그리고 그를 관종이라 부르더군요. 일반적으로 몸에 간장을 붓는 것을 보고 좋아할 사람은 없죠. 더러워 보였고, 보기 불편했습니다. 저 또한 관종에 대해 부정적인 생각을 했습니다. 하지만 관종이라는 말이 나쁜 말인가 생각하게 되더군요. 제가 관종이냐는 소리를 참 많이 듣기 때문입니다, 하하.

　전 사람들에게 관심받는 것이 좋았습니다. 아니, 필요했습니다. 관심을 받아야 저를 찾아 주고 제가 설 자리가 생긴다고 믿었죠. 그러다 보니 관심을 받기 위해 새로운 일 혹은 색다른 일들을 하게 됐죠. 가령 머리카락을 가슴까지 기르기도 하고 매일 초록색 옷만 입는다든가 말이죠. 대학교 때는 등교할 때 힐리스(바퀴가 달린 신발)를 신고 다녔습니다. 지금 생각해 봐도 관종이네요. 그런 제가 관종이라는 욕 아닌 욕을 듣다 보니 변명을 해야 했습니다. 그래서 이 책은 저의 변명을 담았다고 해도 과언이 아니겠네요. 그럼에도 불구하고 다양한 자료와 시선으로 관종을 파헤쳐 보았습니다.

　먼저 '관심을 받는 것은 나쁜 것인가?'에서 출발했습니다. 하지만 관심이라는 단어 자체에 대해 생각할수록 나쁜 것이 '절대' 아니고 오히려 우리에게 꼭 필요한 생존 본성이자 에너지라는 확신이 들었죠. 그래서 관종에 대한 부정적 인식이 긍정적으로 바뀌는 단초가 지금부터 형성되기를 바랍니다.

사람들이 언제나 절실히 원할 수 있는 어떤 것,

그래서 가끔은 손에 쥘 수도 있는 무언가가 있다면,

그것은 바로 인간의 애정임을 이제 그들은 알게 된 것이다.

–《페스트》중에서

(1957년 노벨문학상 수상자 알베르 카뮈의 저서)

사람은 누구나 관심 받고 싶어한다

잠에서 깼습니다. 먼저 안경을 찾고 휴대폰을 들어 시간을 확인합니다. 이른 오전입니다. 여유를 부려도 아무 지장 없네요. 그러고는 옆으로 누워 휴대폰으로 SNS에 접속합니다. 어제 올린 사진의 결과가 궁금합니다. 누군가 흔적을 남기고 갔네요. 여기서 포인트, 누가 흔적을 남겼는지는 중요하지 않습니다. 내가 받은 관심 자체가 궁금하죠. 다행히 '좋아요'와 '하트'가 넉넉히 있네요. 마치 저녁 때 계곡에 어망을 쳐 놓고 아침에 일어나서 얼마나 '많은' 물고기가 잡혔는지 확인하는 모습 같습니다. 확인 후 다시 업데이트할 사진을 골라 봅니다. 최대한 잘 나온 사진을 골라 미백효과는 기본이고 다양한 효과로 꾸며 봅니다. 이게 정말 나일까? 싶지만 업로드 합니다.

사진만큼은 죄책감과 거리가 먼 요즘입니다. 최대한 많은 이가 흔적을 남기고 갈 바랄 뿐이죠. 이때부터 시작입니다. 하루 종일 휴대폰만 보게 되죠. 시도 때도 없이 휴대폰을 꺼내 SNS에 올린 사진에 달린 '좋아요'와 '하트' 숫자를 셉니다. 사진에 달린 댓글을 보아도 바로 답변하지 않습니다. 일단 관심을 충분히 받은 만족할 만한 사진이 돼야 댓글을 달 기분이 나죠.

오후입니다. 친구와 저녁 약속이 있어 나갈 때 입을 옷을 고릅니다. 고민됩니다. 저 셔츠는 어제 입었고, 이 셔츠는 소매에 작은 오염이 있네요. 그걸 보고 누가 욕할 리 없지만 신경 쓰여 내려놓습니다. 방 안이 옷들로 난장판이 됩니다. 바지까지 다 입었는데 이번엔 양말이 신경 쓰이네요. 진정한 패션 피플은 양말을 잘 신어야 한다는데, 왜 흰 양말과 검은 양말밖에 없을까요? 겨우 옷을 입고 나갑니다. 대학 친구들을 만납니다. 그런데 취직한 친구들끼리 직장 이야기를 하네요. 전 취직을 하지 않아 이야기에 끼기가 쉽지 않습니다. 30분 동안 말 한마디도 못했습니다. 계속 앉아 있는 것이 맞나 싶어 자리를 박차고 나가고 싶습니다.

순간, 대학교수님 이름이 거론되며 학창 시절 이야기로 돌아갑니다. 이제 이야기에 낄 수 있습니다. 저도 한마디 거듭니다. "그때 병우네가 소정 교수님 좋아했잖아. 관심받으려고 맨 앞자리에서 질문 많이 했지. 소정 교수님도 좋게 생각해 주신 것 같은데, 소정 교수님 결혼했대." 시시껄렁한 이야기를 하다 보니 어느새 늦은 밤입니다. 불토라며 친구들은 늦게까지 있을 것 같네요. 먼저 가기 미안한 마음이 들어 몰래 옷을 챙겨서 나옵니다. 나오고 나니 허전하네요. 친구들한테 아쉬운 소리를 듣더라도 인사받고 나올 걸 그랬나 봅니다. 집에 돌아옵니다. 깜깜합니다. 가족들은 다 자는 것 같네요. 이때 어둠 속에서

반려견 앵두베리가 달려옵니다. 나를 반겨 주는 이 녀석이 있어 정말 다행이네요. 외롭지 않습니다.

어느 관종의 하루입니다. 일상의 감정선을 따라가 보세요. 관심을 받느냐에 따라 좋기도 하고 나쁘기도 합니다. 완벽한 관종의 하루죠. 관종에겐 관심을 받느냐가 감정과 행동 변화에 큰 요인으로 작용합니다. 그런데 여러분 혹시 관종이었나요? 마치 여러분의 일상을 보여 주는 것 같네요. 어떤 무리에서 관심을 못 받아 외톨이가 된 듯한 느낌과 외로움을 관심으로 채우려는 모습 모두 말입니다. 저를 포함한 우리의 일상 이야기 같잖아요. 맞습니다. 우리들의 하루입니다. 이제 말할

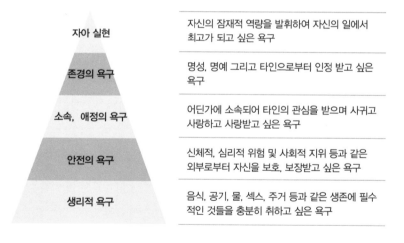

자아 실현	자신의 잠재적 역량을 발휘하여 자신의 일에서 최고가 되고 싶은 욕구
존경의 욕구	명성, 명예 그리고 타인으로부터 인정 받고 싶은 욕구
소속, 애정의 욕구	어딘가에 소속되어 타인의 관심을 받으며 사귀고 사랑하고 사랑받고 싶은 욕구
안전의 욕구	신체적, 심리적 위험 및 사회적 지위 등과 같은 외부로부터 자신을 보호, 보장받고 싶은 욕구
생리적 욕구	음식, 공기, 물, 섹스, 주거 등과 같은 생존에 필수적인 것들을 충분히 취하고 싶은 욕구

매슬로우의 욕구 5단계 이론

수 있죠. 우리는 모두 관종입니다. 관심을 필요로 하는 사람들이기 때문이죠. 우리는 왜 관심을 필요로 할까요? 인본주의 심리학자인 매슬로우를 들어 보셨을 겁니다. 우리가 잘 아는 '욕구 5단계 이론'을 주장했죠.

매슬로우는 사람들의 본능적인 욕구를 다음과 같이 나눴죠. 가장 아래 1단계 생리적 욕구부터 가장 높은 5단계 자아실현의 욕구까지 말이죠. 단계 이론이기 때문에 1단계가 충족되어야 2단계로 넘어가죠. 가장 상위인 자아실현 욕구 단계가 되려면 아래 모든 욕구들이 충족되어야 합니다. 현대사회에서 1단계 생리적 욕구, 2단계 안전의 욕구는 대부분 사회적으로 보장됩니다. 국가적으로도 보장되며 이에 아울러 가깝게는 부모님의 보살핌까지 있으니까요. 여기 3단계에 소속의 욕구라는 것이 있습니다. '사회적으로' 관심과 사랑을 받으면 욕구가 충족되는 단계입니다. 우리의 본능적인 욕구를 채우기 위해 '관심'이 꼭 필요한 에너지원이라는 뜻이죠. 즉, 관종은 우리의 가장 높은 욕구인 자아실현을 위해서라도 꼭 필요한 요소라는 것입니다. 그렇기 때문에 저나 여러분이나 우리 모두는 본능적으로 관심받고 싶어한다 이 겁니다.

그런데 일부 병적으로 문제가 있거나 관심받고자 하는 행동에 있어서 적정선을 지키지 못하는 사람들에 의해 관종이라는 말이 부정적으로 인식되니 안타깝습니다. 홍길동도 아버지를 아버지라, 형을 형이라 못 불렀죠. 이 얼마나 시대적 부조리냐고 한탄하던 우리입니다. 그런 우리가 관종인데 관종으로 불리지를 못하니 홍길동이 안타까워할 노롯입니다.

1933년 에르빈 슈뢰딩거와 함께 노벨물리학상을 받은 폴디렉. 그는 이름만 들어도 어마무시한 양자역학의 기초를 다지고 다양한 업적을 남긴 학자로 알려져 있죠. 업적을 설명하고 싶지만 우리의 정신건강을 위해 잠시 덮어 두겠습니다. (사실 설명할 자신이 없습니다. ^^;)

그런 그의 대단한 이론보다 사적인 일화들이 참 재미있는데요. 그는 관심받는 것을 참 싫어했습니다. 그는 '세상에서 가장 과묵한 과학자'로 알려져 있죠. 말을 할 때는 '아니요, 그렇습니다, 모르겠습니다.'로 모든 말을 마쳤다고 하니 늘 입은 닫혀 있었겠죠. 이런 그를 보고 동료 과학자들은 과묵함의 단위를 '디렉'을 정의해서 썼습니다(1디렉=1시간에 1마디 하는 것). 이렇게 과묵했던 디렉은 유명해지는 것이 싫어 노벨상을 거부하려고 했습니다. 하지만 주위에서 안 받으면 더 유명해질 거라는 말을 듣고서야 상을 받았죠.

그런데 운명이라는 것이 정말 있는 것일까요? 관심받기를 극히 꺼려한 그는 이 일화가 퍼지며 결과적으로 이론만큼이나 일화에 더 큰 관심을 받고 있답니다. 안타까운 운명이네요. 생각해 보면 관심받기를 극히 꺼렸던 그도 주위의 충고를 듣고 실천한 만큼 상대에게 관심을 두고 있었다고 볼 수 있겠네요. 우리 주위에 관심받기를 싫어한다고 해도 가족과 친구에게까지 관심받기를 싫어하는 사람은 없지 않습니까?

이에 관심이라는 요소가 부정적으로 느껴지는 것은 더 이상 두고 볼 수 없습니다. 삶의 에너지이자 자아 성장을 돕는 '관심'을 '관종'이라는 부정어로 깎아내릴 수는 없습니다. 관심이라는 요소에 흠집 낸 것을 바로잡아야 합니다. 저와 여러분들이 관심에 붙은 흠집을 광나도록 닦아야 하지 않겠습니까?

관심은 병이 아니잖습니까. 관심은 사랑이라고요!

2

내 안의 본능을 깨워라

저는 어렸을 때부터 참 관종이었습니다. 지금부터 저의 관종짓(관심을 받기 위한 행동)을 이야기해 보겠습니다. 혹시 '웅변 유치원'이라고 들어 보셨나요? 말 그대로 웅변을 특화시켜 가르치는 유치원입니다. 저는 그런 유치원을 나왔습니다. 어머니가 대단한 교육열이 있어서 보내신 게 아니라 가까운 곳에 웅변 유치원이 있었죠. 네, 뺑뺑이로 입학했답니다. 이 유치원은 웅변대회를 주기적으로 했는데, 약 100명의 학부모와 유치원 관계자들 앞에서 했죠. 보통 '이 소년은 힘~차게 외~칩니다!' 하며 대단한 손동작과 함께 웅변을 마칩니다. 끝나면 웬만한 유치원생보다도 큰 트로피를 부상으로 줬습니다. 그리고 엄청난 박수와 환호를 받죠. 누구나 말입니다. 이때 말하는 것에 대한 즐거움과 좋은 기억들이 쌓이기 시작했을 겁니다.

그 유치원은 웅변대회 외에 다양한 무대 활동을 가르쳤는데 그중에 동화구연도 있었습니다. 보통 유치원에서도 많이 하죠. 저는 늘 주인공을 했던 기억이 납니다. 아무것도 모르는 그 어린 나이에 연기적인 재능이 남달라서 그랬을까요? 아닙니다. 그냥 주인공을 뽑을 때 먼저 손들면 주인공이 됐습니다. 손을 먼저 든 것

유치원 발표회 모습

도 주인공 자리에 욕심이 나서가 아닙니다. 먼저 손들면 순간적인 관심을 받을 수 있기 때문이죠. 사진을 보니 그날도 누구보다 빠른 손이 한몫했을 겁니다.

초등학교에 들어갔습니다. 선생님이 발표를 시키면 역시 먼저 손을 들었습니다. 당연히 관심을 받았으며 누구보다 발표할 수 있는 기회가 많았죠. 유치원 때 갈고닦은 빠른 손들기는 그때도 유효했어요. 늘 발표를 하다 보니 선생님도 저만 시킬 수는 없었을 겁니다. 질문 후 저만 손들고 있어도 다른 친구를 시키기도 했지요. 처음에 친구들은 '쟤 또 손든다.', '왜 너만 발표하냐!' 하며 샘을 내거나 시비를 걸었던 것 같습니다. 그래도 꿋꿋이 저는 손을 들고 발표자가 되어 관심받기를 희망했습니다. 어느 순간 반에서 발표는 늘 제가 하는 거라는 인식이 깔리기 시작하더군요. 질문이 들어오면 친구들의 시선이 느껴졌습니다. '양수영이 발표할 거야.', '당연히 쟤가 발표해야지.'라고 말하는 것 같았습니다. 지금 강의하며 먹고살 수 있는 기본적인 능력인 '말하기'

는 분명 발표를 하며 다져지지 않았나 싶습니다. 단지 관심을 위한 손 들기였는데 말이죠.

이렇게 수업을 듣다 보니 선생님과 금방 친해집니다. 수업에 열심히 참여하는 학생을 미워할 선생님은 없죠. 그러다 보니 학급 임원을 시켜 주시더군요. 자연스럽게 다른 아이들의 우두머리가 될 수 있었습니다. 그 후 제가 중심이 될 수 있는 이 '좋은 자리'를 위해 고등학교 졸업까지 한 번도 놓치지 않고 임원을 했습니다. 21세기 필수 덕목인 리더십이 이때 많이 향상됐다고 봅니다. 단지 관심받기 위한 손들기에서 시작했다고 한 번 더 말씀드립니다.

혹시 여러분은 학창 시절에 학교가 아닌 외부에서 표창장을 받은 기억이 있나요? 보통 외부에서 진행되는 행사에 쉽게 참여할 수도 없을뿐더러 마음대로 표창장을 받을 수도 없죠. 하지만 저는 표창장을 받았습니다. 그것도 서울시 교육청에서 주는 'MC' 표창장이었죠. 자랑이냐고요? 네, 자랑입니다. 하지만 이 표창장은 어떤 대단한 노력으로 받았다고 보기 힘듭니다. 이 또한 관종짓(?)으로 받았죠.

고등학교 때 레크리에이션 자격증을 땄습니다. 누구나 얻을 수 있는 자격증이었지만, 2006년의 한 고등학생에게는 훈장 같은 자격증이었습니다. 그리고 떠벌리고 다녔죠. 축하해 주는 친구도 있었지만 그런 거 어디다 쓸 거냐며 왜 땄냐고 되묻는 친구들도 있었죠. 축하해 주는 친구에게는 고맙다고 했고, 되묻는 친구들에게는 웃고 넘어갔던 것 같네요.

어느 날이었습니다. 역사 수업을 하는 선생님이 저에게 지나가는 말로 말씀하시더군요. 자기가 서울시교육청과 협업하여 행사를 준비 중인데 그 행사에 학생MC를 뽑는다는 것입니다. 지원해 보라고 말씀하시더군요. 그리고 지원했고 운 좋게 학생MC로 뽑혔습니다. 행사는 서울대공원의 당시 야외무대에서 열렸고, 3천 명을 대상으로 MC를 봤죠. 끝입니다. 엄청난 오디션과 엄청난 진행력을 발휘한 게 아니에요. 다만 제가 가지고 있는 것을 자랑스럽게 이야기하며 관심을 받으려고 한 것이 더 큰 자랑거리까지 가져다준 것입니다.

간혹 주변 지인들이 제게 말하곤 합니다. 어떻게 그렇게 다양한 것들을 하냐? 생각해 보니 강사, MC, 성우, VJ, 연기자, 대학교 강의, 광고모델, 컨설턴트 정말 다양한 직업을 가지고 있는 것 같습니다. 그럼 어느 하나 제대로 된 것이 있겠나 하겠지만 저는 위의 직업들이 하나로 보입니다. '말하는' 것과 관련 깊은 직업들이라는 것이죠. 이 말하기 능력이 저의 강점이고 무기입니다. 그 시작은 모두 관심을 받기 위한 저의 본능적 행동에서 나왔죠. 웅변유치원에서 말하는 것에 대한 좋은 기억에서 시작되었고, 말할 수 있는 상황을 본능적으로 쫓았죠. 이후 늘 먼저 손들고 발표를 하며 다른 이들에게 눈초리도 받았지만, 저는 관심을 받는 것을 즐겼고, 거기에 말하는 능력도 키울 수 있었죠. 여기서 멈추지 않고 관심을 받을 수 있는 임원 역할을 하면서 리더십이 생기니 MC를 볼 수 있는 능력 또한 자연스럽게 생겼지요. 제가 자격증 딴 것을 관심받으려고 떠벌리고 다니지 않았다면 그 역사 선생님의 말씀을 들을 수 있었을까요?

관심받고자 하는 것은 인간이라면 누구에게나 있는 본능적인 욕구입니다. 저는 관심받고자 하는 이 욕구 때문에 제가 좋아하는 것, 잘하는 것을 찾게 되었습니다. 좋아하는 것 vs. 잘하는 것. 사람들은 좋아하는 것과 잘하는 것에 대해 이야기합니다. "어떤 것을 해야 행복할 수 있겠는가?"라고 말이죠. 고민하기에 앞서, 좋아하는 것과 잘하는 것을 비교하는 데는 안타까운 현실이 반영되어 있습니다. 단도직입적으로 그 두 개는 비교 대상이라 하기 어렵습니다. 잘하는 것은 좋아하는 것의 맥락에서 시작된 줄기입니다. 쉽게 말해 사람들은 둘의 비교를 짜장면과 짬뽕의 비교로 보고 있지만, 사실은 짜장면과 짜장을 비교하는 것과 같은 것이라는 겁니다.

볼까요? 좋아하는 것. 말 그대로 내가 어떤 행위를 하거나 상황을 받아들일 때 좋다고 느끼는 것을 말합니다. 그러면 잘하는 것은 뭐냐? 어떤 행동이 손에 익거나 잘 맞아 다른 이보다 좋은 성과를 내는 것을 말합니다. 그런데 잘하는 것은 그냥 잘해지는 것이 아닙니다. 천재와 같은 특수한 사례를 말하는 것이 아닙니다. 보통 사람들에게 잘하는 것은 관심을 가지고 있어 숙련도가 쌓이고 노력이 더해져 다른 이들보다 좋은 결과를 내는 것이지요.

여기서 포인트는 어떤 일이 잘하는 것이 되기 전의 상태가 '좋아함'이라는 겁니다. 바꿔 말해 좋아하는 것이 발전되어 잘하는 것이 되는 것이라는 거죠. 우리가 사는 사회에서는 이 둘의 관계를 동등한 것으로 보고, 하나를 선택하기를 요구합니다. 저는 위에서 말했듯 둘을 비교하는 것 자체가 문제가 있다고 봅니다. 그리고 이 문제는 잘못된 교육문화에서 비롯되었다고 생각합니다.

자, 우리는 누구나 '엘리트'가 되길 원합니다. 만약 엘리트가 배출됐다면 누구랄 것도 없이 그 엘리트가 했던 경로로 일관된 교육을 합니다. 여기서 문제가 발생하죠. 엘리트가 나온 경로만을 정답으로 본다는 거죠. 뭐, 엘리트가 되면 좋은 직장을 얻을 수 있고, 좋은 직장은 곧 많은 연봉을 보장하죠. 자본주의 사회는 자본이 중시되는 사회죠? 자본이 많은 고액 연봉자는 사회적 상위 계급이 됩니다. 우리는 상위 계급이 되고 싶은 마음에 누구랄 것도 없이 엘리트가 되어야 한다고 생각합니다. 아이들이 좋아하는 것을 찾고 경험하게 하는 것이 아니라, '부모의 판단'으로 좋다고 생각한 것을 아이들에게 시킵니다.

아이들은 엘리트가 되어야 합니다. 혹은 좋아하는 일이 생겨도 사회의 시선에 부딪혀 그 일을 포기하죠. 그렇게 우리는 스스로 주체적인 선택은 하지 않은 채 주변 사람들이 바라는 직장을 다니거나 일을 하게 됩니다. 하다 보니 숙련도가 생겨 잘하는 일이 됩니다. 그리고 힘들어합니다. 왜냐고요? 지금까지 해 왔던 일이라 잘하는 일이 되기는 했지만, 좋아하는 일이라서 그 일을 한 것이 아니기 때문에 즐겁지가 않은 것이죠. 그래서 고민합니다. 잘하는 일을 해야 하는지, 좋아하는 일을 해야 하는지.

반면 좋아하는 일을 찾아 꾸준히 일한 사람은 고민할 필요가 없습니다. 일 자체도 재미있는데 숙련도가 쌓여 잘하는 일까지 되니까 그렇죠. 그러므로 좋아하는 것과 잘하는 것을 선택하는 것을 당사자의 역량 문제로만 치부할 수 없습니다. 말했다시피 사회적 환경의 문제가 원인이기 때문입니다. 그렇다고 가만히 있을 수 없죠. 이제 정말 좋아하는 것을 찾아야 합니다. 그럼 좋아하는 것을 어떻게 찾느냐? 그게 바로 '관심'입니다. 우리는 본능에 시선을 둬야 합니다. 여기서 말하는 본능은 자신이 좋아하는 것이며, 시선은 무작정 따라가 보는 것에 해당하지요. 그것이 곧 관심을 주고받는 것의 시작이죠.

내가 즐겁게 느낄 것 같은 '것', 내가 잘할 수 있을 것 같은 '것', 그 '것'에 관심을 가져 보는 것. 그것이 '좋아하는 일'을 만나는 첫 단계입니다. '관심'을 가지고 하는 행동은 어느 순간 즐겁게 느껴지게 됩니다. 또 그 행동은 가끔 가슴 뛰도록 흥분되기도 하죠. 이러한 행동이 지속되면 자연스럽게 잘하게 되겠지요? 관심이라는 우리의 소중한 본능을 통해 '좋아함'에서 '잘함'이 발생됩니다. 이러한 바른 순서가 되었을 때 우리가 어떤 삶을 살아도 행복하고 당당할 수 있지 않을까요?

3

외향적 성격 vs. 내향적 성격

사람들에게 "관종은 어떤 성격일까요?"라고 물으면 보통 '극'외향적인 성격 같다고 답하더군요. 관심을 받기 위한 '행동'은 결국 보여 줘야 하는 것이기 때문에 그런 답이 나왔겠죠. 저는 관종을 지향합니다. 그리고 여러분도 관종이 되길 희망합니다. 그러면 외향적인 성격만 관종이 될 수 있는 걸까요? 내향적인 사람들은 관종이 될 수 없나요? 이 글을 읽고 계신 내향적이라고 생각하시는 분들은 책을 덮어야 하나요? 아니라면, 우리는 성격에 대해 어떻게 생각하는 게 좋을까요?

재석: 너 혈액형 뭐야?

하하: 나 A형!

재석: A형이야? 엄청 삐지겠네. 소심한 성격이잖아.

하하: 나 안 소심한데? 너 아직도 혈액형 믿냐? 넌 뭔데?

재석: 나 AB형.

하하: 헐, 또라이네.

일단 성격 이야기를 꺼내 볼까 합니다. 한국에서 성격은 혈액형으로 사전 평가되는 것 같습니다. 주로 한국과 일본에서만 믿는다는 혈액형 이론. 몇 년 전까지만 해도 일본의 베스트셀러 10위권 안에 4권이 혈액형 이론 관련 책이었죠. 하지만 이 혈액형 이론은 전혀 근거 없는 것으로 입증됐죠. 다양한 이유가 있는데 그중 하나의 예를 보겠습니다.

동물들도 혈액형이 있습니다. 그런데 혈액형 이론을 따른다면 동물들도 혈액형별 성격이 있겠죠? 그럼 인간과 같은 포유류를 보겠습니다. 그중 우리와 DNA가 95% 이상 일치하는 고릴라. 고릴라는 혈액형별로 어떤 성격이 있을까요? 고릴라도 A형은 소심하고, O형은 활발할까요? 아! 알아보기가 힘들 것 같네요. 고릴라는 B형밖에 없다고 합니다. 그럼 고릴라는 모두 성격이 같을까요? 당연히 아니죠. 고릴라도 다양한 성격이 있답니다. 그럼 혈액형으로 성격을 예측한다는 것은 힘을 잃는 주장이 되겠네요.

하도 혈액형에 집착하는 이들이 주위에 많아 혈액형과 성격에 대한 이야기를 꺼내 봤습니다. 혈액형 이론은 관심을 위한 유머의 소재로만 이야기하는 것을 추천합니다. 그 이상으로 가는 것은 우리가 잘 알지도 못하는 사람에게 편견을 갖거나 낙인을 찍는 행위가 될 수 있기 때문에 좋지 않습니다.

또 다른 성격 이야기를 해 보겠습니다. 관종들은 연예계에 많이 분

포되어 있습니다. 그리고 흔히 연예인들은 외향적인 성격이라고 생각합니다. 연예인의 사전적 정의를 살펴보면, '문화 및 예술 분야의 종사자로, 대중을 대상으로 연기, 음악, 무용, 쇼 등의 서비스를 제공하는 사람들을 말한다(한경 경제용어사전_네이버지식백과).'라고 나와 있죠. 그들은 개성 강하고 밝고 에너지 넘치고 사교적으로 보입니다. 그들이 하는 일 자체가 '보여 줘야 하는 것'이기 때문에 외향성을 많이 띕니다.

하지만 다음과 같은 이야기도 많이 들리더군요.

'케이팝의 주역 댄스그룹의 00팀 A군, 실제로는 내성적인 성격.'

'터프가이 배우 00씨 알고 봤더니 낯가림 심하고 소심한 성격.'

지인 중에 연예계에 계신 분이 있습니다. 그분을 보면 방송에서는 터프하고 남자답고 마초적인 이미지가 많이 담깁니다. 시청자들도 그렇게 생각하죠. 하지만 실제로 그분은 혼자 있는 것을 좋아하고, 요리와 꽃꽂이를 취미로 합니다. 아이러니하죠? 우리가 생각하는 외향적 성격과 내향적 성격이 같이 있네요.

여기서 외향적 성격과 내향적 성격의 정의를 보겠습니다. 외향적인 성격은 내부의 심리적 에너지가 외부로 향하는 것을 말합니다. 사람들을 많이 만나고 돌아다니면서 자신의 에너지를 표출하고 그 관계 속에서 활력을 얻죠. 반면, 내향적인 성격은 에너지가 자기 자신의 마음 내부로 향해 있는 것을 말합니다. 자기 자신으로부터 에너지를 충전하는 사람들이죠.

하지만 왜 두 성격을 굳이 구분 지어 사람을 나눌까요? 우리에게는 둘 다 있는 성격인데 말이죠. 성격이라는 것에 대해 좀 더 알아볼 필요가 있을 것 같습니다. 성격은 영어로 퍼스낼리티(personality)라고 합니다. 이 어원은 고대 로마 극장에 출연한 희극배우들의 가면인 '페르소나(persona)'가 어원이죠. 성격은 가면과 같이 내면과 외면을 분리하는 기준이 각자 다를 뿐이지, 누구에게나 내향적, 외향적 성격이 존재합니다. 집에서는 내향적이지만 밖에서는 외향적으로 바뀌는 것과 같은 거죠. 집과 밖이라는 기준에 의해서 말이죠.

성격은 선천적인 기질과 후천적인 학습에 의해 형성됩니다. 선천적 기질은 부모에게 받은 유전적 요소, 후천적 학습은 살아가며 영향을 받는 문화적, 상황적 요인들을 말하죠. 우리가 한번쯤 이름을 들어 본 심리학자 스키너는 성격을 다음과 같이 정의했습니다.

"인간의 성격은 개인이 지금까지 살아오면서 경험한 강화가 누적되어 형성된 것이다."

바꿔 말해 사람들은 시간, 장소, 상황에 따라 모두 다른 경험을 했기 때문에 성격은 모두 다르다는 말이 되기도 하죠. 그러므로 다른 사람의 성격을 말할 때 단편적인 모습만 보고 그 사람의 성격이 내향적이냐 외향적이냐 평가하는 것은 어찌 보면 상대의 성격을 가볍게 보는 실수를 범하는 것이지요. 즉, 사람을 내향적이다, 외향적이다라고 나눈다는 것 자체에 문제가 있을 수 있다는 겁니다. 누구나 이 둘 다 가지고 있기 때문에 그렇죠.

전 현재의 즐거움을 가장 중요한 가치로 여기며 살고 있습니다. 즐거움을 일상에 늘 시도하는 편이죠. 그런 저를 사람들은 상당히 외향적인 사람으로 알고 있습니다. 대학이나 기업에서 강의하고 있는 저의 모습을 보면 더욱 그렇게 생각하죠. 저의 하루를 잠깐 들여다볼까요?

저는 강의를 합니다. 그리고 잘하고 싶죠. 하지만 여러분도 그렇듯 강의를 듣는 교육생은 강의 주제에 관심이 있어야 집중을 합니다. 반대로 관심이 없으면 듣지 않죠. 안타깝게도 교육생 중에는 본인의 관심과 상관없이 강의를 들어야 하는 경우가 많습니다. 그래서 전 주제와 관련 있는 재미 요소를 찾아 강의에 많이 넣습니다. 그러면 주제에 관심이 없어도 듣는 입장에서도 재미있으니 관심이 생겨 집중하고, 집중하니 하나라도 더 배워 가는 것이지요. 덤으로 저 또한 관심을 받으니 강의가 즐겁습니다.

일이 끝나면 집에 돌아오죠. 이때 또 다른 제가 튀어 나옵니다. 집에서는 말을 거의 안 하고, 방 안에만 있습니다. 혼자 있는 시간이 좋고, 책을 읽거나 사색하는 것이 정말 즐겁습니다. 누가 불러도 집에 들어오면 나가지 않는 편입니다. 나가도 집 근처 카페에서 책을 보고, 들고 온 휴대폰은 쳐다보지도 않죠.

요즘은 혼자 있는 시간에 더 의미를 두고 좋아합니다. 여러분이 이 책을 읽는 날은 어떨지 모르지만 제가 지금 글을 쓰는 시점은 핼로윈 축제가 한창인 주말입니다. 여러 지인들로부터 연락이 왔네요. 축제인 그곳도 재미있겠지만 지금 혼자 글 쓰고 있는 이 시간이 더 값지고 즐겁다고 생각합니다. 이래도 제가 외향적인 사람일까요? 정답은 저라는 사람은 외향적이며, 또 내향적인 사람이라는 것이지요. 그리고 여러분도 마찬가지입니다. 모두 외향적이면서 또 내향적입니다.

자! 결론적으로 관종이 되는 데는 외향적이냐 내향적이냐가 중요하지 않습니다. 다만 사회에서 원하는 성격이 유행을 탄다는 것이죠. 현재 사회적으로는 내향적인 것을 부정적으로, 외향적인 것을 긍정적으로 보는 것이 유행인 듯합니다.

취업을 위해 자기소개서에 기입하는 성격들의 지향점을 보더라도 알 수 있습니다. 긍정적인 성격의 자기소개서를 작성해야 합격률이 높아지는 것 말입니다. 반대로 19세기까지만 해도 내향적인 사람들을 더 긍정적으로 봤습니다. 겉치레보다는 겸손을 미덕으로 하는 내면적 성숙을 중시했죠. 즉 예절, 도덕, 명예 등을 중시하는 내향적인 사람들이 19세기에 유행했던 성격이었습니다.

어찌 됐건 우리는 현재를 살아가야 하죠. 현재는 외향적으로 사는 것이 사회적으로 유리할 것 같습니다. 이제 스스로를 내향적이라고 생각하는 분들, 너무 속상해할 필요 없습니다. 다시 말씀드리지만, 우리에게는 외향적인 면과 내향적인 면이 모두 있다는 사실입니다. 다른 사람들이 낙인찍은 내 성격으로 살지 마시고, 여러분에게 유리한 성격을 골라서 꺼내 보이시기 바랍니다.

이렇게 추천합니다. 시대가 원하는 성격이 외향적인 성격이므로, 혹시 내가 내향적이라고 생각됐다면 속에 있는 외향적인 부분을 강화시켜 관종으로 자신 있게 거듭나고, 자신이 외향적이라면 그것을 적절한 선에서 지킴으로 더욱 긍정적인 관종이 되는 것입니다.

그 자세한 방법은 60쪽 뒤에 공개합니다.

(뒤에서 공개한다고요. ^^)

4

시대의 흐름, 자기 PR

얼마 전 한 TV 프로그램을 통해 연예인의 집 내부 모습이 방송됐습니다. 그 집의 주인공은 한국 힙합 장르의 스타인 도끼. 〈내가 망할 것 같아?〉라는 곡을 낼 정도로 절대 부를 과시하는 랩스타죠. 그는 TV를 통해 집 거실에 있는 당구대를 시작으로 전동보드를 타고 다니며 집을 보여 줬습니다. 방 한쪽에는 현금 다발로 1억 원이 있는가 하면 수천만 원이 넘는 시계가 여러 개 있더군요. 그리고 수억 원대의 슈퍼카까지. 자랑질(?)의 독보적인 모습을 보여 줬습니다.

보통 우리는 자랑을 하거나 허세와 위선을 보여 주는 사람에게 불쾌감을 느낍니다. 그래서인지 부자에 대해 일반인들은 적어도 호감이나 공감의 긍정적 표를 던지지 않죠. 한 TV 프로그램을 통해 한국인의 80%가 부자를 존경하지 않는다는 통계도 나왔습니다(KBS명견만리-부자의품격, 2016년 2월 12일).

그런데 도끼는 사람들에게 호감이나 공감의 표를 받지 못하고 있나요? 아닙니다. 표가 넘치도록 사랑받고 있죠. 왜 그럴까요? 요즘은 자신의 능력으로 자수성가하고 그러한 것을 드러내며 멋을 내는 것을 '머니스웩거'라고 하죠. 그런 면에서 도끼는 진정한 머니스웩거를 보여 주고 있죠. 저도 참 멋지다고 생각합니다. 알고 있던 부자의 부정적 인식을 넘어 자신을 드러냄으로 긍정적으로 변화시켰다고 보기 때문이죠. 이는 현대사회의 특징을 관통합니다.

우리는 현대사회를 PR(Public Relations) 시대라고 하죠. 과거 겸손과 절제를 미덕으로 여기던 사회를 지나 본인이 자신의 장점과 능력을 홍보하는 것이 요즘 시대라는 거죠. 아마 지겹게 들으셨을 거라 생각합니다. 그럼에도 불구하고 아직까지도 이 말이 자주 오가는 이유는, 자신을 PR하는 것이 오늘날 중요하게 작용하기 때문일 것입니다.

'자기 PR'을 한다는 말은 쉽게 생각하면 자신의 이미지를 관리하는 것과 같습니다. 상대방에게 나를 어떻게 보여 주느냐가 관건이죠. 시대를 움직이는 정치를 보면 쉽게 알 수 있습니다. '미디어 정치'라는 말이 있는데요. 오늘날 많은 영역에서 미디어를 통해 정치가 이루어지기 때문에 미디어 정치라 부르는 것이죠. 그리고 미디어를 통한 시각적 이미지가 정치의 모든 것이라는 '이미지 정치'라는 말도 있습니다.

정치 능력과 함께 대통령을 포함한 정치인들의 이미지가 굉장히 중요한 역할을 하는 시대입니다. 이미지만 좋아도 정치적 우위를 선점할 수 있죠. 정치인들은 미디어에 비치는 자신의 표정과 목소리, 패션, 행동거지 등 비언어적 요소가 언어적 요소보다 강한 영향을 준다는 것을 알게 됐습니다.

보통 이미지 정치의 출발점으로 대선후보 TV토론을 거론합니다. 1992년 미국의 대선후보 TV토론이 재미있는 사례죠. 당시 미국 대통령이던 조지 H. W. 부시 대통령과 도전자인 빌

부시와 클린턴의 대선후보 TV 토론

클린턴의 TV토론이었죠. 토론 중 방청객이 "국가 부채가 개인에게 어떤 영향을 끼쳤는가?"라는 질문을 부시에게 던지죠. 부시는 대답하기 전부터 시계를 보았습니다. 이후 질문에 대한 답을 하며 횡설수설하는 모습을 보였어요. 그다음 클린턴의 답이 이어졌습니다. 젊고 잘생긴 클린턴은 질문자 앞으로 가까이 걸어가죠. 그리고 매우 또박또박 질문과 거리가 먼 답(?)을 합니다. 게다가 상대의 마음을 이해한다는 다양한 공감의 표정과 함께. 하지만 여기서 미국 국민들은 강한 인상을 받게 되죠. 부시는 초조하고 쇠락하는 정치인으로, 클린턴은 젊고 새로운 미국을 만들어 줄 주인공으로 말이죠. 방송 이후 상승세를 탄 클린턴은 경선에서 승리하며 42대 대통령이 됩니다.

여기서 요는 누가 승리했냐가 아니죠. 둘 다 질문에 맞는 답을 하지 않았지만, 왜 클린턴에게 좋은 영향이 갔냐는 겁니다. 보여 준 것밖에 없는데 말이죠. 답은 어렵지 않습니다. 보여 주는 것, 즉 '관심을 끌 수 있는 것'이 대통령이 되게 할 만큼 중요하다는 것입니다.

우리는 보여 주는 것이 지배하는 세상에 살고 있습니다. 보여 줄 것

이 있어야 인정받는 시대죠. 취업을 위해 면접을 보더라도 업무 관련 능력 외에 추가로 보여 줄 것이 있어야 생존합니다. 그럼에도 관종이 욕을 먹어야 하는 걸까요? 아닙니다. 관종은 대단히 성공 가능성 높은 시대적 지향 모델입니다.

저는 대학교 때 재미있는 사람으로 인식되고 싶었습니다. 그 말인 즉 스스로는 재미있는 사람이라고 생각이 안 됐기 때문이겠죠. 그래서 TV나 주위에 재미있는 사람들의 모습을 관찰했습니다. 재미있는 사람들은 보기만 해도 웃기더군요. 그들은 호기심을 가질 만한 모습을 하고 있었습니다. 흔히 말하는 바가지머리, 컬러풀한 옷, 어디를 가도 들려오는 그들의 독특하고 큰 목소리 등이 있었죠.

저도 그런 모습이 필요하다고 직감했습니다. 그래서 머리를 길러 장발로 학교를 다니고 초록색 옷만 입고 다녔습니다. 그리고 학교 내 카페나 운동장에 학생들이 모여 있으면 찾아갔습니다. 동물들은 그들이 속한 무리와 다른 종이 침범하면 경계를 하죠. 대부분의 동물이 그렇습니다. 당연히 사람도 그렇지요. 머리를 가슴까지 기르고 초록색 옷만 집착하는 저의 특이한 모습이 사람들에게 처음부터 긍정적인 영향을 주지는 않았습니다. 저를 보고 수근대기도 했죠. 너무 나댄다는 인식을 주기도 했을 겁니다. 그래도 저는 꾸준히 장발과 초록색으로 저를 쳐다보도록 관심을 끌었습니다.

혹시 에펠탑을 아시나요? 죄송합니다. 감히 독자님들의 수준을 무시했네요. 프랑스 대혁명 100주년 기념 조형물인 에펠탑은 프랑스 파리의 랜드마크입니다. 갑자기 왜 에펠탑 이야기를 하냐고요? 사실 에펠탑은 건축 당시 프랑스의 예술가들과 문화를 소중히 생각하는 시민들이 가장 극렬히 반대했던 건물 중 하나였습니다. 당시 시민들은 철골 구조물이 도시 경관과 어울리지 않고 오히려 뼈다귀처럼 보여 흉측하다며 건축을 반대했습니다. 겨우 합의가 되어 20년만 유지하고 1909년에 철거하기로 합의했죠. 하지만 무선 안테나로 이용되면서 철거 위기를 모면했어요. 보면 볼수록 점점 파리의 명물로 인식되기 시작했습니다. 그렇게 에펠탑은 프랑스인들이 가장 사랑하는 건축물이 되었습니다. 얼마 전(2017년 9월 28일) 에펠탑에서 30억 관광객 달성 불빛 쇼까지 했다니 프랑스의 자랑을 넘어 지구에서 가장 유명하고 인기 있는 건축물 중 하나임에 틀림없습니다. 여기서 나온 말이 '에펠탑 효과'입니다. 처음에는 싫어하거나 무관심했지만 대상에 대한 노출이 거듭될수록 호감도가 증가하는 현상을 일컫죠. 심리학에서는 단순노출효과라고 합니다.

처음 저의 모습도 에펠탑과 다름없었을 겁니다. 하지만 계속해서 저를 노출하고 보여 주니 사람들도 자연스럽게 부정적인 시선에서 긍정적인 시선으로 바뀌었죠. 게다가 관심을 받으니 스스로 좋았습니다. 또 나설 수 있는 자리도 많아졌고, 제가 잘하는 말하기를 보여 줄 수 있었습니다. 그런 일련의 일들이 잦아지니 훈련이 됐고, 말하기에 좀 더 자신감이 생겨 대중 앞에서도 겁나지 않더군요.

이렇게 스스로를 PR하여 관종이 되면 장점이 참 많지만, 우리가 놓치지 말아야 할 것이 있죠. 스스로의 내적인 부분도 함께 개발하고 성

장시켜야 하는 것입니다. 겉으로 드러
나는 이미지만 신경 쓰는 것은 문제가
생깁니다. 역시 정치인으로 찾아볼까
요? 그 대표적 예가 미국 역대 최악의
대통령 순위에서 선두를 다투는 워런
하딩(미국 29대 대통령)입니다. 배우 뺨치
는 그럴싸한 외모, 세련된 말투와 상냥
한 매너로 호감의 관심을 끌어 미국 대

워런 하딩(미국 29대 대통령)

통령에 당선됩니다. 그리고 그는 스스로도 인정합니다. 자기가 대통령
감이 아니었다고요. 실제로 지적 수준도 낮았고, 정책에 대해 책임지
는 것을 두려워했습니다. 또 포커, 골프, 술 그리고 여자들과의 스캔들
까지 잇따랐죠. 이에 사람의 이미지만 보고 직관적으로 판단해 발생
하는 오류를 '워런 하딩의 오류'라고 합니다.

　미디어 & 이미지 시대를 살아가는 우리가 관심종자로의 전환을 모
색하는 것은 매우 중요합니다. 우리의 역량을 발휘하기 위한 탁월한
선택 중 하나이기 때문이죠. 우리는 긍정적 관종이 되기 위해 외적 &
내적 긍정적 볼거리를 가지고 있어야 합니다. 먼저 외적 이미지로 시
선을 사로잡고, 내적인 에너지로 그들의 시선이 멈추도록 해야 하죠.
그럴 수 있다면 여러분은 원하는 바를 누구보다 일찍 얻을 수 있지 않
을까요?

　팝아트의 선구자로서 '팝의 교황'이라 불리는 앤디 워홀은 말했죠.
"일단 유명해져라. 그러면 당신이 똥을 싸도 박수를 쳐 줄 것이다."

5

4차 산업혁명의 생존자

얼마 전 이세돌과 알파고의 경기가 기억납니다. 구글 딥마인드의 인공지능 프로그램인 알파고와 대한민국 바둑 간판스타 이세돌 9단 간에 2016년 3월 9일부터 15일까지 치러진 '구글 딥마인드 챌린지 매치' 말입니다. 총 5번 경기가 진행됐죠. 이세돌은 경기 전 인터뷰에서 지지 않을 거라는 당찬 포부와 함께 자신의 승리를 4:1 혹은 5:0으로 점쳤습니다. 그리고 경기가 시작됐고 이세돌은 3판을 내리 졌습니다. 이세돌은 평소에 경기에서 보이지 않던 고개를 젓는 모습 등 알파고의 수에 압도당했다는 것을 보여 주고 있었습니다. 그리고 4번째 경기에서는 신의 한 수로 불리는 78수를 통해 1승을 가져갔습니다. 그렇게 경기를 끝내고 나오는 이세돌의 모습에서 지구를 지켜 낸 영웅의 모습이 보였습니다.

하지만 마지막 5번째 경기도 알파고에게 내주며 이세돌은 4:1로 완패를 당합니다. 1판이라도 이겨 다행이었다고 하는 분들이 많았고 그

밖에도 경기에 대한 다양한 해석이 나오더군요. 저는 경기를 떠나 무섭더군요. 네, 정말 무서웠습니다. 이제는 정말 로봇에게 모든 것을 빼앗겨 버리는 시대가 왔다고 느꼈기 때문입니다. 지금까지 기계가 우리보다 기억력, 속도, 정확도 면에서 이미 앞지른 것은 많이 있었습니다. 하지만 알파고의 딥러닝이라는, 스스로 배우는 시스템의 승리가 기계에게 인간이 지배당할 가능성처럼 느껴졌지요.

이어 2017년 5월, 바둑 세계 랭킹 1위인 커제와 알파고 마스터의 경기가 이뤄졌습니다. 알파고 마스터는 알파고보다 업그레이드된 프로그램이죠. 경기 전 커제 역시 승리에 대한 자신감을 보였습니다. 이번에는 3판 경기가 진행됐죠. 결과는 3:0으로 전패였습니다. 그리고 결과보다 더 참혹한 모습이 방송에 나왔습니다. 3국 경기 중에 커제가 눈물을 참지 못하더군요. 세계 랭킹 1위가 울었습니다. 경기 후 기자가 눈물을 흘린 이유를 질문했습니다.

"알파고가 지나치게 냉정해 그와 바둑을 두는 것은 고통 그 자체였다." 이어 "알파고와 바둑을 둘 때는 이길 수 있다는 희망을 조금도 갖기 어려웠다."고 커제는 말했습니다. 인간에게 희망이 없으면 살 수 없다고 하죠. 커제 또한 바둑에서 이길 희망이 보이지 않으니 바둑인으로서 사망선고 못지않은 충격이 왔으리라 생각합니다.

알파고는 현재 알파고 제로까지 나왔습니다. 이세돌과 경기한 알파고와의 대전에서 100전 100승을 거둘 정도로 한층 스마트한 인공지능 프로그램으로 알려져 있습니다. 알파고는 현재 4차 산업혁명의 핵심 키워드인 인공지능의 한 예에 불과합니다. 현 시대는 4차 산업혁명이라는 전 세계적 흐름을 맞이하고 있죠. 얼마나 중요한지 한 국가를 이끌어 갈 대통령 직의 후보가 내건 슬로건에도 4차 산업혁명이 핵심 공약으로 있었죠.

4차 산업혁명을 내건 한 대통령 후보의 슬로건

4차 산업혁명으로 인해 인공지능 외에도 빅데이터, 3D프린터, 사물인터넷, 스마트 팩토리 등 어느 시대보다 산업화가 가속화되고 있습니다. 우리의 일상에 편리함과 신속함 그리고 맞춤형 서비스가 더욱 증가하겠죠. 반면, 두려워하게 만드는 것도 많습니다. 대표적으로 일자리죠. 2016 다보스포럼에서 4차 산업혁명으로 인해 2020년까지 선진국에서 일자리 710만 개가 사라질 것이라는 예측이 나왔죠. 4차 산업혁명으로 생기는 자동화, 무인화 시스템으로 인해 단순노동을 하는 서비스업의 일자리가 줄어들 것으로 보고 있습니다. 대한민국의 대표 5대 업종 중 가장 많은 이가 종사하는 서비스업이 큰 타격을 받을 거라는 말씀입니다.

우리의 일자리가 없어진다? 기계의 지배를 받는다? 지금껏 세상은 인간이 지배했지만, 미래는 기계가 지배할 수 있다는 생각이 진지하게 들게 하는 것, 바로 4차 산업혁명 때문이죠. 기계들은 우리의 생각보다 빠르게 생활에 흡수되고 있습니다. 그리고 우리가 받아들이고 있죠. 일어나지 말아야 할 질문을 몰입도를 위해 해 보겠습니다. 우리가족 중에 한 명이 암 진단을 받았습니다. 그렇다면 해당 암 분야 최고의 명의와 암 치료 전문 인공지능 서비스인 '왓슨' 중 어느 쪽이 제안한 치료를 받으시겠습니까?

IBM의 왓슨(Watson for Oncology)을 도입한 한 대학병원에서 환자들에게 실제로 이러한 설문조사를 진행했습니다. 여기에 대부분의 환자들은 "전문의와 왓슨의 판단이 다를 경우 왓슨의 판단을 따르겠다."고 답했습니다. 암은 죽음과 직결된 병입니다. 세상과 영영 결별할지 모르는 마지막 선택의 길에서 그들은 인공지능의 손을 들어 준 것이죠. 이미 정확도와 신뢰도에서 인공지능이 우리의 마음을 사로잡았다는 증거겠죠.

그리고 그것을 넘어 우리는 이미 기계의 지배 영역에 들어와 있습니다. 단편적인 예로 처음 가는 길인데 내비게이션이 없다면 찾아가기가 쉽지 않겠죠. 일단 저는 못 찾아갑니다. 내비게이션 없이 새로운 길을 가겠다는 생각도 못 할 것 같네요. 이젠 기계가 가리키는 곳을 맹신하며 갈 수밖에 없는 현실입니다. 빅데이터를 통한 기상 예측도 그렇죠. 이미 계산에 의한 이성적 능력은 기계에게 내준 지 오래입니다.

그렇다면 우리는 이 상황을 어떻게 타개해야 하는 걸까요? 더 이상 산업혁명이 진행되지 못하도록 막아야 할까요? 과거를 통해 해결책을 모색해 볼까요? 4차 산업혁명이니 1~3차까지의 산업혁명도 분명히 있었겠죠.

1차 산업혁명: 18세기 영국의 제임스 와트가 발명한 증기기관 기술

에 의한 변화의 시기

2차 산업혁명: 19세기 전기의 발명과 포드자동차의 대량생산과 자
동화 시스템 구축이 본격화된 시기

3차 산업혁명: 20세기 인터넷이 이끈 컴퓨터, 정보화기술의 혁명이
거의 모든 산업과 결합된 시기

그럼 위의 각 산업혁명을 겪는 시기에도 두려움이 밀려와 혁명을
막으려는 시도를 하지 않았나요? 대표적으로 19세기 초에 발생한 '러
다이트 운동'이 있습니다. 러다이트 운동은 기계 때문에 직장을 잃은
노동자들에 의한 기계파괴 운동이었습니다. 하지만 군대에서 노동자
들을 탄압하고 주동자들을 잡아 처형하니 운동이 수그러들었죠. 이
운동 이후 노조 설립이 본격 허용됐으며 단체 교섭권이 인정받습니
다. 러다이트 운동은 단순히 기계를 부수는 행위를 넘어 최초의 노동
운동이라는 데 그 의의를 두고 있습니다. 그럼에도 불구하고 산업화
의 확산을 막는 데는 실패합니다.

기계반대운동은 20세기에도 계속되었는데 이를 네오러다이트운동
혹은 뉴러다이트 운동이라고 합니다. 이번에는 첨단 과학기술 문명에
반대해 반기술과 인간성 회복을 기치로 내걸고 펼친 기계파괴 운동이
죠. 이외에도 산업혁명에 반하여 차티스트 운동, 공장법 개정 등 정부
주도의 법적인 개선이 있었죠.

하지만 그 어떤 산업혁명도 절대 멈출 수 없었습니다. 인간의 일자
리를 빼앗은 기계에 저항하는 움직임은 이처럼 뿌리 깊지만 그 거센

흐름을 막았던 사례는 보이지 않죠. 네, 이 새로운 물결을 막을 수는 없습니다. 이미 4차 산업혁명은 우리 생활 가운데 깊숙이 들어와 있습니다. 피할 수 없죠. 그렇기 때문에 우리는 더욱 관종이 되어야 합니다.

눈이 휘둥그레지셨을 겁니다. 4차 산업혁명과 관종이 왜 엮이며, 엮인다 하더라도 4차 산업혁명을 이겨 낼 수 있는 것이 왜 관심종자인지 말입니다. 지금껏 산업화가 지속됨에도 감성은 아직까지도 기계가 침범할 수 없는 영역으로 보고 있죠. 현재 4차 산업혁명에서도 기계가 넘기는 아직 무리라고 보는 분야가 예술계입니다. 인간의 감성을 바탕으로 하는 예술 영역은 현재 기계의 능력으로는 역부족으로 보입니다. 아시겠지만 관심종자는 아티스트입니다. 큰 맥락에서 퍼포머(performer)라는 점에서 행위예술가와 같은 결이라고 생각합니다. 자신의 내적, 외적 개성을 타인에게 표현하는 이들이죠. 행위예술가를 낮춰 보는 것이 아니라 관심종자를 높게 사는 것입니다.

타인의 관심을 원하는 관심종자는 인간성을 기본으로 해야 합니다. 인간미가 없다면 기계와 다를 바 없죠. 여기 인간성의 구성요소 중 하나인 긍정이 있습니다. 우리가 사는 이 각박한 세상을 살아남게 만드는 에너지원입니다. 관심받기를 선택해 스스로 힘을 얻을 수 있지만, 타인에게도 에너지를 줄 수 있죠. 인간성과 함께 긍정적 에너지로 무장한 이가 4차 산업혁명에서도 생존할 수 있지 않겠습니까?

제가 전하는 관종의 궁극적 모습은 인간성을 기본으로 한 긍정 에너지 전파자입니다. 긍정적 에너지를 전하는 이는 이성 중심의 기계화 사회에서 받지 못한 감성을 채워 줄 수 있습니다. 기계의 홍수에서도 생존권을 보호받을 수 있습니다. 이 사회에는 인간미가 있는 사람이 점점 더 필요해질 겁니다.

네, 인간성을 기본으로 긍정 에너지를 발산하는 관종. 이것이 우리가 지향할 모습입니다. 관종의 실천이 쉽지는 않을 겁니다. 하지만 어렵지도 않습니다. 스스로 인간성을 잃지 않기 위해 고민해 주세요. 인간미 없는 부정적 에너지는 빼고, 그 부분을 긍정적 에너지로 채워 가면 좋겠습니다.

4차 산업혁명, 두려워하지 마십시오. 우리는 살아남을 수밖에 없는 관종이지 않습니까.

6

놀이하는 인간, 호모 루덴스

저는 관종이며 또 호모 루덴스입니다. 관심을 받는 것은 '놀이'이며, 놀이하는 인간은 호모 루덴스라 부르기에 그렇지요.

약속 장소에 가기 위해 옷을 골라 봅니다. 어디 보자. 초록색으로 아이템 할 만한 것이 어디 있나? 어제는 초록색 바지를, 엊그제는 초록색 니트를 입었는데…. 오! 찾았다. 오늘은 초록 안경이다!

초록은 저에게 일상이며, 관종인 나를 완성시켜 주는 색입니다. 빨강색이나 파란색이 아닌 초록색을 고집하는 이유는 음…, 없습니다. 그냥 초록색이 좋은 것이죠. 생각해 보면 초록색에 긍정적인 뜻이 있는 것 같기도 하고요. 이 '초록게임'의 시작은 단순했습니다. 관심을 위해 내 몸에는 최소 한 가지 이상 초록색이 있어야 하는 나만의 규칙이 있었고, 그걸 실천한 거죠. 지인들은 저를 만날 때마다 어디에 초록색이 있는지 찾으며 재미를 느낍니다. 저 또한 그걸 보며 즐거움을 느끼죠. 심지어 지인들은 무엇이든 간에 초록색을 보게 되면 따로 연락을 해 왔고 제가 생각났다고 전했습니다. 연락을 받거나 관심받는 횟수가 늘어갈수록 이 '초록게임'의 점수도 많이 얻는 기분이었죠. 초록세상 속의 초록을 나누는 즐거움이랄까? 그런 놀이를 하고 있는 저는 '호모 루덴스'입니다.

'호모 루덴스'란 네델란드 학자 요한 하위징아의 1938년 저서명입니다. '인간의 문명은 놀이에서 나왔고, 우리는 근본적으로 놀이하는 인간이라는 것'을 다양하고 광범위한 자료를 통해 설파했습니다. 이 책은 놀이에 대한 이상주의적 해석을 담은 책이죠. 우리가 나이가 들며 잊고 지내는 놀이라는 것을 성인이 되어서도 간직한다면 뛰어난 예술가나 천재쯤으로 생각하게 되죠. 이에 인생을 놀이처럼 바라보는 저 같은 관종 역시 뛰어난 사람이라 증명받기도 합니다.

놀이라는 말은 가볍습니다. 이 글을 읽는 연령층에게는 논다는 것은 뭔가 부정적이며 나아가 죄악 같은 느낌이 들기도 하죠. 놀이는 아이들의 것이라는 관념 때문일까요? 생각해 보면 우리가 세 살 때 놀고 있으면 어른들은 칭찬을 해 주었습니다. 아이들이 천진난만하게 노는 모습에서 창의적으로 성장하는 이미지를 주었는지도 모르죠. 하지만 그 옆에 어른이 앉아서 아이와 똑같은 모습으로 놀고 있다면? 우리는 말 그대로 '놀고 있네.' 하고 생각합니다. 아이에서 어른으로 바뀌니 놀이에 대해 긍정에서 부정으로 바뀌네요. 왜 놀이는 아이들만의 전유물일까요? 어른들은 안 될까요? 정말 놀이를 아이들을 위한 산업으로 봐야 하나요?

이에 대해 이야기하려면 우리는 과거의 '인간상'을 알아볼 필요가 있죠. 보통 우리는 '호모' 하고 시작하면 '사피엔스'가 먼저 생각납니다. 생각하는 인간, 사유하는 인간이라는 말. 이 말에 참 어울리는 명언과 인물이 있습니다. "나는 생각한다. 고로 존재한다."라고 말한 철학자 데카르트입니다. 문장 자체가 대단한 것은 아니지만, 이 문장은 명언입니다. 여기에 시대의 전환이 담겨 있죠. 데카르트가 살았던 유럽의 중세는 신학의 질서가 세속의 질서를 압도했습니다. 또한 신학에 맞춰 세상을 바라보았기 때문에 진리는 이미 정해져 있었습니다. 따라서 신이 아닌 인간이 사유하여 얻는 철학은 굉장히 낯선 단어였답니다. 이러한 시기에 데카르트는 인간을 '생각하는 주체'로 여겼습니다. 이러한 관점으로부터 명문장이 나온 것이죠.

생각해 보면 인간이 지구에서 다른 동물을 정복할 수 있었던 원천은 물리적 힘이 아니라, 생각하는 능력에 있겠죠. 인간의 특질을 사유하는 것에서 찾는 호모 사피엔스라는 표현은 르네상스와 계몽주의의 표현이라고 말할 수 있습니다. 근대화를 거치며 산업화를 마주했을 때 또 바뀌는데, '생각'에서 인간의 특징을 찾는 것이 무언가 '부족'하다고 생각하기 시작한 거죠. 그렇게 등장한 개념이 '호모 파베르', 즉 만드는 사람입니다. 호모 파베르로서 가장 중요한 인간의 활동은 '생각하는 것'보다 뭔가 '쓸모 있는 것'을 만들어 내는 것입니다.

산업혁명 이후 급격히 경제가 팽창하던 시기에 인간은 생각보다는 가치를 만들어 내는 것으로, 그리고 그 가치를 산업화해 생산을 해낼 수 있는 것으로 바람직한 사람 대접을 받기 시작한 것이죠. 어렴풋이 들어 본 막스 베버의 '프로테스탄트 노동윤리'는 호모 파베르에 강력한 힘을 부여하죠.

우리에게 잘 알려진 개미와 베짱이 이야기, 기억하시나요? 호모 파베르에 정확히 일치하는 것이 개미입니다. 성실하게 잡생각하지 않고 열심히 무언가를 만들어 내는 그들. 그 이야기에서 베짱이는 어떻게 되죠? 내내 놀다가 겨울에 식량이 없어 결국 개미의 도움을 받죠. 우리 과거의 배움을 뒤적이면 개미는 정의였고 베짱이는 죄악이었습니다. 그런데 요즘은 이야기가 각색되더군요. 베짱이는 나중에 세계적인 가수가 되어 엄청난 돈을 번다는 이야기로 말이죠. 이 베짱이가 우리가 되짚어 볼 호모 루덴스입니다.

산업혁명을 거쳐 정보화 사회로 접어들며 도전적인 벤처정신과 창의성이 가치를 얻었습니다. 창의성은 의무적인 활동에서는 나오지 않죠. '의무적'으로 노동을 하는 인간은 호모 파베르라 하였고, 그렇다면 그 반대의 성격, 호모 루덴스는 '능동적'으로 놀이를 즐기니 요즘 시대에 꽤나 매력적입니다.

앞에서 관종의 시작이 방송 BJ라고 말했습니다. 사람들의 관심을 통해 업을 이어 가는 이들이죠. 그중 유튜버 대도서관을 아십니까? 그의 채널 구독자 수는 현재 160만을 넘었습니다(2018년 2월 기준). 더 흥미로운 것은 수입입니다. 그의 월수입은 4천만 원을 웃돈다고 전해집니다. 월수입이 대기업 직장인의 1년 수입에 가까운 금액입니다. 대도서관에게 물었죠. 어떻게 시작했냐고 말이죠. 재미로 시작했다고 합니다. 그는 시청자들도 재미로 본다고 한 인터뷰에서 답했죠. 재미는 의무적인 노동이 아닌, 자발적인 놀이에서 크게 느끼는 감정입니다. 이제는 놀이를 죄악이라는 고정관념에 가둘 필요가 없죠. 우리는 놀이하는 인간이죠? 그리고 관종은 삶 자체가 놀이입니다.

요한 하위징아가 말하는 놀이는 몇 가지 특징이 있습니다.

첫 번째, 매직서클이라는 개념이죠. 놀이라는 것은 현실과 다른 어떤 공간(물리적이거나 아니거나 모두 포함)으로 우리를 데려갑니다. 축구를 보면 경기장 이외에서는 놀이가 성립될 수 없듯, 오직 축구장에서만 게임(놀이)이 시작됩니다. 그 세계에서 우리는 일상의 고민이나 걱정을 하지 않습니다. 아니, 할 수가 없죠. 오직 초록색 잔디 위에서 펼치는 축구놀이에만 집중하게 됩니다. 관중들도 말이죠.

두 번째, 놀이는 규칙이 있습니다. 어떤 놀이든 규칙이 있고 그에 따라 경쟁을 하죠. 축구에도 야구에도 고스톱에도 규칙이 있고 그 안에서 경쟁하죠. 마지막으로 사회적 활동을 포함하는데, 놀이라는 것은 혼자 할 수도 있지만, 고등(高等) 놀이는 집단적으로 하는 놀이라고 하위징아는 설명합니다.

참고로 놀이는 진지함도 포함하고 있습니다. 보통 놀이의 반대는 진지함이라고 생각하지만, 놀이에 진지함이 없으면 몰입할 수가 없죠. 10시간 동안 몰입해서 영어 단어를 외우는 것과 10시간 동안 친구들과 게임하며 노는 것 중 어느 것이 더 진지할 가능성이 높을지 한번 생각해 보시죠.

물론 인간의 모든 것을 놀이로만 설명하면 아무것도 설명하지 못할 수도 있다는 한계점이 있을 수 있습니다. 또한 잉여시간이 있어야만 가능하다는 점에서 아쉬운 부분이 있습니다. 그럼에도 불구하고 우리

는 놀이를 터부시하지 않고 놀이 자체를 긍정적으로 받아들일 필요가
있습니다.

저의 초록게임 이야기를 이어 가자면, 이 놀이를 통해 저는 손쉽게
즐거움을 찾아낼 수 있었습니다. 바쁘디 바쁜 현대사회에서 따로 잉
여시간을 투자하지 않고도 즐거움을 만끽할 수 있는 것이죠. 또한 놀
이를 통해 집단에서 관심받도록 하는 데 효과적이고, 나아가 나만의
개성을 드러내는 데 효과적입니다. 또 지인들과 초록에 관한 이야기
로 할 말이 넘치게 되죠. 커뮤니케이션의 확대로 볼 수 있겠네요.

놀이는 우리에게 터부시될 것이 아니라, 지향하고 가꿀 필요가 있
는 것이지요. 1964년 노벨문학상 주인공이자 철학자인 사르트르는 이
렇게 말했습니다.

"직업은 심오한 놀이다."

우리가 살기 위해 갖는 직업조차 놀이에 기원을 두고 있군요. 요한
하위징아의 호모 루덴스 정신을 지금의 시대상에 맞게 받아들인다면
딱딱한 사회가 조금 더 즐거워지지 않을까요? 그런 사회에 관종보다
놀이하는 삶을 잘할 수 있는 이가 또 어디에 있을까요?

PART 2

관심종자임을
부정하는 현실

그럼에도 불구하고 우리는 선뜻 관심종자가 되기가 겁이 납니다. 왜 그럴까요? 우리는 사회적 동물이기 때문입니다. 세상은 혼자 사는 곳이 아닙니다. 다른 사람들과 유기적 연대를 해야 살아갈 수 있지요. 우리는 혼자의 삶보다 함께하는 삶에 길들여져 왔습니다. 생각해 보겠습니다. 아이는 배고플 때 젖을 찾습니다. 젖을 주는 이는 엄마입니다. 아이는 젖을 달라고 울고 떼씁니다. 그러다 눈치가 생기면 엄마에게 애교도 부리고 이쁨 받기 위해 행동합니다. 아이가 세상을 알아 가는 것이지요. 그 순간부터 우리의 사회화가 시작됩니다. 나의 욕망을 채워 줄 대상의 마음에 들어야 자신의 욕망을 채울 수 있는 것이지요.

우리의 과거와 현재가 그랬습니다. 부모님의 기대와 나를 바라보는 지인들의 마음에 들기 위해 우리는 많은 노력을 하며 살아왔죠. 태어나면서부터 내 자신의 욕망보다 타인의 욕망을 내 욕망으로 알고 살아온 것이죠. 하지만 우리의 미래가 행복해지기 위해서는 타인뿐만 아니라 자신의 내면적인 욕망에도 충실해야 합니다. 여러분이 순수하게 좋아하는 것들, 간혹 튀어 보여 관심을 받게 되더라도 여러분이 원하는 것을 해야 하죠. 그럼에도 불구하고 타인의 욕망은 만족시킬 필요가 있습니다. 역시 세상은 나 혼자 사는 세상이 아니기 때문이죠. 하지만 이제는 자신의 내면의 욕망도 함께 바라보고 실천하기를 희망합니다. 타인의 욕망을 실현하려는 자신의 모습이 진정한 '나'는 아니라는 걸 명심하시기 바랍니다. 정신분석학자 자크 라캉은 말합니다.

"인간은 타인의 욕망을 욕망한다."

우선 이 말부터 깊이 있게 생각해 보아야 할 것입니다.

1

왜 숨기는가?

　제가 기억하는 몇 안 되는 오래된 기억을 꺼내 볼까 합니다. 다섯 살 때 기억입니다. 유치원에서 수영장을 가기로 했습니다. 많은 아이들이 좋아했습니다. 저는 사색이 됐습니다. 정말 가기 싫었습니다. 물이 무섭거나 수영을 못해서는 아니었습니다. 이름이 수영이라 수영장은 정말 가기 싫었죠. (안 웃기네요. 죄송합니다.) 가기 싫은 이유는 한 가지였습니다. 옷을 벗는 것이 싫었습니다. 왜냐면 저는 배꼽 옆에 작은 점이 있는데 그걸 보여 주는 것이 창피했기 때문입니다. 저를 제외한 가족들이랑 친구들은 모두 점이 없는데 저만 점이 있는 걸 감당할 수 없었습니다. 이 점을 없애려 손톱으로 파 보기도 했죠. 피가 나서 놀라 멈췄습니다. 살을 파면 피가 나는 것도 그때 알았습니다. 다섯 살 때 말이죠.

　어떻게든 가지 않겠다고 어머니께 떼를 썼습니다. "안 가겠다.", "그날 아프다." (그날이 오지도 않았는데 말이죠.) 말도 안 되는 핑계를 댔을 겁니다. 그리고 엄마한테 말했죠. 사실 배꼽 옆에 점이 싫다고. 어머니는 현명했습니다. 그 점 위에 밴드를 붙이면 되지 않냐 하셨습니다. 점이 보이지만 않으면 되니 저는 위기탈출 유레카를 외쳤을 겁니다. 그리고 가는 날 아침, 점 위에 밴드를 붙이고 유치원을 갔죠. 유치원에서 대절한 버스를 타고 수영장에 도착해 탈의실에 갔습니다. 점 위에 밴드를 붙였기에 아무렇지 않게 옷을 벗었지요. 자신 있었습니다. 탈의실에서 수영장으로 나갔습니다. 준비운동을 했습니다. 고개를 숙이면서 밴드를 확인했는데 밴드가 없는 겁니다. 저는 땀이 나기 시작했습니다. 아마 옷을 벗을 때 웃옷에 붙어 벗겨지지 않았나 싶습니다. 그렇게 식겁한 상태로 주위를 봤습니다.

정말 아무도 관심을 가지지 않더군요. 저는 엄청난 공포감에 휩싸여 있는데, 다른 사람들에게 저는 보이지 않는 것 같았죠. 오히려 배를 조금 내밀고 있어도 누구 하나 관심을 가져 주지 않았습니다. 아직도 제 배에 붙어 있는 점 이야기입니다.

당시 저는 스스로를 외계인이라고 생각했을 겁니다. 친구들이 제 점을 보고 놀릴 거라 생각했죠. 겁났습니다. 다른 사람과 다르다는 것이. 하지만 그날 수영장에서 진정한 관심은 허벅지에 손바닥 크기로 점이 난 친구였습니다. 심지어 점 위로 엄청난 털이 나 있었습니다. 그 이후 점에 대한 콤플렉스는 서서히 사라졌고, 지금은 그 점이 있어서 배에 왕(王)자를 만들면 구슬 옥(玉)자가 된다고 너스레를 떨기도 하죠. 훗날 제가 치매에 걸리면 제 자식이 이 점으로 저를 찾을지도 모릅니다.

사람들은 보통 다른 사람들과 다르게 보이고 싶어 하지 않습니다. 아니, 두려워합니다. 조금이라도 튀는 행동으로 눈길을 받으면 무리에서 떨어져 나가는 듯 상실감이 생기죠. 사실 다른 사람들과 동일한 행동을 하려는 것은 본능에 가깝습니다. 우리는 사회 구성원으로부터 그들과 똑같은 행동을 취하도록 보이지 않는 압력을 받는 것이죠. 이것을 심리학에서는 '동조현상'이라고 부릅니다.

동조현상과 비슷한 말로 마케팅에서는 '밴드왜건 효과'라는 말이 있습니다. 남들이 하면 나도 따라 하게 되는 무의식적 행동이죠. 먼저 동조현상은 좋거나 나쁜 것이라고 말할 수 없습니다. 장단점이 있기 때문이죠.

동조현상은 대체적으로 현명한 행위입니다. 다른 사람들의 행동을 따라 하다 보면 안전하고 시행착오 없이 금방 잘할 수 있게 됩니다. 우리가 동조하는 이유는 종종 정보의 부족 때문이고, 다른 사람들을 통한 학습은 우리가 할 수 있는 최상의 정보 습득 방식 가운데 하나죠.

반면, 동조효과의 단점도 있습니다. 우리가 알고 있는 《피리 부는 소년》에 나오는 쥐 이야기를 볼까요? 피리 부는 소년은 피리를 불어 마을의 문젯거리인 쥐들을 모아 바다에 빠지게 해서 마을의 문제를 해결하죠. 추가되는 이야기는 생략하고, 여기 나오는 쥐는 실제로 존재하는 나그네쥐(레밍)입니다.

누군가는 징그러울 수 있는 이 특이한 쥐의 이야기를 좀 더 하면, 나그네쥐는 특이한 습성을 가지고 있습니다. 집단 자살을 하는 동물로서 말이죠. 스스로 개체수를 조절하기 위함이라고 말하는 학자들도 있지만, 최근에는 의도적인 자살이 아닌 다른 이유가 있다는 게 정설로 받아들여지고 있습니다. 그 이유로 나그네쥐가 심한 근시, 즉 눈이 아주 나쁘다는 것입니다. 설치류는 번식 속도가 굉장히 빨라 개체수가 늘어나면 무리가 모여 있는 곳에는 먹을 것이 부족해져서 다른 곳으로 이동하게 되죠. 이때 단체로 직선 이동을 하는 과정에서 바다나 강을 마주치는 경우가 있을 겁니다. 이때 나그네쥐들은 앞에 있는 쥐를 맹목적으로 따라가다가 함께 물에 빠져 죽는다는 것이죠. 이를 동조현상의 단점으로 볼 수 있겠죠. 나그네쥐의 삶이 조금 허망하고 우둔하게 느껴지기도 할 겁니다.

아, 그런데 동조현상이 우둔해서 발생하는 것은 절대 아닙니다. 사람들은 무리 지어 다니는 것을 좋아하잖아요. 이런 쏠림현상은 일반 대중 사이에서뿐만 아니라 똑똑한 이들의 집합체로 보는 의회, 정당 그리고 법정에서도 발생합니다.

한 예로 가장 높은 단계인 대법원 판결에서 A가 맞다고 판결이 내려졌다면 후에 상당히 많은 하위 법원들은 독자적인 판결을 내리기보다는 대법원이 내린 판례를 따라가는 쏠림현상을 보입니다. 그러므로 동조현상 자체를 우둔해서 일어나는 일이라고만 볼 수는 없는 것이죠.

동조현상은 사회현상 중에도 상당히 많습니다. 독일인 가운데 상당수는 체리를 먹은 후에 물을 마시는 것이 건강에 나쁘다고 믿습니다. 또한 청량 음료에 얼음을 넣는 것이 건강에 좋지 않다고 믿죠. 그러나 영국인들은 체리를 먹은 후에 차가운 물을 마시는 것을 즐기고, 미국인들은 얼음을 넣은 청량음료를 매우 사랑하죠.

보통 동조현상은 다른 사람들로부터 좋게 평가받고 싶어 하는 인간의 보편적 열망 때문에 생깁니다. 사람들은 다수의 사람들이 믿는 어떤 것에 대해, 최소한 대놓고 이견을 제시하지 않죠. 다른 사람들로부터 좋은 평가를 받고 싶어 하는 열망으로 말미암아 사람들은 다수의 의견에 동조하게 되고 자신이 갖고 있는 이견은 억누르게 됩니다.

예를 들어 볼까요.

- 10대 소년 소녀의 비행 가능성은 또래 집단으로부터 큰 영향을 받는다.
- 어떤 공동체에서 폭력 범죄의 수준은 다른 사람들의 행태로부터 큰 영향을 받는다.
- 사람들이 은퇴 이후를 어떻게 계획하는지는 많은 경우 그들과 같은 직종에 있는 사람들의 행동으로부터 영향을 받는다.

동조현상이 지나치면 개인의 창의성과 발언권이 무시될 수 있어 조심해야 합니다. 특히 대한민국은 유교문화와 함께 집단의식이 강해 동조현상의 영향을 많이 받죠. 아마 이러한 연유에서 한국 사회에서 관종은 더욱 홀대를 받게 되는 겁니다. 그럼에도 불구하고 개개인의 참된 개성은 존중되어야 합니다. 저마다 각기 다른 특성 때문에 가치가 있다는 것이죠. 우리는 창의성 개발과 자아실현을 위해서라도 맹목적인 동조현상에서 벗어날 필요가 있습니다.

그렇다면 동조현상에서 벗어하는 힘은 무엇일까요? 하버드대학 로스쿨 교수인 카스 R. 선스타인은 **"우리는 자신이 내린 판단이 옳다고 확신할 때, 좀 더 적극적으로 다수의 사람이 가진 생각을 거부한다."**라고 했습니다.

우리는 관심을 받고 스스로와 타인에게 긍정적 영향을 주기 위해 관종이 되고자 합니다. 여기에 본인이 맞다고 느끼는 것에 스스로 힘을 실어 주면서 자신의 신념을 확고히 함으로써 동조현상에서 벗어날 수 있습니다. 이러한 과정에서 자기동기화능력(어려움을 참아내고 자신의 성취를 위해 노력할 수 있는 능력)이 생기죠.

또한 저의 '점' 사례를 통해 알 수 있죠. 내가 걱정하는 것에 상대방은 전혀 관심이 없을 수 있다는 것이죠. 그러니까 더욱 스스로를 믿고 남들과 다른 자신의 뜻을 공개해야 하죠.

그럼 구체적으로 스스로를 믿고 그 믿음을 강화시키는 방법은 어떤 것이 있을까요? 이는 5장에서 준비했으니 마음 놓고 천천히 책장을 넘겨 보겠습니다.

2

사회적 문제, 비교

그리스 신화에 나르키소스라는 용모가 매우 아름다운 청년이 나오죠. 그는 동성과 이성을 가리지 않고 많은 이에게 사랑을 받았습니다. 그러나 그는 그 누구도 사랑하지 않았고, 수많은 고백도 모두 거절했죠. 여기에 나르키소스에게 차인(?) 어떤 이가 그 역시 똑같은 사랑의 고통을 겪게 해 달라며 복수의 신 네메시스에게 빌었습니다. 복수의 신은 그 말을 들어 주었고, 나르키소스는 샘에서 물을 마시던 중 샘에 비친 자신의 얼굴을 보고 단숨에 사랑에 빠지고 말았지요. 그는 샘물에 비친 자신에게 사랑을 갈구하며 평생을 살아갑니다. 스스로만 바라보면서 말이죠.

여기서 나온 말이 우리가 잘 아는 자기애(自己愛)를 뜻하는 '나르시시즘'입니다. 이 이야기에서 나르키소스는 자신의 아름다운 본 모습을 물에 비춰 보고 알게 되죠. 우리는 거울을 통해 자신을 인식합니다. 우리를 비추는 물체는 거울, 물뿐만이 아닙니다. '타인'도 있죠. 그래서 자아의 시작은 '자아의 타자화'라는 말이 있습니다. 쉽게 말해 타인을 통해 나를 확인한다는 것입니다. 우리는 타인의 시선을 벗어나기가 힘듭니다. 타인이 나에게 못생겼다고 말하면, 그 순간 나는 못생긴 것으로 마음을 굳히죠. 우리의 이미지는 온통 타자가 부여한 것이라 생각해도 과언이 아닙니다.

A: 야, 너 왜 밥 먹을 때 손으로 먹니?

B: 그게 왜?

A: 밥 먹을 때는 젓가락, 숟가락으로 먹는 거야.

B: 그러니까 왜?

A: 그렇게 교육받았고 다른 사람들도 그렇게 먹으니까.

B: 이렇게도 먹을 수 있는 걸?

A: 그럼 넌 비정상 소리 듣는 거야. 물론 난 정상!

B: 정상, 비정상의 기준이 뭔데?

A: …. 그건 다수결의 원칙이야. 몰라, 그런 거래.

자신의 삶인데 다수의 의견에 따라 사는 것이 속상하신가요? 너무 속상해하지 마세요. 해결책이 있습니다. 관종이죠. 대놓고 관심받기를 커밍아웃 하는 것입니다. '관밍아웃'('관심병'과 '커밍아웃'의 합성어로 관심병이 있음을 공개적으로 이야기하는 것을 뜻함)이라고 말할 수 있죠. 관종은 관심을 받는 것을 두려워할 필요가 없을뿐더러 오히려 관심을 받아야 즐거움을 느끼죠. 생각해 보면 우리에게는 한편으로는 타인과 같기를 바라면서도, 다른 한편으로는 타인과 다르기를 바라는 이중성이 있습니다. 제가 친구와 쇼핑하러 갔을 때였습니다. 마음에 드는 옷이 있어서 골랐습니다. 화려한 초록색 점퍼였죠. 색이 강해서 저의 시선을 사로잡았습니다. 그때 친구와의 실제 대화입니다.

나: 찾았다. 어머, 이건 사야 돼.

친구: 내려놔. 사지 마.

나: ?

친구: 너무 과해.

나: 뭐가 과해?

친구: 색깔이 진해서 다른 옷이랑 받쳐 입기가 힘들 거야.

나: 괜찮아, 내가 마음에 들어. 그리고 이런 옷 누구도 없잖아.

친구: 솔직히 너무 튄다니까. 너 이거 입고 다니면 사람들이 다 쳐다본다.

나: 더 잘됐네. 사야겠어! 나만 보면 좋지. 나 관종이야.

친구: 너 이거 입고 다니면 같이 다니기 창피해. 다 이상하게 생각할 걸?

나: 그 정도니?

친구: 응. 솔직히 연예인도 아니고 이런 걸 누가 입어.

나: 그러니까 내가 입어…야….

친구: 내려놔.

나: 네….

제 마음에 들었는데도 사지 못했습니다. 실제로 가격도 괜찮았고 입으니 핏도 좋더군요. 안 살 이유가 없었죠. 그런데 그 이유가 타인이 었습니다. 그게 문제죠. 관종이라고 말하며 타인과 다르기를 바라는 저 또한 자주 타인의 말에 흔들릴 때가 많습니다. 그리고 상당히 많은 경우 타인과 같은 길을 선택합니다. 뭐 둘 다 문제가 있거나 어느 하나 좋거나 나쁜 것은 아닙니다. 앞에서 알아본 동조현상의 장단점이라고 할까요? 하지만 여기서 생각하고 넘어가야 할 부분이 있습니다. 타인에 의해 행복의 큰 전제인 자유의지가 박탈당할 수 있다는 것이지요. 그것도 상대방의 공격이 아닌 애정에서 말입니다. 무슨 말일까요?

수많은 꿈이 꺾인다
현실의 벽이 아니라,
주변의 충고 때문에⋯

– 시 "충고의 벽" 중에서
(하상욱 단편 시집《시 읽는 밤》중에서)

여기서 말하는 사람들의 충고. 대체 어디서 비롯됐을까요? 아마 상대가 잘되기를 바라는 마음에서 비롯되었을 겁니다. 상대가 좀 더 보편적이고 무리가 원하는 모양이 되기를 바라는 좋은 마음에서 말입니다. 저는 앞장에서 우리는 인간성을 바탕으로 긍정적 에너지를 '발산' 해야 한다고 말했습니다. 말 그대로 발산입니다. 뿜어져 나오는 것이 죠. 누군가에게 강요되고 주입되는 것이 아니라는 겁니다. 발산된 긍정 에너지를 원하는 사람이 있을 경우 에너지를 받는 것이죠. 강제로 주는 것은 긍정적인 것에 기초했어도 긍정적 효과를 기대하기 힘듭니다. 강제성은 사람을 불편하게 하는 특징이 있기 때문입니다.

우리의 긍정성은 늘 좋은 역할만 하는 것이 아닙니다. 긍정이라는 이름으로 충고가 시작되면 타인의 자유의지에 브레이크를 걸 수 있습니다. 상대의 기대를 꺾는 행동이 긍정이라는 이름으로 시행되면 폭력이나 다름없는 거죠.

그것을 타개하는 방법도 관종 됨에 있습니다. 우리는 스스로의 자유의지를 위해서라도, 누군가와 다르더라도 관심받을 행동, 관심받을 이견을 제시해야 합니다. 그렇게 관종이 되는 거죠. 그러면 말 그대로 나는 특별한 사람으로 성장하는 반면, 타인은 보통 사람으로 남아 있지 않겠습니까?

타인이 보통 사람으로 남으면 그들이 싫어할 것 같나요? 아닙니다. 다시 말씀드리지만 사람들은 다르고 싶어 하며, 같고 싶어 하죠. 상대가 관종으로 보인다면 스스로는 보통 사람이 되었음에 안도합니다.

타인은 관종을 통해 정상임을 보장받습니다. 따지고 보면 관종은 상식 밖의 사람을 말하고, 관종이 아닌 사람은 그 안쪽에 있어 정상이 되는 것이죠. 바꿔 말하면 관종이 없으면 정상이 될 수 없으므로 그들은 관종이 참 필요하고 나아가 고마워해야 합니다.

자신 있게 관종이 되십시오. 비교를 당해도 괜찮습니다. 그래야 관종이 됩니다. 그리고 최소한 우리를 관종으로 보는 사람에게 정상인이라는 당위성을 줄 수 있습니다. 결국 관종이 되는 것은 스스로에게도 득이고 다른 사람에게도 득입니다. 옛말로 일거양득, 전문용어로 '쌍방 개이득'이라고 카더군요.

Don't worry. Be (교) happy.

3

떳떳하지 못한 가면

대학 친구들과 함께 술잔을 기울이고 있었죠. 저는 밝은 분위기를 위해 이런저런 이야기를 꺼내며 놀고 있었습니다. 고조에 다다르자 목소리가 커지기 시작했죠. 그런데 한 친구가 목소리가 왜 그렇게 크냐고 관종이냐며 핀잔을 주더군요. 목소리가 크면 왜 관종이냐 되물으니 관심받으려는 사람은 그 안에서 자기 소리만 나오게 하려고 큰 목소리로 말한다는 것입니다. 틀린 말이 아니니 변명할 수 없었습니다. 그리고 애정 어린 충고라며 큰 소리로 말하는 건 하지 말라더군요.

그때부터였나요. 말할 때마다 제 목소리 크기가 신경 쓰이더군요. 말 한마디 하고 그 친구 눈치를 보고 있고, 목소리 크기에 신경을 쓰니 이야기에 집중을 못해 재미도 없더군요. 조금 앉아 있다 집에 갔죠.

회사에서도 비슷한 경험을 했습니다. 처음으로 입사한 곳이 기업교육 컨설팅 회사였습니다. 기업문화가 보수적인 편이고 그런 기업문화 때문에 강의를 하는 강사들은 조금 더 보수적일 수밖에 없습니다. 실제로 보수적이지 않더라도 보여 주는 모습이 보수적이어야 하죠. 그래서 강사라는 이미지를 떠올리면 정장을 입고 머리를 빗어 넘겨 이마를 보이는 깔끔한 모습이 떠오르죠.

어쨌든 회사에 다니며 정장을 입어야 했습니다. 저는 초록색을 좋아하죠. 입사 전까지만 해도 무조건 초록색 옷만 입고 다녔지요. 그런데 문제가 생기더군요. 삭막한 회색건물들 사이에서 초록색은 정말 튀는 색입니다. 정장을 입어도 초록색을 입고 싶었는데 정말 많이 튀었죠.

보수적인 곳에서는 튀는 것에 대한 검열이 심하죠. 회사 이사님은 좀 더 깔끔한 옷을 입어야 한다며 말씀을 해 주셨습니다. 별 수 있나요. 일단 녹색을 빼고 옷을 입었습니다. 그런데 얼마 안 가 제가 마음이 너무 불편한 겁니다. 내가 아닌 것 같이 느껴지더군요. 강박증 같은 것으로 볼 수 있겠네요. 그래서 속옷이라도 초록색을 입어야겠다 싶었고, 다른 방법들을 계속 찾아 나섰습니다. 지금은 정장을 맞춰 입으면서 단추나 라펠에 있는 구멍에 실을 초록색으로 합니다. 그래야 잘 보이지 않지만 초록색이 있으니 저를 잃지 않은 것 같아 자신감이 생기더군요. 물론 이 또한 관종이라는 분들이 계셨습니다.(웃음)

살면서 충고를 해 주는 사람들에게 고마운 생각을 가지죠. 나를 애정하니까, 나를 좋아하니까 이야기해 주는 거라 생각했죠. 내가 아파도, 내가 마음 불편해도 긍정적인 마음에서 나온 것이니. 하지만 어느날 깊게 고민하게 되더군요. 정말로 이들이 나를 사랑하는 걸까? 과연 그런 걸까? 그 깊은 물음에서 답을 내렸죠.

'누구도 나만큼 나를 사랑하지 않았다.'

이것은 여지없는 사실입니다. 누구도 나만큼 나를 사랑하지 않는데 내가 그들의 말에 좌지우지되며 크게 아파하고 힘들어해야 하는 걸까? 나를 관중이라고 생각한 이들은 나와의 만남이 끝나고 집에 가면서 그대로 잊을 것입니다. 하지만 나는 그 이후로도 그 말 한마디에 속상하겠죠.

이어 그들의 말에 흔들리지 않기로 결심했다고 해서 내가 원하는 것을 하는 자유의지나 타인을 의식하는 두려움이 사라지는 것은 아니지요. 지금 현실에서 나를 나 자체로 '진정' 사랑해 줄 사람은 몇인가? 10명도 채 되지 않는다는 사실. 그 사실을 이해하고 다른 이들의 비수 같은 말을 피해 내시기 바랍니다.

비수를 많이 받은 연예인이 있었죠. 자타 공인 '대한민국에서 가장 유명한 게이, 홍석천.' 정말 존경하는 사람입니다. 용기와 참 잘 어울리는 사람이죠. 한국 사회는 보수적인 편이죠. 특히나 민감한 영역이 성정체성 부분입니다. 세계적으로 봐도 대한민국은 이 부분에서 아직 딱딱한 관념이 있죠. 그가 처음으로 자신의 성정체성을 자각한 시점은 초등학교 4학년 때였다고 전합니다. 그리고 이걸 스스로 받아들이고 인정하기까지 꽤 오랜 시간이 흘렀을 겁니다. 홍석천 씨는 마음에 드는 여성을 보면 심장이 두근두근 댔다고 합니다. 하지만 마음에 드는 남자를 보면 심장이 쿵쾅쿵쾅 뛰었다고 합니다. 하지만 우리 사회는 아직 이 부분에서 용납을 못하죠. 그는 71년생입니다. 그가 지낸 시기는 지금보다도 더 동성애자를 받아들이지 않았죠.

그는 남들과 다른 성정체성으로 중학교에서는 왕따를 당하고, 심지어 일진 친구들에게 끌려가 폭행, 성폭행까지도 당했다고 합니다. 참 가슴 아프죠. 그건 홍석천 씨의 잘못이 아니지 않습니까.

홍석천 씨는 2000년 커밍아웃 했습니다. 이때도 그는 〈남자셋, 여자셋〉이라는 대한민국에서 대흥행한 시트콤에 출연하고 있었죠. 저도 어렸을 때 본 기억이 납니다. 홍석천 씨는 연기자로서 최고의 주가를 올리고 있었죠. 그런 때에 커밍아웃을 했습니다. 여기에는 그럴 만한 상황이 있었는데요.

당시 홍석천 씨는 한 지인의 부탁으로 팬 사인회를 진행했습니다. 그런데 몇 번 부탁을 들어 줬는데도 계속해서 무리한 부탁을 하자 거절했는데 여기에 화가 난 지인이 홍석천이 게이라는 사실을 밝히겠다고 욕설과 함께 협박을 했다는 거죠. 그래서 커밍아웃을 했다고 전해지죠. 얼마나 힘들었을까요. 그것 역시 홍석천 씨가 원해서 밝힌 것은 아니었으니까요.

그 후로 현실은 그에게 싸늘했겠죠. 손가락질하고 수근덕대고 사회에서 이단아가 되었을 겁니다. 매슬로우 욕구위계론 기억나시나요? 우리는 사회 참여를 적극적으로 해야 행복할 수 있습니다. 그것을 저지당하니 행복감이 줄어들었을 겁니다. 당시 그의 유일한 돌파구는 요리였죠. 처음에는 쉽지 않았다고 합니다. 2년 동안 매달 천만 원씩 적자를 보았다니. 그럼에도 더 힘든 것은 주변 사람들의 편견과 인식이었다고 하죠.

누구나 알다시피 성 소수자가 전염병 환자는 아닙니다. 그저 다수의 사람들과 다른 성정체성을 가졌을 뿐이죠. 근데 우리는 소수를 '틀리다', '이상하다'의 부류로 가둬 둡니다. 소수였던 그는 그럼에도 불구하고 일어섰죠. 이런 말이 있죠.

이 시대 별종, 홍석천 씨

'콤플렉스를 밝히면 콤플렉스는 없어진다.'

뻔히 보이는 힘든 삶을 시작한 그때부터 그는 일어설 준비를 한 것입니다. 게이라고 커밍아웃 한 순간부터 그의 가장 큰 콤플렉스는 줄어들기 시작했습니다. 만약 당시 커밍아웃을 하지 않았다면 그는 지금처럼 스스로에게 자신 있었을까요? 지금처럼 용기 있는 사람이 될 수 있었을까요?

현재 그를 말하는 수식어가 방송 자막에 나오더군요.

'단 하나의 캐릭터 대한민국 톱게이. 스페셜한 매력을 지닌 별종.'

그리고 그는 말합니다.

"저는 게이입니다. 그래서요? 제가 게이라고 말한다고 해서 여러분이 게이가 되는 것이 아니잖아요?"

용기. 우리가 스스로를 정말 사랑한다면 용기가 필요합니다. 자신을 인정하고 사랑하는 데 용기가 가장 먼저 필요합니다.

사람들에게는 각자의 에너지가 있습니다. 말하지 않아도 그 사람에게서 느껴지는, 또 내가 풍기는 에너지입니다. 예를 들어 용기를 내어 사랑을 고백하러 가는 사람은 꼭 꽃을 들고 가지 않아도 눈을 보면 결의에 차 있습니다. 반대로 범죄를 저지른 죄책감에 자신에 대한 용기가 줄어들면 이미 범죄자의 얼굴을 띱니다. 이 보이지 않는 에너지, 그 에너지는 용기에서 나옵니다.

용기가 빠진 관종짓을 하면 손가락'짓'하죠. 용기가 있는 사람이 관종짓을 하면 어떨까요? 똑같습니다. 역시 손가락 '짓'합니다. 하지만 큰 차이가 있죠. 용기가 있다면 '지속성'이 발휘됩니다. 즉, 용기 있는 사람은 짓거리를 계속할 수 있습니다. 지속하면 그것은 그 사람의 것이 됩니다. 중요한 것은 지속되는 상태죠. 성공하지 않아도 인정받을 수 있는 방법이 바로 지속성이지요.

용기를 얻어야 합니다. 여러분은 용기를 가질 존재입니다. 여러분은 이미 시작이 1등이었습니다. 2억 마리 정자 중에 1등 한 존재라는 사실을 잊지 마세요. 시작부터가 치열했던 그리고 이겨 낸 그대들입니다. 용기 내어 스스로를 보여 주세요. 긍정적인 관종은 용기가 있답니다.

그 용기를 어디서 얻냐고요? 이것은 참으로 간단하네요. 제가 말씀드렸죠? 카스 R. 선스타인 교수의 말!

"우리는 자신이 내린 판단이 옳다고 확신할 때, 좀 더 적극적으로 다수의 사람이 가진 생각을 거부한다."

여러분이 관종인 걸 받아들이시면 용기가 생깁니다. 받아들여 보세요. 당신은 좋은 관종입니다.

4

관종의 낙인

저의 어렸을 때 별명은 무엇이었을까요? 양배추였습니다. 별명은 생김새를 보고 짓곤 하죠. 양배추, 어떻게 생겼는지 아시죠? 보통 사람이 양배추같이 생기긴 힘들죠. 저도 양배추같이 생기진 않았습니다. 그럼에도 불구하고 저는 양배추였습니다. 제 이름이 '양'수영이기 때문이죠. 별명은 생김새뿐 아니라 이름으로도 생기는데 그게 제 경우네요.

나중에 제 별명이 진화해 '양배추도사'였습니다. 어렸을 당시 '배추도사 무도사'라는 만화 캐릭터가 있었죠. 나중에는 곱슬머리를 보고 '양배추머리도사'라고 부르기도 하더군요. 그런데 이 별명은 어떤 장난기 많은 A친구가 지어 준 별명이었습니다. (심한 곱슬머리도 아니었는데 말이죠.)

삼인성호(三人成虎)라는 말이 있습니다. 세 명이 같은 말을 하면 없던 호랑이도 나타나게 할 수 있다는 말이죠. 제 멋진(?) 별명을 지어 준 A친구가 저를 그렇게 부르자 B친구가 따라 부르더군요. 또 C친구가 따라 부르니 후엔 꽤 많은 친구들이 저를 양배추머리도사라고 부르더군요.

처음에는 별생각이 없었지만 그렇게 부르는 친구들이 점점 많아지니 싫더군요. 무리에서 떨어져 나가는 공포심이 들었습니다. 또 양배추는 뭐랄까, 그냥 채소에 불과한 느낌이었고 채소, 야채라는 느낌은 호랑이, 사자 등과 같은 별명보다 약한 느낌이 들어서 싫었습니다. 게다가 양배추머리도사라는 곱슬머리를 놀리는 의미도 있었기에 듣기 싫었지요. 별명이 탄생하고 한동안 지속됐습니다. 어떻게든 친구들이 제 별명을 못 부르게 하고 싶었습니다. 지금 양배추라는 별명을 생각하면 제가 좋아하는 초록색에 나름 슈퍼푸드 중 하나로 인정받는 채소니 의미 부여를 할 수 있었겠지만, 당시에는 참 고통스러웠습니다. 하지 말라고 말하기도 하고 별명을 지어 준 친구와 싸우기도 했지만 별명을 못 부르게 하는 방법은 없더군요. 그냥 한동안의 시간이 지나니 잊혀지더군요.

누구나 별명이 한 개 이상은 있죠. 보통 학창 시절 만들어진 별명들은 상대방을 장난으로 놀리기 위한 것들이 많죠. 그런 별명이 생기는 당사자들은 좋을 리 없습니다. 자신에게 부정적 인식을 줄 테니 말이죠. 저도 양배추머리도사라는 별명이 생긴 것을 싫어했지만 반대로 친구들의 별명을 만들어서 부르곤 했죠. 네, 저의 양면성을 인정합니다. 하지만 저만 나쁜 놈인가요? 솔직하게 우리는 별명을 받기도 했지만, 분명 만들기도 했을 겁니다.

제가 지어 준 별명 중에 기억나는 것은 연방이라는 별명입니다. 연씨 성을 가진 친구가 있었는데 그 친구 주위에서 우연히 방귀 냄새가 나서 그 친구의 성과 방귀의 앞글자를 따서 연방이라고 불렀죠. 그런데 그때가 학기가 시작되는 시기였는데 그런 별명이 생기니 너도나도 따라 부르더군요. 다 같이 따라 부르니 마치 제 말을 따라 부르는 것 같아 더 신나게 별명을 부르고 별명 지어 주는 것을 했습니다.

생각해 보니 참 폭력적이었네요. 폭력이란 물리적인 피해 상황을 말하는 것이 아니지요. 당연히 정신적 피해 상황도 포함합니다. 그런 면에서 저는 폭력을 행사했습니다. 양배추머리도사로 불리던 그때가 참 싫었는데, 연방이라는 친구는 방귀도 안 뀌고 이상한 별명을 얻고, 게다가 여자였으니 이미지에 타격이 생겨 저보다 마음이 훨씬 안 좋았을 겁니다. 얼마 전 그 친구와 연락이 되어 그 별명을 지은 걸 진심으로 사과했고 그 친구가 사과를 받아 줬지만, 저는 평생 미안한 마음을 담고 있어야 하죠.

폭력은 법으로 금지하고 있습니다. 그러므로 우리는 정신적 폭력역시 가할 수 없습니다. 상대가 원하지 않는 말은 하지 않아야 하죠. 별명이란 서로가 수락해야 오갈 수 있는 겁니다. 서로 받아들이기만한다면 이름 이상으로 서로 간에 끈끈한 호칭으로 상대방에게 관심과 애정을 표현하는 거야 괜찮죠.

한국 유명 래퍼그룹인 '다이나믹 듀오'의 개코와 최자도 자신들의 별명을 활동명으로 사용하고 있습니다. 그들은 유명하지만 실제 이름은 유명하지 않습니다. 그런데 상관없습니다. 그들의 별명이 곧 그들을 칭하죠. 그들은 실제 이름보다 최자와 개코라는 별명으로 더 많이 불릴 겁니다. 그럼 별명으로 불리는 그들은 화가 날까요? 아니죠. 이유는 한 가지죠. 상대가 받아들였기 때문이죠. 그들이 원했다는 겁니다. 만약 원하지 않는다면 문제가 되겠지만 그들은 스스로도 별명을 받아들이고 그렇게 불리길 원했다는 겁니다. 이것이야말로 별명의 순기능이죠. 그것이 아니고, 어느 한쪽도 원하지 않을 때 문제가 생기는 거죠.

그런 차원에서 별명의 의미를 좀 더 알아보겠습니다. 별명은 무엇인가요? 말 그대로 특별한 면을 보고 지어 준 다른 이름이죠. 이름을 불러도 그 사랑을 지칭할 수 있지만, 우리는 우리의 기준으로 별명을 짓죠. 별명은 상대가 원해서 생기는 것이 아니죠. 내 마음대로 낙인찍는 것입니다.

그럼 우리의 주제인 관종과 이어 보겠습니다. 주위에 우리가 관종이라 부르는 이들은 어떤가요? 정말 관심을 받으려고 미친 사람들인가요? 당신 혹은 주위 누군가 관종이라는 낙인을 찍어 버림으로 우리가 그를 그렇게 부르는 것 아닌가요? 관종이라는 말을 부정적으로 생각하지 않나요? 그럼 관종이라는 말을 들은 사람은 부정적인 감정을 받지 않을까요? 그것을 그들이 원하나요? 확실한가요? 우리는 누군가를 나의 기준으로 맞춰 부르는 것에 대해 그것이 폭력이라는 것을 인지해야 합니다.

뇌 과학에 따르면 사람들은 1초에 정보를 4천억 비트를 접하는데, 그중 2천 비트만을 받아들입니다. 쉽게 말해 4천억 비트가 바닷가의 넓은 모래사장이라면, 2천 비트는 거기서 손에 쥔 한 줌의 모래라고 생각하면 됩니다. 한꺼번에 많은 정보가 들어오기 때문에 우리의 뇌는 알아서 걸러 내어 중요하다고 인지되는 것만 받아들이죠. 그래서 사람들은 똑같은 상황에서도 각자 '관심' 갖는 것만 바라보죠. 이것이 바로 '시각 차이'입니다. 예를 들어 교실이라는 공간에 들어가면 어떤 이는 공간의 디자인적인 측면을 보고, 어떤 이는 몇 명이나 앉을 수 있는지 봅니다. 각자의 기준으로 본다는 것이죠.

각자의 기준으로 세상을 보니 사람과 사람은 완벽한 생각을 할 수 없습니다. 그래서 완벽한 커뮤니케이션이란 존재하지 않죠. 학창시절에 그리고 사회생활을 할 때 맘에 들지 않는 사람이 있었나요? 그 불편한 관계의 밑바닥에는 이러한 '시각 차이'가 있을 확률이 높죠. 반면, 내가 가장 친하게 지내는 친구나 마음이 잘 맞는 친구가 있죠. 이들과는 시각이 완벽하지 않더라도 상당 부분 공감이 되는 거겠죠.

그럼 관종으로 다시 돌아가 볼까요? 관종은 관심을 받고 싶어 하는 사람일 뿐입니다. 어떤 이는 '목표'를 이루느냐에 따라 행복의 크기를 정하고, 어떤 이는 '돈'을 얼마나 버느냐에 따라 행복의 크기를 정하고 저를 포함한 '관종'은 관심을 얼마나 받느냐에 따라 행복의 크기를 정한다는 것이죠.

누구도 관심을 받고자 하는 사람을 욕할 수 없습니다. 그냥 '관심받고 싶은 사람이다.'라고 인정해 주면 됩니다. 관종은 사회적으로 부정적 인식을 받고 있습니다. 관종의 차원을 넘어 사회에 부정적으로 인식되고 있는 것들이 있어서 오히려 관종 본래의 의미가 가려진 것이 많습니다. 나와 다르다고 해서 상대방에게 낙인을 찍어 폭력을 행사하는 것, 그것을 늘 인식해야 하고 조심해야 하죠. 폭력은 '어떠한 경우'라도 옳지 않죠.

앞으로도 관종이 좋은 이미지로 바뀔 때까지 제가 먼저 관종임을 고수하겠지만 이 책을 읽는 분들은 스스로를 포함해 주위에 관종이 있다면 관종이라 낙인찍어 부정적으로 보시지 마시고 애정 어린 '관심'을 주시길 바랍니다. 다만 관종은 관심을 원하기 때문에 어떻게든 관심을 끌려고 하다 보니 몇 가지 문제들이 있습니다. 타인에게 긍정적으로 받아들여지는지, 부정적으로 받아들여지는지 모르는 경우가 그중 하나죠. 오로지 관심만을 바라면 이런 경우가 생기죠.

먼저 사람은 누구든 무한한 능력을 가지고 있다고 전제합시다. 관종 역시 사람이니 그러하죠. 그런데 누군가를 관종으로 부정적 낙인을 찍어 버리면 현재 사회적 인식에서는 자신의 재능을 끌어올리지 못할 수 있습니다. 오히려 매장되겠죠. 하지만 관심을 조금씩 받으면 변화가 옵니다. 관심을 지속적으로 받기 위해 자신의 행동에서 문제가 되는 것을 찾는 시간을 가질 수 있겠죠. 이러한 과정들을 여러 번 거치면 타인에게 옳은지 그른지 관종 스스로 판단할 수 있을 겁니다.

시간이 걸리겠지요. 하지만 애정 어린 관심이 지속된다면 나아질 확률은 높습니다. 4장에서 관종 중에서 역사적 인물이 된 사례를 이야기할 것입니다. 대부분 관종으로 시작해 위인으로 기억됐죠. 매슬로우 욕구위계론의 최종 욕구 '자아실현의 단계'를 거친 것이죠.

만약 누군가가 관심받고 싶어서 관심을 주었는데도 나아지지 않는다면 지금 당장 이 책을 선물해 주세요. 아, 여러분이 나아지지 않는 다고요? 걱정 마세요. 좋은 관종이 되는 방법은 아직 말도 안 했습니다.

관심받기를 원하는 마음은 관종뿐 아니라 우리 모두에게 있습니다. 기존에 알고 있던 관종의 부정적 이미지를 스스로 혹은 누군가에게 낙인찍을 필요는 없죠. 누군가를 낙인찍기 전에 스스로를 돌아봐야 합니다.

예수님이 이런 말씀을 하셨죠.

"죄 없는 자, 먼저 저 여인을 돌로 쳐라!"

5

윤리성을 잃은 관종

　제 피부 톤은 하얀 편입니다. 살면서 저보다 하얀 남자를 몇 명 못 만났을 정도로 하얗죠. 어렸을 때는 제 하얀 피부가 맘에 들지 않았습니다. 밀가루, 드라큘라 등 제가 아닌 다른 것으로 불리는 게 싫었죠. 하지만 다른 사람과 다른 매력으로 차츰 인식되니 좋더군요. 기억도 잘되고, 관종인 저에게 관심을 조금이라도 두도록 할 수 있으니.

　한번은 이런 적이 있습니다. 사람들과 좋은 모임을 가지고 있었죠. 이야기를 나누던 중에 한 분이 저에게 피부가 정말 하얗다고 칭찬해 주시더군요. 칭찬은 언제 들어도 머쓱한 기분이 들죠. 그 분위기를 잠 재우고자 "백혈병이에요, 하하." 하고 농담을 던졌습니다. 그때 분위기가 바뀌더군요. 사람들이 저를 쳐다보는데 눈에 즐거움은 없었습니다. 칭찬을 건넨 분의 지인이 백혈병에 걸린 적이 있다고 하더군요.

　말로 무장한 선전용 미사일이 제 입에서 발사됐을 때, 그리고 그 미사일이 말도 안 되게 타격용으로 바뀌어 명중했을 때, 상대는 방심하다 당했을 때, 상황 참 심각해집니다. 그렇게 많은 전쟁이 일어났죠.

제가 그러한 상황이었죠. 숨고 싶었습니다. 아니, 죄를 인정하고 벌을 받고 싶었습니다. 내 입에서 왜 이런 말이 나왔지? 뒷일을 생각하고 나온 말이 아니었기에 더 당황스럽고 시간을 되돌리고 싶더군요. 당연히 가능하지 않았습니다.

저는 관심을 한 몸에 받았지만 이런 관심을 원했던 것은 아니었습니다. 그분은 괜찮다며 모르셨을 거라 말씀하셨지만, 그 말을 한 제 자신이 한심하더군요. 그 이후로 한동안 머릿속에서 맴돌더군요. 그리고 누군가와 함께 있을 때 병에 대한 유머는 최대한 말하지 않으려고 합니다.

〈너브〉라는 영화가 있습니다. SNS을 통해 미션을 수행하면 돈을 주는 '너브'라는 사이트를 통해 펼쳐지는 내용이죠. 너브에는 왓처와 플레이어가 있습니다. 왓처는 말 그대로 보는 이들이며, 플레이어는 미션을 수행하는 사람이죠. 왓처가 늘어날수록 플레이어가 하는 미션의 금액은 높아지고 미션의 강도와 수위도 높아집니다. 낯선 남자와 키스하기부터 속옷 차림으로 도시 활보하기, 앞이 보이지 않는 헬멧을 쓰고 오토바이 타기, 고층건물 크레인에 매달리기 순으로 고난도 미션으로 변하죠.

플레이어가 돈을 벌려면 왓처의 관심이 필수입니다. 현재 문제 되는 관종이라 말하는 방송 BJ 몇 명의 모습과 일치하는 부분이 있죠. 왓처의 관심을 받기 위해 더욱 자극적인 행동을 하는 플레이어, 그리고 점점 수위를 높여 가는 방송 BJ들. 크게 이질감이 느껴지지 않습니다.

우리가 말하는 관종의 범위는 매우 넓습니다. 책을 쓰는 저와 방송 BJ 모두 관종이며 세상 관심을 바라는 모든 이들도 관종으로 보고 있죠. 하지만 확실하게 경계가 있습니다. 우리에게는 지켜야 할 것이 있죠. 사회가 정한 법입니다. 대한민국은 법치국가죠. 싫든 좋든 대한민국에 사는 사람은 법의 테두리 안에 존재해야 합니다. 법을 어길 경우 우리가 사는 사회의 이탈자로 간주하여 벌을 받게 되죠.

그런데 세상의 모든 행동이 법으로 통제가 되지 않습니다. 법 이외에 불문율이라는 것이 있죠. 말 그대로 문서의 형식을 갖추지 않은 법. 윤리적 행동이 있죠. 여기서 윤리란 사람이라면 마땅히 지켜야 할 것들을 말합니다. 예를 들면 노인을 공경하거나 임산부에게 자리를 양보하는 것을 말합니다. 이를 어겼다고 벌금을 받거나 징역형을 사는 것은 아닙니다. 다만 손가락질을 받죠.

우리는 이 손가락질을 두려워해야 합니다. 법을 어긴 것은 죗값을 받고 반성할 수 있고, 또 사회적으로도 일정 부분 인정해 줍니다. 하지만 인간적이지 못한 비윤리적 행동은 인정도 못해 줄뿐더러 외면의 대상이 됩니다. 그래서 준법정신도 중요하지만 인간다운 윤리정신의 가치가 더 높죠.

관종 중에서도 문제라 일컫는 관종들은 이 윤리정신을 이탈한 자들로 볼 수 있죠. 흔히 일베라 부르는 자들이 그렇죠. 세월호 침몰과 5.18광주민주화운동에 대해 이야기하는 그들을 보십시오. 같은 사람이 맞나 싶을 정도로 비인간적, 비인격적 언행을 합니다. 물론 그들도 생각이 있고 그러한 생각을 표현할 자유가 있습니다. 그 누구도 그 자유를 침범할 수 없습니다. 하지만 일베가 자유롭게 외치는 그 발언으로 누군가의 마음에 상처가 되고 아픔이 생긴다면 그것은 윤리정신에 입각한 자유가 아니죠. 모든 이의 자유도 보장되어야 함과 동시에 어느 누구도 폭행할 수 없고 피해 받지 말아야 합니다. 이러한 경계가 허물어지지 않도록 지키는 것이 윤리정신입니다.

제 이야기를 보면 저도 누군가에게 상처를 주는 비윤리적 행동을 했습니다. 실수는 누구나 할 수 있죠. 하지만 거기까지입니다. 문제가 있는 행동은 반성해야 하며, 다시는 그러한 행동을 하면 안 되죠. 그 윤리를 포기하는 순간 우리는 인간적이기를 거부하는 것입니다.

사회에서 문제가 되는 관종 중에서 방송 BJ들은 시청자들이 원하기 때문에 비윤리적이더라도 그렇게 행동한다고 말하더군요. 우리를 불편하게 하는 관종, 그리고 시청자가 그 불편한 관종의 모습을 보기를 원하면 그들의 행동은 허락될 수 있는 걸까요? 다시 영화 〈너브〉로 돌아가 보겠습니다.

영화 〈너브〉에서는 마지막 남은 두 명의 플레이어가 서로에게 총을 쏘라는 미션이 나옵니다. 그리고 총을 쏘고 누군가는 쓰러지죠. 이어 그 광경을 보던 왓처들에게 '당신은 살인 방조자입니다.'라는 메시지가 전송됩니다. 왓처들은 어떻게 했을까요? 그에 대한 책임감에 벌을 받을까요? 아닙니다. 모두 사이트 너브를 탈퇴하고 그 책임을 회피합니다.

영화에서 왓처가 의미하는 자들은 시청자입니다. 불편한 관종뿐 아니라 시청자들도 윤리적 문제가 있는 것이지요. 문제가 있는 두 집단이 뭉쳐서 더 긍정적인 시너지(Synergy: 함께Syn와 힘Energy의 합성어)효과가 아닌 디너지(denergy: 줄이다degrade와 힘energy의 합성어)효과를 내고 있는 판국입니다. 그들은 마치 사랑하는 연인처럼 그 둘만 좋으면 어떤 것도 좋다는 식의 논리로 비윤리적 행동을 내보이고 있습니다.

우리에게 윤리가 중요한 이유 중 하나는 사람은 절대 혼자 살 수 없는 동물이라는 거죠. 사람은 말 그대로 사회적 동물입니다. 결국 타인과 관계를 맺고 살아야 하죠. 하지만 사람들은 각자가 너무 다르죠. 그 다른 사람들을 사회에서 생활토록 하는 것이 윤리이고 그것을 바탕으로 법이 만들어진 것임을 알아야 합니다. 즉 윤리정신의 박탈은 사회적 연대의 파괴를 의미하는 거죠. 그러므로 관종의 개성을 갖되, 꼭 '윤리정신'이 바탕에 있어야 합니다. 그것이 배제된다면 관종이 아닌 그냥 잠재적 윤리 범죄자일 뿐이죠.

사회에서 문제 되는 관종들이 한번씩 우리 정신을 흔들어 놓지만 다행인 건, 아직까지 윤리정신의 압승이라는 거죠. 문제가 있는 관종은 지구의 전체 75억 인구(2017년 WORLDOMETERS 발표 내용 참고) 중에 정말 미미합니다. 우리 모두가 관종이니 전 세계 인구로 잡은 것이니 놀라지 마십시오.

그럼에도 불구하고 관심이라는 좋은 에너지를 부정적 이미지로 바꿔 놓는 보기 불편한 관종들이 보입니다. 부정적인 것이 긍정적인 것보다 더 부각된다는 부정성 효과에 힘입어 불편한 관종들이 더욱 잘 보이네요. 신경 안 쓰는 것이 쉽지 않습니다.

누군가는 '불편한 관종'에게는 무관심이 답이라 말합니다. 관심 자체를 봉쇄해 더 활동하는 것을 막는다는 것이죠. 여기에 저는 이견이 있습니다. 저는 불편한 관종에게도 관심을 줘야 한다고 봅니다. 다만 순종적 관심은 아니죠.

불편한 관종들 중 악의적으로 관심받기를 목적으로 한다면 사이코패스와 같은 병적인 문제가 있을 확률이 높습니다. 하지만 불편한 관종 대부분은 맹목적으로 관심 그 자체를 받기 위해 보기 불편한 행동을 합니다. 이러한 관종들은 미성숙한 관종으로 봐야 합니다.

우리가 중학교 2학년이 되면 걸리는 불치병이 있죠. 중2병. 이 병에 걸리면 내가 세상을 지배할 수 있을 것 같고, 무슨 일이든 나에겐 특별하게 느껴지는, 약도 없고 오롯이 시간만이 치료해 준다는 병입니다. 사실 어른이 되기 위한 성장통이죠. 이때는 문제도 많이 일으키고 스스로도 왜 그런지 모르는 우발적인 행동들을 종종 합니다. 그럼에도 사회에서는 이 시기의 청소년들에 대해 무관심으로 대처하지 않습니다. 아시다시피 벌금을 주거나 징역살이를 하게 하지도 않죠. 관심을 주되 행동에 문제가 있는 것은 고치도록 교육하고 스스로 생각해 보게끔 하여 그 시기를 무사히 넘기도록 돕죠.

저는 중2병이 미성숙한 관종과 맥락을 같이한다고 생각합니다. 미성숙한 관종도 성숙한 관종이 되기 위해 성장통을 겪어야 하죠. 이러한 점에서 불편한 관종에게 무관심으로 일관해 사회적 박탈감을 느끼도록 하지 말고, 애정 어린 관심을 보이면서 윤리적인 행동에 대해 생각해 볼 수 있도록 방향을 제시해 주는 것이 옳다고 생각합니다.

관심의 또 다른 힘은 실수가 실패가 되지 않고 성공으로 향하도록 기회를 주는 것 아닐까요? 우리에겐 그러한 인간미가 있으니까요.

6

적정선이 없는 관중 사례

대학교 입학식 때였습니다. 성인으로는 처음 다른 공동체로 편입되는 시기죠. 나름대로 중요한 사람이고 싶었습니다. 누구나 그러지 않았을까 싶네요. 그 첫 자리에서 과거의 나의 모습 중 좋은 모습만 보여 주고 싶고 또 잘 인식시키고 싶죠. 저는 재미있는 사람이고 싶었습니다. 그래서 첫 모습에 굉장히 공을 많이 들였습니다. 딱 봐도 재미있어야 하니 옷부터 행동거지까지 참 신경 많이 썼죠. 그중에서도 재미있는 말로 사람들을 모아야겠다고 생각이 돼서 만나는 사람마다 말을 많이 걸었던 것 같습니다. 아무 말이나 지껄이다가 재밌는 말이 한두 개 나가길 기대했죠.

그런데 제가 잘 몰랐던 게 있었죠. 고등학교 때와는 다르게 대학교는 학년 간의 기합이 존재했습니다. 흔히 말하는 대학 군기 말이죠. 더군다나 예체능 계열은 더 강화되어 있었습니다. 저는 뭣도 모르고 선배를 보고 바로 누나, 형 하고 말을 놓았죠. 입학 첫날 말입니다.

제가 그렇게 놓아 버리니 조금씩 선배들의 표정이 많이 어두워지더군요. 그리고 저한테 말을 하지 말라는 벌을 주더군요. 제가 살면서 2번 우울증이 왔었습니다. 첫 번째가 이때이고, 두 번째는 미국에 한 달간 연수를 갔다가 말을 못해서 우울증이 왔었죠.(진담 반 농담 반)

그렇게 선배들의 눈 밖에 난 후 저는 어떻게 됐을까요? 저는 학교에서 재미있는 학생은커녕 블랙리스트에 올랐습니다. 선배들은 지나가면서 "시끄러운 애, 말 많은 애"라며 낙인을 찍었죠. 누구보다 관심을 받기를 원했는데 외면을 받았죠. 다행히 동기들은 저를 챙겨 줬죠. 아마 제가 욕을 다 먹어 주고 있었기 때문이지 않았나 생각됩니다. 그 와중에 저를 싫어하는 여자 동기가 있었는데 후에 친해지고 이야기를 들어 보니 제 첫인상이 "말이 너무 많아서" 친해지기 싫었다고 합니다.

저는 친해지고 관심을 받기 위해 말을 많이 했지만 결과적으론 관심을 받는 데 장애가 생겼죠. 어떤 것을 통해 더 돋보이려 했지만 그것으로 인해 '실'이 되는 경우, 주위에 참 많죠.

사랑받기 위해 사랑하는 사람에게 애정을 표현했지만 그 애정 표현이 지나쳐 상대가 더 질리는 경우, 사람들이 있어 보이는 사람을 좋아하니까 있어 보이는 척을 하다가 도가 지나쳐 미움 받는 경우, 재밌다 재밌다 하니까 더 재미있으려고 과하게 농담을 해서 웃음은커녕 상대방 눈물 흘리게 하는 경우.

슬프네요. 다 제가 겪었던 이야기입니다. 그럼 저 외에 다른 이들의 눈살을 찌푸리게 했던 관종들을 살펴볼까요?

레드카펫 위의 여배우

제17회 부천국제판타스틱 영화제에서 있었던 일입니다. 개막식 레드카펫 현장에서 한 여배우가 드레스 어깨끈이 풀어져 아찔한 노출 사고가 있었죠. 하지만 이를 본 누리꾼들은 노출이라는 자극적인 거리를 이용해 뜨려는 심리 아니냐며 불편한 심리를 내보였죠. 이에 해당 여배우는 일부러 의도한 것은 아니라며 해명했습니다. 그럼에도 영상을 보면 의심을 지

논란이 된 여배우의 노출

우기 힘들 만큼 고의적인 모습들이 비치죠. 이를 보고 많은 이들이 그녀를 기억하되 노출녀, 관종녀 등으로 몰았죠. 재미있는 건, 당시 여배우의 행동의 잘잘못을 따지는 것을 넘어 그녀가 의도한 것이었다면 그것은 매우 성공적이었다는 겁니다. 이후 공중파에 출연하고 또 대중에게 이름을 알릴 수 있었습니다. 코미디 프로그램에서 그녀의 모습을 패러디했는데 이에 대해 감사의 말을 SNS에 전하기까지 했죠. 한동안 누리꾼들의 관심을 충분히 받은 사례죠. 그럼에도 이 여배우의 이미지는 좋은 관종은 아닌 듯합니다.

SNS '좋아요' 공약 지키기

페이스북에 한 남성이 '좋아요' 수가 15만 개를 넘으면 자동차에 깔리는 장면을 공개하겠다고 했습니다. 말도 안 되는 공약에 누리꾼

들은 힘 모아(?) '좋아요'를 눌렀고 정말 15만 개가 넘었습니다. 그리고 정말로 승용차 아래 발을 넣고 차가 지나가는 모습을 찍은 영상을 공개했습니다. 실제로 할 수 있을까라는 심리를 포함한 다양한 심리가 작용해 15만 개의 '좋아요'가 눌렸겠지요. 그는 한 인터뷰에서 "(사람들의 시선에) 별로 신경 안 쓴다. 팬이 있으면 안티가 있다. 안티가 아예 없는 사람은 없지 않나."라고 말하며 자신의 행동을 합리화했죠. 이 남성의 한 달 광고료는 1천만 원이 넘는다고 합니다. 이 정도면 대한민국 전체 직장인들 가운데 상위 2% 수준이니 어마어마한 돈을 벌고 있죠. 그럼에도 많은 이들에게 욕을 먹고 있습니다. 신체를 가학하면서까지 보여 주는 영상에서 불쾌감을 느끼는 거죠.

죽어 가는 동생 옆에서 라이브 방송한 언니

2017년 7월 12일, 미국 캘리포니아 고속도로 순찰대가 한 소녀를 과실치사 혐의로 체포했습니다. 내용인즉 10대 소녀는 만취한 상태로 자신의 여동생과 여동생 친구를 뒷좌석에 태우고 운전했습니다. 이후 운전 미숙으로 사고를 냈죠. 그 후가 문제입니다. 이 소녀는 사고 현장과 함께 동생이 죽어 가는 모습을 라이브 영상으로 중계했죠. 그리고 소녀는 카메라를 향해 "사랑하는 동생이 죽어 가고 있다. 나는 동생을 죽였고, 아마 감옥에 갈 거다. 평화롭게 잠들기를. 미안해, 내 사랑하는 동생아."라는 말을 했습니다. 정상적인 상황이라면 휴대폰을 켤 생각도 못하고 병원에 데리고 갔어야 할 텐데 말이죠. 인간적인 모습이 결여된 이 소녀는 결국 쇠고랑을 차게 되었습니다.

세계적 관종여왕, 킴 카다시안

인스타그램 팔로워만 1억 명이 넘는 셀럽 킴 카다시안. 그녀의 이름을 들어 본 사람은 많아도 그녀가 무엇을 하는지는 모를 것 같네요. 그녀의 직업은 관종. 아니 패션디자이너, 방송인, 모델, 배우, 사업가로 다양한 직업을 가지고 있습니다. 하지만 그녀의 명성은 직업보다는 SNS에 올리는 사진들. 특히 풍만한 가슴과 엉덩이 사진을 올리는 것으로 많은 이들이 기억하고 있죠. 그녀는 틈만 나면 SNS에 자신의 몸매사진을 올립니다. 유명한 스타라 시간이 없는지 거의 속옷 차림으로 사진을 찍죠. 거의 모든 사진에서 가슴을 드러내지 않은 사진이 없죠. 아마 이것으로 그 굉장한 팔로워가 형성됐을 것입니다.

이를 보고 동료 배우인 클레이 모레츠는 SNS를 통해 킴 카다시안에게 충고를 하죠. "젊은 여성들에게 우리의 몸보다 제공할 수 있는 것들이 더 많다는 사실을 가르치는 게 얼마나 중요한지 진심으로 깨닫길 바래요."라고 하자 킴 카다시안이 바로 답글을 남기죠. "모두들 클레이 모레츠가 트위터에 가입한 것 축하해 주세요! 왜냐하면 아무도 쟤가 누군지 모르거든요." 후에 누가 잘했느니 못했느니 이야기가 많았지만 어찌 됐건 킴 카다시안에게 지나친 관심은 중요했던 것 같습니다. 한때 힐튼호텔의 상속녀 패리스 힐튼의 친구로 알려졌죠. 그 당시 거의 시녀 취급을 받고 무시를 당했지만 지금은 킴 카다시안의 세상이라고 볼 수 있겠네요. 그런데 그녀는 왜 좋은 이미지로 남지 못할까요?

다양한 종류의 관종들을 보았습니다. 확실히 사람들의 관심을 받았지만 부정적 영향도 함께 주었죠. 자극적인 공약으로 인기를 얻은 남성은 인터뷰에서 자신의 행동을 "일종의 노이즈 마케팅"이라 고백했습니다. 이것을 통해 SNS 계정 광고비로 수입을 얻는다고 했죠. 관심 자체가 아닌 돈에 매몰될 경우 우리의 눈살을 찌푸리게 할 수 있음을 볼 수 있었습니다.

현대와 같은 미디어 시대는 자신이 얼마나 노출되느냐가 자산과 직결되기 때문에 일단 해당 분야에서 유명해지는 것이 좋은 방법일 수 있겠죠. 하지만 다른 사람에게 폭력을 가하는 것, 물리적 폭력뿐 아니라 심리적 폭력을 가하는 행동은 절대 용인될 수 없습니다. 죽어 가는 동생 옆에서 라이브 방송으로 중계한 소녀는 가족을 잃은 수많은 사람들 또 가족이 있는 수많은 사람들에게 안타까움과 상처를 줬죠. 또 킴 카다시안은 SNS를 통해 비난과 상처를 주는 글을 남겼습니다. 이유와 논리가 아닌 감정적 의식에 따른 발언 말이죠.

서울대 심리학과 곽금주 교수는 이 같은 행동을 일삼는 사람들에 대해 그 원인이 "나의 존재를 과시하기 위해 더욱 강도 높은 행동을 하는 것"이라고 말했습니다. 곽 교수는 "남들이 하지 못하는 것을 자신이 이행하면서 '나'의 존재가 사람들에게 인정받는다고 느끼는 것이 원인"이라고 설명했습니다. 결국 내가 하는 행동에 문제가 있는지 모르면 다른 사람이 피해를 보든 말든 점점 과격하게 점점 높은 수위로 자신에게 관심이 오도록 행동한다는 것입니다. 그로 인한 상처도 커질 수밖에 없지요. 악순환입니다. 그러므로 좋은 관종이 되려면 자신의 행동에 문제가 있는지 수시로 확인을 해야 합니다.

　그 좋은 관종이 되는 적정선은 딱 정해져 있는 것이 아니지요. 과거와 현재가 다르듯 미래도 다를 겁니다. 시대의 흐름과 문화 그리고 사회적 인식을 수시로 확인해야 하는 것이지요. 그럼에도 불구하고 시대를 관통하는 가장 중요한 것은 바로 인간성입니다. 우리가 필요로 하는 것은 인간으로서 존중받고 존중해 줄 수 있는 마음가짐이죠.

　불편한 관종들을 보며 '나는 그렇지 않아.'라고 생각하셨나요? 그러나 기억해야 합니다. 우리에게는 관종의 피가 흐르고 있다는 것을요. 관심받기 위해 행동하다 보면 누군가에게 불편함을 줄 수 있겠죠. 그리고 똑같은 실수가 나올 수도 있습니다. 그럼 늦지 않게 고쳐 나가야 합니다. 실수가 있었으면 다음에는 바꿔서 하든 안 하든 새롭게 긍정적인 관심을 받도록 신경 써야 합니다. 관심은 우리가 행복해질 수 있는 좋은 욕구입니다. 이 욕구의 양면이 상당히 날카롭죠. 긍정적인 면과 부정적인 면 모두에서 수위를 넘나들 수 있는 컨트롤 능력이 생긴다면 나의 행복을 컨트롤하는 것도 쉬워지겠죠?

　다시 강조하지만 관종의 양면성을 가르는 적정선은 '나와 타인의 인간성을 존중했느냐 안 했느냐'입니다.

7

이기주의와 구분하라

사람은 행복한 감정을 느끼는 게 중요합니다. 그래야 살아갈 수 있죠. 이를 방해하는 스트레스가 있는데, 그중 인간관계에서 오는 스트레스가 큰 부분을 차지하죠. 사람은 혼자서 살 수 없습니다. 결국 타인과 협력하며 살아야 하는데 그 과정에서 마찰이 생기니 스트레스를 받고 행복한 감정에 타격을 받죠. 인간관계에서 받는 스트레스의 발단은 보통 이기주의에서 오는 경우가 많습니다. 남을 배려하지 않고 자기만 생각하는 경우 말이죠.

우리가 사는 현실에 널려 있습니다. 함께 식사하러 가면 돈을 안 내려고 하는 친구. 실제로 돈이 없어서는 아니죠. 자기가 사고 싶은 옷이나 물건은 잔뜩 사면서 친구들한테는 돈이 없다고 늘 하소연하는 친구. 자기 돈은 금이고, 남의 돈은 똥인 줄 알죠. 아, 갑자기 기억이 떠올라 불끈했네요.

그런 친구들은 문제에 대해 지적하면 자기 잘못임에도 절대 사과

안 하죠. 자기 말은 틀렸지만 옳고, 남의 말은 맞지만 틀리게 들리죠. 그 친구의 문제점에 대해 설명하면 그게 뭐라며 트집 잡는다고 속 좁은 사람 만드는 놀라운 친구들이 존재하죠.

도로에서도 볼 수 있습니다. 운전을 하다 보면 막혀 있는 차선을 피해 가다가 앞쪽에서 끼어들기를 하는 얌체 운전자들이 그렇죠. 뒤에서 오랜 시간 기다린 사람들은 허탈하기 그지없습니다. 그럴 때는 그냥 박아 버릴까 생각이 듭니다. 자기 시간은 금이고 남의 시간은 똥인가요? 아, 진정하겠습니다. 특히 연인 사이에서 자주 발생하죠. 한 결혼정보업체에 따르면 연애 중 참을 수 없는 연인의 '이기적인 행동'으로 다음과 같은 것들이 나왔더군요.

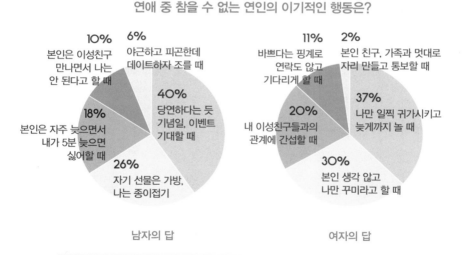

연애 중 참을 수 없는 연인의 이기적인 행동은?

남자의 답

- 10% 본인은 이성친구 만나면서 나는 안 된다고 할 때
- 6% 야근하고 피곤한데 데이트하자 조를 때
- 40% 당연하다는 듯 기념일, 이벤트 기대할 때
- 18% 본인은 자주 늦으면서 내가 5분 늦으면 싫어할 때
- 26% 자기 선물은 가방, 나는 종이접기

여자의 답

- 11% 바쁘다는 핑계로 연락도 않고 기다리게 할 때
- 2% 본인 친구, 가족과 멋대로 자리 만들고 통보할 때
- 37% 나만 일찍 귀가시키고 늦게까지 놀 때
- 20% 내 이성친구들과의 관계에 간섭할 때
- 30% 본인 생각 않고 나만 꾸미라고 할 때

사랑하는 사이지만 남녀가 이렇게 다르네요. 우리가 사는 사회에서 연인, 친구, 가족 등 나를 제외한 모든 사람과 이견이 발생하죠. 잘 해결하면 좋겠지만 도저히 납득이 안 되는 상황이 있고 그 중심에는 이기적인 생각이 지배합니다.

우리가 문제시하고 있는 관종들을 보면 타인을 배려하지 않는 모습들이 심심치 않게 보입니다. 관심을 받기 위한 행위가 웃고 넘길 정도가 아니라 보는 이로 하여금 불쾌감을 주는 것. 그 자체가 이기적인 행동이라고 볼 수 있겠죠. 관종 자신만 만족하는 행동이기 때문입니다.

대체 이기심은 무엇일까요?《나는 오늘도 가면을 쓰고 산다》의 저자 김미숙 박사에 따르면 이기심은 자기애적 상처에서 비롯된 경우가 흔하다고 합니다. 유아적 소망에 근거한 자기애적 만족에 갈급한 사람들을 보면, 태어난 순간부터 수많은 거절을 경험해 어쩔 수 없이 상처를 입은 경우가 많습니다. 적절한 거절 경험은 세상을 건강하게 이해하는 초석이 되지만, 그렇지 못한 경우 이러한 상처에 대한 왜곡된 자기 이해를 낳게 되어 불필요한 심리적 소진이 생기게 됩니다. 따라서 발달 환경과 경험의 차이로 인해 개인적 차이는 있지만, 본질적으로 인간이라면 누구나 자기애적 상처가 있다고 말할 수 있고, 이에 대한 보상과 만족을 위해 자기중심적인 성향이 나타납니다.

사람마다 차이가 있죠. 그렇기 때문에 불편한 관종과 좋은 관종의 차이가 있고요. 그 차이는 자기에 대한 이해와 적절한 공감을 받느냐 하는 부분이 각자가 다르기 때문입니다. 적절한 공감을 받지 못하면 기본적인 양심에 손상을 입고, 더불어 자연스레 억울함과 분노가 발생하죠. 이에 자신을 더 우월하게 만들기 위해 이상에 집착하게 됩니다. 또 이러한 이상적 자신에 부합하기 위해 필요 이상의 심리적 소진을 해야 하기에 타인을 이해하고 수용할 만한 여력이 없죠. 그런 행동이 축적되어 사회에서는 이기적인 사람으로 불리게 되죠.

심리학 용어 중 '행위자-관찰자 편향'이라는 용어가 있습니다. 이는 어떤 특정 상황의 원인을 파악하고자 할 때 자기중심적 성향에서 자신에게 유리하게 해석을 하게 되는 인간의 편향적 속성을 말합니다. 예를 들어 운전을 하다가 사고가 난 경우, 당사자가 자신이라면 '그때 앞차가 갑자기 멈춰서'와 같은 외적 상황에 기인하고, 당사자가 타인이라면 '그 사람 운전 실력이 안 좋아서'라며 내적 기인을 한다는 것이지요. 이처럼 인간은 누구나 자신에 대한 유리한 해석을 고수하려는 편향적 속성이 있지요. 곧 인간은 모두 이기적이며 어떻게 받아들이느냐에 따라 관종의 질이 달라지겠죠.

사람은 보통 4단계의 감정 변화를 맞이합니다.

거부 - 분노 - 협상 - 수용.

쉬운 예를 들어 볼까요? 연인과 헤어지게 됐습니다. 헤어지자는 통보를 받은 쪽의 감정 변화를 보겠습니다. 처음에는 자신에게 일어난 일을 거부하죠. '무슨 소리야? 다시 생각해 봐. 말도 안 돼!'

그리고 분노가 생기죠. '너 진짜 나쁜 아이구나? 이쁘면 다냐! 내가 얼마나 잘했는데!' 하고 화를 내죠. 얼마간의 시간이 흘러 자신의 마음, 그리고 상대와 협상을 합니다. '한 달만 더 만나 보자.' 혹은 '그래, 이제 그만 만날 때도 된 것 같다.' 그리고 수용하죠. '그래, 잘 지내.'

보통 이기적인 관종들은 상대방의 말을 듣지 않습니다. 그래서 1단계 거부에서 머물러 있는 경우가 많죠. 상대방의 생각을 받아들이질 않는 거예요. 이기적인 관종들은 과거 거절받은 상처의 방어기제로 '거부' 반응이 강화됐을 확률이 높습니다. 그런데 그 거부 반응이 의식을 하고 거부하는 것이 아닌 무의식적으로 거부를 하게 되죠. 그 때문에 이기적인 관종들은 상대가 왜 화났는지조차 모르는 경우가 많습니다. 상대방으로부터 개입을 철저히 막는 거죠. 우리는 이기적인 관종은 지양해야 합니다.

그러기 위해서 우리는 필수적으로 이기적인 마음 옆에 이타적인 마음을 둬야 합니다. 이타적인 마음은 남을 위하는 마음이죠. 세상이 각박해지면 각박해질수록 상대를 돕는 이야기를 들으면 가슴 따뜻해지고 기분이 좋아지죠. 개인과 사회가 발전하고 있다는 느낌이 들기 때문입니다. 세상이 각박해지는 것이 우리의 이기심에 의한 것이라면, 이것을 순화시켜 주는 것이 이타적인 마음인 것이지요.

가끔 보면 정말 성악설이 맞는지 이기심이 우리를 지배하고 있는 것을 느낍니다. 아마 자신의 자본이 중요시되는 현 시대적 특징이 한몫했겠지요. 그럼에도 우리는 현재를 살아가고 있기 때문에 적응해야겠죠? 진화학자 찰스 다윈이 말했죠.

'가장 강한 종이 아니라 살아남는 종이 강한 것이다.'

이기심과 이타심 사이에는 큰 강이 있는 것이 아닙니다. 강을 거슬러 오르면 작은 시냇물을 지나 하나의 바위에서 물줄기가 시작되듯이 둘은 아주 가까운 성격을 가지고 있습니다.

사람과의 관계를 진정으로 중요시하는 사람은 자기 이해와 자각을 우선적으로 존중하는 사람입니다. 늘 참는 게 능사는 아니지만 자신을 우선적으로 이해하려고 합니다. 이렇게 하는 사람은 다른 사람의 욕구 역시 중요하다는 것을 알기 때문에 상대를 굴복시키려고 애쓰지 않지요.

이기적인 관종이 되지 않으려면 자신에 대한 이해와 자각이 필요합니다. 내가 왜 이 행동을 하는지, 이 행동이 다른 사람에게 불편을 주지는 않는지, 다른 사람도 좋아할 다른 방법은 없는지 스스로에게 물어보는 것이지요.

애벌레는 닥치는 대로 꽃잎을 먹어 치웁니다. 이기적인 생각이지요. 나비 역시 꽃의 꿀을 먹습니다. 하지만 화분을 옮겨 다니며 꽃의 씨앗을 틔우도록 돕지요. 이기적이면서 이타적인 행동이지요.

진화해야 합니다. 이기적인 우리에서 이타심을 더한 나비 같은 관종으로 말이죠.

PART 3

관심종자의
긍정적 효과

아무리 생각해도 관종은 최고의 모습입니다. 스스로를 잘 아는 사람임에 분명하며, 자신의 능력을 한층 돋보이게 할 줄 아는 이며, 함께하는 장을 만들 수 있는 이며, 사람들의 사랑을 독차지할 만큼 매력적이며, 삶을 좀 더 자유롭게 살 수 있죠. 또 부자가 되는 데 큰 장점이 있죠.

치열한 현대사회에서 해내기 어려운 위의 모습들을 관종이 가능케 합니다. 한국은 타고난 경쟁사회죠. 지리적으로 강대국에 둘러싸여 있기 때문에 살아남는 것이 중요했고, 좁은 땅덩어리에 인구밀도는 높고 천연자원은 없죠. 자원을 이용하는 것이 아닌 지식 집약적 산업을 통해 살아남아야 하는 곳이 우리가 사는 곳입니다.

미래위원회 보고서에 의하면 10년 뒤 사회에 중요한 영향을 미칠 10대 뉴스 중 1위가 저출산, 고령화라고 발표했죠. 점점 기대수명이 늘어나고 있기 때문에 한동안 일할 사람은 넘치지만 일할 곳은 점점 줄어들 것입니다. 우리는 다른 이와 차별화를 통해 호구지책을 마련해야 합니다. 다른 이들 사이에서 자신을 돋보일 수 있어야 합니다. 관심을 받아야 한다는 말입니다.

우리의 집단주의적 규범은 조금씩 개인주의적 가치관에 자리를 내어 주고 있죠. 개성이 강한 이와 자신의 소리를 낼 줄 아는 이들이 사회에 중심에 서 있죠. 이제 집단적 규범에서 개인에 대한 존중으로 사회를 움직이는 기본원리가 변화되고 있다는 말입니다. 우리는 이러한 시대에 살고 있습니다. 관심을 받고 있지만 더 강렬하게 관심을 활용해야 합니다.

이번 장에서는 관종의 긍정적 효과를 함께 찾고 이야기해 볼 예정입니다. 긍정적 효과를 이용해서 목표를 정하고 단순히 앞만 보고 가는 것이 아닙니다. 내 뒤에 있는 또 내 옆에 있는 이들과 함께 갈 수 있는 모습을 지향합니다. 그러한 좋은 관종의 세계로 안내하겠습니다.

1

무의미의 축제

초록색 옷만 사 입기 시작한 지 올해로 10년이 넘었습니다. 지금이야 저를 표현하고 저를 나타내는 색으로 지인들은 이해해 주지만 처음부터 초록색을 사랑하는 '초록덕질'을 이해해 주지는 않았습니다.

초록색 옷만 입자고 마음먹은 스무 살. 당시 저는 스스로를 사랑했고 남들에게도 사랑받길 바랐습니다. 스스로를 하나의 상품이라고 생각했죠. 양수영이라는 캐릭터 자체가 가치가 되어 수입이 발생된다고 생각한 거죠. 그런데 제가 딱히 특별한 게 없었습니다. 오롯이 관심과 재미를 위해 초록색만 입고 다니자고 생각한 거죠. 20년 된 양수영이라는 철 지난 상품에 초록을 입혀 신제품으로 재탄생된 거죠. 시작한 이유는 그냥 뭐랄까…, 네, 그냥 관심받고자 한 행동이었네요.

초록색을 입기 시작한 지 한 달쯤 됐을까요? 누군가 '어? 유재석 따라 하네.'라고 말하더군요. 유재석 씨는 메뚜기라는 별명이 있고 메뚜기는 초록색이죠. 초록색은 유재석의 것이라는 인식이 있었습니다. 유재석 씨를 좋아하기는 하지만, 그를 따라 한다는 말은 듣기 싫더군요. 제가 유재석 씨보다 인지도가 낮으니 남들에게 초록색으로 줄 수 있는 영향이 유재석 씨보다 적을 거라는 생각이 들었거든요. 초록색 옷에 대해 포기할까 고민했습니다. 아마 로댕의 '생각하는 사람'보다 깊이 고민했던 것 같습니다.

그런데 초록을 포기하는 게 잘 안 되더군요. 초록색을 입으면 입을수록 저랑 정말 잘 어울린다고 생각했습니다. 다른 이에게 유재석 씨 아류가 될지언정 초록덕질을 더 해 보고 싶다는 생각을 했습니다. 유재석이라는 영향력을 이길 수 없지만 누구보다 초록색에 대한 마음이 깊었거든요.

이후 초록색에 대한 것을 좀 더 시도해 보았습니다. 양말, 바지, 티셔츠, 모자 등 의류에서 안경, 시계, 목걸이 등 액세서리까지 구매했죠. 나아가 휴대폰 케이스, 볼펜, 마우스패드, 노트북, 책상 등 주변 생활용품도 초록색으로 구매하는 데 이르렀습니다. 제 주위는 초록색이 넘쳐났고 보는 사람들도 제가 초록색에 빠져 있는 것을 이해해 주었습니다. 적어도 유재석 씨는 이렇게까진 안 하니까요.

2012년 미국에 어학연수를 다녀온 적이 있습니다. 당시 중요한 발표가 있었는데 영어로 자신을 소개하고 좋아하는 것을 말하는 것이었죠. 예상하셨겠지만 그 발표에서 저의 주제는 '초록'이었습니다. 그리고 제가 왜 초록색을 좋아하는지를 설명해야 했죠. 그런데 제가 초록을 무의미하게 마냥 좋아했지, 알고 있는 정보가 부족하더군요. 그래서 초록을 공부하고 자료를 수집했습니다. 세상에 초록색은 어떻게 정의되며 초록을 특징으로 하는 것은 무엇이 있는지요.

신호등의 초록불, 비상구의 초록불, 병원의 초록 십자가 등 초록은 평화와 안전을 상징했습니다. 노란색과 파란색의 혼합색인 초록은 온도감에서는 중성색에 속하므로 강렬한 느낌보다는 중성적인 느낌이 들고, 심리적으로는 스트레스와 격한 감정을 차분하게 가라앉히며 균형을 잡아 주는 역할도 하죠.

또 초록세상이 만들어지는 축제가 있는 것도 알게 됐죠. 세인트 패트릭스 데이(St. Patrick's Day) 축제입니다. 이 축제는 기독교의 축일로 매년 3월 17일에 이루어지며, 이 날은 세인트 패트릭스가 세상을 떠난 날로서 그를 잊지 말고 기념하자는 의미가 있죠. 강물에 초록색 물감을 타고, 남녀노소 모두 다 초록색 옷을 입고 축제를 즐기죠. 아일랜드 더블린에서 열리는 축제지만 한국에서도 열리고 있습니다.

초록색을 입었죠. 단순한 시작이었습니다. 하지만 초록색을 좋아하다 보니 관심이 생겼고, 좀 더 알고 싶어지더군요. 그러면서 내가 왜 초록색에 깊이 빠져 있는지 의미를 찾게 되었습니다.

초록색의 정의는 보통 '선'에 해당했습니다. 저는 다른 건 몰라도 최대한 선에 가까운 행동을 하며 살고 싶은 사람입니다. 그렇기 때문에 초록색은 어떤 색보다 저에게 철학적으로 잘 어울렸죠. 또 저는 외모가 남자다운 편은 아닙니다. 얼굴선이 부드러운 편이고 피부도 하얀 편이라 여성적인 느낌이 있습니다. 이에 중성적인 이미지를 가지고 있다고 생각했는데 초록색에도 중성적인 느낌이 강하다는 걸 알게 된 후 초록을 더 가깝게 생각하게 되었죠. 그러고 보니 핑크는 여자의

색, 파란색은 남자의 색으로 머릿속에 자리 잡고 있죠. 세인트패트릭스 데이 축제의 경우도 재미있는 게 특정 색깔을 주제로 하는 축제 중 가장 유명한 축제지 않습니까. 그만큼 강력한 초록의 힘을 제가 쓰고 있으니 초록색은 더할 나위 없이 저에게 의미를 부여해 줬습니다.

관심종자가 되기 위한 방법들은 내가 다른 세계를 경험할 수 있도록 해 줍니다. 사람들의 관심을 받기 위해 관심을 가진 무언가를 점점 좋아하게 되고 빠지게 되면 남들과 다른 나만의 특정 세계가 펼쳐지는 것입니다.

평소에 관심받기 위해 명품을 착용하고 SNS에 올리거나 좋은 곳에서 식사를 한 후 사진을 올리거나 또 상대방을 재미있게 하는 행동들 역시 그렇죠. 새로운 명품에 대해 남들보다 빨리 알게 되고, 다양한 음식에 대한 식견이 넓어지고, 상대방을 재미있게 해 주려 다양한 멘트나 행동들을 고민하겠죠. 이러한 생각과 행동들이 쌓이면 그게 전문 지식이 되는 겁니다.

일본의 나카무라 우사기라는 여성은 명품을 너무 좋아해 우산 하나까지도 샤넬 마크가 있어야 들고 다녔고, 결국 파산에 이르렀습니다. 사람들은 허영심에 빠져 파산까지 했다고 손가락질했죠. 그러나 그녀는 자신의 명품에 대한 애착과 낭비벽에 관한 이야기를 책으로 썼고, 소위 대박이 났죠. 국내에도 그녀의 팬층이 있을 정도로 꽤나 유명합니다. 당연히 돈도 훨씬 많이 벌겠죠? 그 돈으로 계속해서 명품을 살 수 있으니 얼마나 좋을까요. 관종이라는 낙인이 무서워 여러분의 즐거운 행동에 브레이크가 걸리지 않았으면 좋겠습니다.

사람들 개개인에겐 의미라는 것이 참 중요합니다. 정말 중요하죠. 문화심리학자인 김정운 박사는 "인간의 삶은 의미와 즐거움이 매우 중요한 조건"이라고 말합니다. 하지만 사람들은 의미만을 높게 사니 무의미한 것들에 대해서는 중요하지 않다고 생각하죠. 제가 초록색을 하면 "그걸 왜 해? 의미도 없이?"라고 묻습니다. "그냥"입니다. 그냥 계속 하다 보면 그 안에서 의미가 생기는 것입니다.

해마다 노벨문학상 후보로 거론되는 밀란 쿤데라. 그는 《무의미의 축제》라는 책에서 다음과 같이 말합니다.

"하찮고 의미 없다는 것은 말입니다. 존재의 본질이에요. (중략) 무의미라는 이름 그대로 부르려면 대체로 용기가 필요하죠. 하지만 단지 그것을 인정하는 것만이 문제가 아니고, 사랑해야 해요."

누군가의 관심을 받기 위해서 아니면 반대로 남들에게 관심받는 게 부담스러워서 하고 싶은 행동이 주저될 때도 우리는 행동할 필요가 있습니다. 다른 이와는 다른 특별한 그대가 될 수 있을뿐더러 당신이 새로운 세계로 갈 수 있도록 해 준답니다.

관심받기 위해 행동해 보세요. 당신의 생(生)에 의미를 더해 줄 수 있으니까요.

2

재능을 뛰어넘다

제가 고등학교를 입학할 즈음 그 학교는 전국에서 가장 유명한 고등학교였습니다. 한 학생이 종교의 자유를 위해 단식투쟁을 벌였던 곳이죠. 꽤나 긴 단식으로 인해 몰골은 해골에 가까울 정도였죠. 그리고 단식을 통한 시위의 결과로 서울시 교육청에서 미션스쿨(선교를 목적으로 설립한 학교)에 대한 종교자유 지침이 생기고, 미션스쿨에 다니는 학생에게 종교의 자유는 권리임을 일깨워 주었습니다. 나아가 대한민국 국민에게 한 소년의 울림이 세상을 흔들 수 있음을 보여 준 일이었죠. 일명 '대광고 강의석 사건'입니다.

대광고등학교는 강의석 사건으로 유명해지기 전에도 유명했습니다. 가끔 택시를 타면 기사님이 학교를 물어봤고 대광고등학교를 다닌다고 하면 좋은 고등학교 다닌다며 대견하게 봐 주시곤 했죠. 그만큼 전통 있는 명문 사립 고등학교였죠. 그런 고등학교에 문제가 있다고 밝히고 종교의 자유를 달라고 강의석 선배는 외친 것이죠. 당시 저는 중학생이었지만 기억이 생생합니다. 워낙 뉴스나 신문을 통해 강의석 선배에 대한 소식이 많이 전해졌고, 친형이 같은 대광고등학교에 강의석 선배와 같은 학년으로 다녔기에 현장의 이야기를 전해 주었죠. 아마 당시에 관종이라는 말은 안 썼지만 사람들은 분명 강의석 선배를 관종으로 생각했을 겁니다.

당시 강의석 선배는 시위를 하다가 학교에서 퇴학을 당했습니다. 그 사이 서울대 법대 수시에 합격하고, 이후 고등학교의 퇴학무효소송에서 승소하여 서울대 법대에 입학하죠.

큰 변화를 이끌어 낸
강의석 군의 시위 모습과
단식 후 야윈 모습

당시 친구들끼리는 "와, 진짜 대박이다."를 연신 외치며 강의석 선배를 영웅처럼 바라봤습니다. 여기서 저는 강의석 선배가 잘했다, 잘못했다 이야기하지 않겠습니다. 다만 강의석 선배의 놀라운 관종 짓에 뜨거운 박수를 보내고 싶더군요.

혹자는 그를 성공한 관종이라고 이야기합니다. 당시 사회적 인식으로는 한 소년의 객기에 지나지 않을 법한 주장을 팻말 시위나 단식투쟁 등 다양한 관종 짓을 통해 발현시켰다는 것이죠. 여기서 제가 말하는 관종짓은 말 그대로 '관심을 받기 위한 행위'를 일컫는 말입니다.

그의 관종짓은 그의 주장을 더욱 돋보이게 만들었습니다.

자신의 주장이 알려지기 위해서는 근거와 논리가 중요하죠. '헌법 20조. 모든 국민은 종교의 자유를 가진다.' 이것이 그의 주장을 뒷받침하는 근거였으며 '그런데 학교에서는 종교의 자유가 없다. 그래서 자유를 존중받아야 한다.'가 그의 논리였습니다.

그런 주장에 단식이라는 관종짓을 하죠. 1, 2차 단식이 있었는데 모두 합쳐 53일 동안 단식을 했습니다. 단식 기간 중 물만 마셨다는 그는 체중이 77kg에서 50kg으로 총 22kg 빠졌습니다. 원래도 살집이 있는 편이 아닌 지극히 평균에 가까운 몸에서 22kg이 확 빠져 버리니 해골같이 보이더군요. 일단 시각적으로 사람들에게 안타까운 마음을 줬습니다. 아직 미성년자인 그가 곧 쓰러져 죽을 것 같았죠.

점점 야위어 가는 그를 보고 사회적으로 지지하는 운동이 일었죠. 안 할 수 없었습니다. 정말 죽기 직전이었죠. 국회의원들의 서명과 함께 강의석 군을 가르치던 고등학교 선생님들의 24시간 릴레이 단식 농성까지 이어졌죠. 그리고 단식 46일 만에 그는 원하는 바를 이루고 병원으로 이송됩니다. 몸을 가누기조차 어려워 휠체어를 통해 이동하죠.

한 소년의 행동이 정말 큰 변화를 이끌어 냈습니다. 대단한 행동이었죠. 그의 주장이 통한 이유는 기본적으로 논리와 근거가 단단했으며, 단식이라는 관종짓을 통해 범사회적인 지지를 얻어냈기 때문이죠. 그리고 퇴학 처리된 상태에서 서울대 법대 수시 합격까지 이뤄 내죠. 물론 자신의 실력이 있었겠지만 단식 시위를 하며 관심을 받은 것이 합격 여부를 결정짓는 데 기여를 안 했다고는 보기 힘들 겁니다. 당시 강의석 선배는 교육계에선 유명인사였죠.

우리가 살아가는 사회는 옳은 주장을 말한다고 해서 모두 받아들이지 않습니다. 등 돌린 사회에서 그들의 관심을 받고 생각할 거리를 던져 줘야 변화가 일어날 수 있죠.

레오나르도 다빈치와 고흐의 공통점과 차이점을 볼까요? 이 둘의 공통점은 무엇일까요? 네, 화가입니다. 천재적인 화가죠. 다빈치는 세계에서 가장 유명한 그림 중 하나인 〈모나리자〉를 완성시킨 화가이고, 고흐는 인상주의의 대가로 〈자화상〉과 〈별이 빛나는 밤에〉 등으로 미술사적 획을 그었죠.

어느 하나 우열을 가리기 어려운 두 천재화가에게는 극과 극의 차이점이 있었습니다. 뭘까요? 네, 레오나르도 다빈치는 살아생전에 부귀영화를 누린 반면, 고흐는 죽고 나서야 부귀영화를 얻었죠. 둘의 차이는 간단합니다. 살아생전 사람들의 관심을 받았느냐 받지 못했느냐입니다.

레오나르도 다빈치는 살아생전 사람들에게 천재적 재능을 인정받았습니다. 그의 삶은 성공적이었고 엄청난 부귀영화를 이루었죠.

고흐는 어땠을까요? 그는 평생 그린 그림이 2만여 점이었다고 합니다. 그리고 죽기 전까지 제대로 팔린 그림은 단 1점이었죠. 고흐의 삶은 비극 그 자체로 보입니다. 고독한 화방에서 평생 그림만 그렸으며 그의 친구 고갱과의 말다툼으로 귀를 자르고 정신병원에 입원하기도 했죠. 이후 권총 자살로 세상을 떠납니다. 후에 예술성을 인정받아 세계에서 가장 비싼 그림을 그린 화가가 됐지만, 이미 죽고 나서의 일입니다.

앞에서 말씀드렸다시피 우리에게는 사회적 관심이 필요합니다. 이 각박한 세상을 살아가는 데 행복은 삶의 원동력이며, 행복감을 느끼기 위해서는 관심을 받는 것이 매우 중요하기 때문이죠.

레오나르도 다빈치는 사회적 활동을 매우 활발히 한 사람입니다. 화가 이외에 조각가, 발명가, 건축가, 과학자, 음악가, 문학가, 해부학자, 지질학자, 천문학자, 식물학자, 수학자, 요리사에 이르기까지 매우 다양한 방면에서 자신을 드러냈으며 사교적인 생활을 했죠. 이에 타인의 관심을 얻었고 그 후 천재성을 인정받았죠.

반면, 고흐는 일절 사람 만나기를 하지 않은 사람입니다. 자신의 속으로 파고들어 스스로와 살아간 사람이죠. 사람들을 만날 시간에 그림만 그렸을 겁니다. 생전에 2만 여점이나 그렸으니까요. 2만 여점이면 고흐가 37년을 살았으니 총 13,320일이니 하루에 1개 이상 그린 것이죠.

"인생의 고통이란 살아 있는 그 자체다."라는 말을 남긴 고흐. 이 말을 통해 그의 생이 고통 그 자체였다는 것을 우리는 알 수 있습니다. 이 고통스러운 삶, 고흐가 원했던 것일까요? 만약 고흐가 다른 이의 관심을 받아 인정을 받았다면 그는 어떤 삶을 살았을까요?

저는 생각합니다. 여러분에겐 다른 사람과 대체 불가능한 특별한 영역이 있다고 생각합니다. 그 영역을 발견하는 것조차 쉽지 않을 수 있죠. 하지만 발견했다고 해도 여러분 혼자 알고 있으면 안 됩니다. 분명히 특별한 그 능력이 인정을 받으려면 타인의 관심이 필요합니다.

강의석 선배의 관종짓을 보세요. 미션스쿨의 학칙 개정과 단식이 상관이 있나요? 상관없습니다. 하지만 관심을 끌었고 그 관종짓으로 성과를 얻어 냈죠.

관종짓은 여러분이 이룰 수 있는 것들을 더 크게, 더 빠르게 이뤄 줄 수 있습니다. 물론 크고 빠르게 이뤄진다고 반드시 좋은 것은 아니지만, 그럼에도 불구하고 넉넉한 형편은 행복의 조건 중 하나 아니겠습니까?

관종짓을 시도해 보세요. 우리도 살아생전 부귀영화를 누려 보자고요!

3

너와 나의 연결고리!
이건 우리 윈윈 작전!

저는 NCS(국가직무표준)의 '기초직무능력'에 대한 강의를 많이 합니다. 이 중에 '의사소통 능력'에 관해 강의할 때의 일입니다. 교육생에게 의사소통의 중요성으로 역지사지의 마음과 서로가 윈윈(Win-Win)할 수 있는 방법을 찾는 것이 중요하다고 전했죠. 이 세상은 경쟁이 치열한 곳이라 본능적으로 자기가 이기려고 하기 때문에 꼭 윈윈 할 수 있는 방법을 인지하라 교육하죠. 이어 팀별 게임을 통해 얼마나 단합이 잘되는지 확인하겠다고 합니다. 게임이 시작되면 팀끼리 단합이 잘됩니다. 결과적으로 1등 팀이 나오고요. 이때 제가 이야기하죠.

"잘하셨습니다. 그런데 제가 처음에 드린 말씀 기억나시나요? 우리는 윈윈 할 수 있다는 말씀 말이죠."

이 말을 하고 나면 교육생들의 얼굴에서 '아차' 싶은 표정이 보입니다. "우리 모두가 승리하는 방법은 없었나요?"라고 질문하면 교육생들은 고민해 보고 다양한 방법을 이야기합니다. 한 팀이 점수를 얻으면 다른 팀에게 점수를 얻는 기회를 양보한다, 점수를 받지 않는다, 잘하는 팀이 못하는 팀에게 점수를 기부한다 등등.

저는 이어서 피드백 합니다.

"한국이 치열한 경쟁사회이긴 하지만 다른 나라라고 예외는 아닙니다. 즉, 사람이란 일반적으로 생존본능이 있기 때문에 살아남고 이겨 내려고 하고, 이것이 우리를 경쟁적으로 만들고, 세상을 점점 각박하다고 느끼도록 만드는 것이죠. 그렇기 때문에 우리가 각박하다고 느끼지 않으려면 경쟁에서 윈윈 할 수 있는 전략을 의식적으로 찾아내야 합니다. 그래야 사회의 다수가 이익을 볼 수 있죠."

그럼 저는 스스로에게 묻습니다.

'관종인 너는 사회의 어느 부분과 윈윈 하고 있는가?'

사실 윈윈 한다는 것은 말이 쉽지, 실제로는 어렵습니다. 먼저 인식해야 하며, 나의 이익 및 상대의 이익도 함께 찾아야 하며, 양쪽 모두 만족할 만한 중간 지점을 찾아야 하죠. 그런 면에서 관종과 비(非)관종 간의 온도차가 적절해야 두 집단이 이익을 얻으며 사회에서 공존할 수 있겠죠.

그럼 관종과 비관종이 각자 이익을 얻으며 공존할 수 있는 것은 어떤 걸까요? 그것은 시선에 답이 있습니다. 바라보는 차이를 조금만 바꾸면 되죠. 관종이 사회에서 긍정적으로 존재할 수 있는 이유를 보겠습니다.

관종의 입장을 볼까요? 관종짓을 할 때 얻을 수 있는 장점은 무엇일까요? 가장 큰 것은 자신의 자유의지 속에서 개성을 마음껏 펼칠 수 있는 것입니다. 우리가 행복하기 위해서는 내가 먼저 행복해져야 하죠. 그러니까, 내가 하고 싶은 말과 행동을 함으로써, 즉 자유의지를 발휘하면서 행복을 영위할 수 있습니다. 오해와 편견을 정면으로 부딪쳐 개성 강한 관종짓으로 맞서는 이들을 보면 그렇죠. 그런 면에서 방송인 김기수 씨가 떠오르네요. 저는 그가 참 멋지다고 생각합니다.

김기수 씨는 과거 KBS 〈개그 콘서트〉의 '댄서킴' 시절 참 많은 인기를 얻었죠. 그런데 2010년 동성 성추행 사건으로 한순간에 몰락합니다. 당시 성추행으로 고소했던 A씨는 김기수 씨의 가까운 지인이었으며 합의금을 목적으로 고소한 것으로 알려졌죠. 수년간 치열한 법정 공방이 있었고 1심, 2심, 대법원까지 모두 무죄를 인정받았죠. 그럼에도 불구하고 그는 동성 성추행범으로 대중에게 각인되어 동성애자 혹은 트랜스젠더라는 논란에 휩싸였습니다. 부정적인 것은 긍정적인 것보다 더 빨리, 더 오래 퍼진다고 했죠? 사람들은 무죄에 관심은 없고 논란거리에만 집중했습니다.

길을 지나가던 중학생들은 김기수 씨를 보고 "김기수 커밍아웃 했잖아. 니가 한번 꼬셔 봐." 등과 같은 큰 상처로 돌아올 말을 했다죠. 제가 현장에 있었으면 정말 속상했을 것 같습니다. 아니나 다를까, 마비 증상과 함께 화병, 우울증, 대인기피증, 심지어 반신마비까지 왔다고 합니다.

미래가 어둡고 우울한 현실에서 그는 택했습니다. 평소에 자신이 좋아하는 화장을 개인방송으로 보여 주게 되죠. 그렇게 '젠더리스 화장법'이라는 독특한 화장법을 선보입니다. 거기에 개그맨 출신의 탁월한 입담까지 더하니 조금씩 인기를 얻기 시작하죠. 2018년 5월 현재 개인방송 구독자가 12만 명에 이르고, 여성 뷰티크리에이터도 쉽게 할 수 없는 뷰티 방송을 성공적으로 하고 있죠.

자신의 개성을 이끌어 내 관종짓을 함으로써 제2의 전성기를 맞이한 김기수 씨. 이러한 용기에 멋지다는 생각을 갖게 된 거죠.

그럼 비(非)관종이 관종과 함께하면 어떤 것이 긍정적으로 작용할까요? 먼저 비관종으로 남아 있는 일반인들은 관종에게 감사해야 합니다. 그들이 일반인일 수 있는 이유는 관종이 존재하기 때문이죠. 바꿔 말해 관종이 없다면 일반인도 없다는 말입니다.

우리는 나르키소스 이야기를 통해 '자아의 타자화'를 알 수 있었습니다. 자신을 평가하려면 타인을 통해 자신을 돌아보는 것이지요. 그래서 타인을 보고 자신의 행동에 옳고 그른 정당성을 부여합니다. 이것을 일컬어 사회학에서는 타인이 나와 같다면 내집단이 되는 것이며, 타인이 나와 다르다면 외집단이 되는 것이라고 설명하죠. 내집단에게는 공동체 의식이 강하지만, 외집단의 경우 소속감이 없죠. 이로써 관종과 비관종인이 나뉜다고 볼 수 있죠.

비관종인들은 생존 및 안전의 욕구와 사회참여의 욕구로 인해 무리 속에 있고 싶어 합니다. 그리고 그들과 다른 관종들을 외집단으로 배척하며 내집단의 결속력을 다집니다. 관종이 있음으로 그들 스스로는 정상인의 지표를 스스로에게 부여하여 사회적 안정감을 더욱 보장받게 되죠.

비관종들에게 관종은 없어서는 안 될 요소라는 것입니다. 그래서 관종이 존재함에 감사해야 한다는 거죠. 이러한 시각으로 보면 관종은 비관종들의 눈초리를 두려워하거나 피하려고 하지 않아도 됩니다. 결국 관종의 존재가 일반인을 일반인으로 존재하도록 만들기 때문이죠.

비관종들은 관종을 단순히 나댄다는 편견으로 볼 것이 아닙니다. 자신의 자유의지를 실천하고 개성을 나타내는 인물로 보고 말면 될 것이라는 거죠. 간혹 병에서 오는 문제로 불쾌감을 주는 관종을 제외하곤 관심을 바라는 순수한 관종에게는 따뜻한 관심을 주어야겠죠. 관심이야말로 그들을 더 나은 이로 만들어 줄 방법일 것입니다. 그렇게 비관종들의 따뜻한 시선이 전해져야겠죠.

나아가 각자가 원하는 것을 얻었으면 상대를 위해 하지 말거나 선을 지켜야 할 것도 있겠죠. 관종은 역시 인간성을 기본으로 하고, 또 인간성을 잃지 않도록 노력하는 것이 중요합니다. 비관종의 경우도 무조건적인 비난과 따가운 시선이 아닌, 새로운 것을 시도하는 사람이라는 생각으로 대해야 할 것입니다.

관종과 비관종의 간극을 긍정적 시각으로 바라본다면 어느 한쪽도 눈치 볼 것 없이, 또 눈치 줄 것 없이 윈윈 할 수 있겠죠. 나아가 대한민국에서 의사소통이 벌어지는 모든 현장에서 남을 이기려는 본성은 누르고 서로 윈윈 할 수 있음을 믿고 대화한다면 인간 개개인의 존엄성을 존중할 줄 아는 성숙한 문화가 자리 잡을 수 있을 것이라 기대해 봅니다.

4

천연 에너지 드링크

강의를 마치고 집으로 가는 길이었습니다. 제 차량 옆으로 거대한 음료수를 태우고(?) 지나가는 차량을 발견했습니다. 레드불 광고 차량이었습니다. 어쩜 그리 관심을 독차지하는지 계속 쳐다

거대한 음료수를 실은 광고 차량

보게 되더군요. 그러다 사고가 날 뻔했습니다. 다행히 지금 글을 쓰고 있는 걸 보니 무사한 것 같지요? ^^;

레드불은 에너지 드링크죠. 시중에 나와 있는 에너지 드링크는 보통 피로에 지친 수험생이나 밤샘 근무를 해야 하는 직장인들이 고객층입니다. 또 그만큼이나 놀기 위해 에너지 드링크를 마시는 경우도 많죠. 다양한 스포츠를 즐기며 마시기도 하고, 클럽이나 페스티벌에서

평소보다 더 격렬하고 미친(?) 듯 놀기 위해 에너지 드링크를 마시죠. 저도 가끔 마시고 있습니다. 가끔이요. 몸을 끔찍이도 아끼는 저는 즐겨 마실 수가 없더군요.

에너지 드링크 안에 들어있는 카페인과 타우린이 우리 몸에 각성효과를 만들어 내어 에너지를 주지만, 인위적으로 함유된 카페인과 타우린은 우리 몸에 들어올 때 여느 카페인보다 흡수가 빠르고 많은 자극을 줍니다. 자야 하는데 각성이 되어 있으니 불면증이 찾아올 수 있고, 잠을 못 자니 신경과민까지 올 수 있죠. 그래서 덴마크와 노르웨이, 아르헨티나는 카페인 기준치를 적용해 에너지 드링크 판매에 제한을 두고 있습니다. 프랑스에서는 고카페인 음료에 세금을 부과하는 일명 '레드불세' 세법이 2013년 의회에서 통과된 바 있습니다. 그럼에도 불구하고 수많은 사람들이 말하죠. "몸에 안 좋은 줄 모르나? 그래도 에너지가 필요한데 안 마실 수 있어?" 제가 지금부터 에너지 드링크보다 수십 배 강한 에너지를 얻는 법을 전해 드리겠습니다. 네, 당연히 관종짓입니다.

얼마 전 대학교 동기의 결혼식장에 갔습니다. 워낙 발이 넓은 친구라 많은 사람들이 축하해 주러 왔죠. 그리고 뒤풀이 장소까지 함께 갔습니다. 뒤풀이 장소에만 50명이 넘게 왔으니 꽤나 큰 행사로 변했습니다. 그곳에는 같은 대학을 나온 지인뿐 아니라 일면식 없는 동기의 지인들도 많았죠.

사람이 많은 이 자리, 관종인 저는 당연히 관심을 받고 싶었습니다. 그 마음을 알아차렸는지 주인공인 동기가 뒤풀이 진행을 맡아 달라고 하는 겁니다. 옳거니 하며 마이크를 들고 준비된 도구들을 사용하며 뒤풀이 게임을 진행했습니다. 서로가 모르는 사람들이었지만 축하해 주는 한마음으로 꽤나 즐겁게 즐기고 분위기가 업 되더군요. 어느 정도 분위기가 무르익고 저는 자리로 돌아와 대학교 지인들이 있는 곳으로 돌아왔습니다.

자리에 앉으니 대학교 사람들이 고생했다고, 뒤풀이 진행이 최고라고 한마디씩 해 주더군요. 그중 미모가 뛰어났던 한 여자 후배가 예전에 학교 다닐 때 기억난다며 졸업하고 이렇게 다시 느끼니 참 좋다고 하더군요. 게다가 잘 모르는 사람들도 다가와서 재미있었다고 한마디씩 하고 가더군요. 당시 진행하느라 술을 한 잔도 안 마셨지만 앉아서 술을 마신 사람들보다 제 기분이 더 신나 있었다는 것을 확신합니다. 이후에도 저는 당시의 제 활약(?)을 생각하며 소소한 기쁨을 얻죠.

가수나 배우처럼 무대에 서는 직업을 가진 분들이 많이 하는 말이 있습니다.

"나는 나를 환호해 주는 관객이 있기에 무대에 선다. 무대 위 환호를 경험한 사람이라면 절대 이 직업을 사랑하지 않을 수 없다."

영화 〈헐크〉의 주인공인 마크 머팔로가 이러한 마음이었을 것 같은데요. 그는 2015년 〈어벤져스: 에이지 오브 울트론〉 홍보차 한국에 와서 한국 관객들에게 받은 환호를 가득 안고 돌아갔죠. 그는 미국 ABC 〈라이브 위드 켈리 앤드 마이클〉에 출연해 "한국에서 비틀즈급의 인기를 실감했다. 한국으로 이사하고 싶다."고 말했습니다.

마크 버팔로의 한국 사랑

할리우드의 대스타가 한국에서 받은 관심으로 이사까지 오고 싶다니 한국에 대한 애정이 대단하죠. 물론 비유적으로 한 말이겠지만, 그후로도 마크 머팔로는 한국에 대한 애정을 드러내곤 했죠.

여러분들도 누군가에게 큰 관심을 받았을 때를 생각하면 그때의 쾌감을 잊지 못할 겁니다. 다시 얻고 싶죠. 그리고 그러한 관심을 다시 얻기 위해 노력하고 또 실천하는 여러분의 모습도 본 적 있을 겁니다. 그 과정 속에서 행복감을 느끼죠.

우리가 쾌감과 행복감을 느끼는 이유는 몸에서 다양한 호르몬이 나오기 때문입니다. 도파민, 세로토닌 등이 그것입니다. 짜릿한 쾌감이 도파민에 의해서 생기는 것이라면, 소소한 행복감은 세로토닌에 의해 생깁니다.

제가 동기의 결혼식 뒤풀이 진행을 막 끝내고 왔을 때 쾌감은 도파민에서 온 것이며, 그 후로도 그때의 일을 기억하며 얻는 행복감은 세로토닌에 의한 것이죠. 마크 머팔로의 내한 당시의 쾌감이 도파민에서 온 것이라면, 그 뒤 한국에 대한 애정을 표현하며 생기는 행복감은 세로토닌에 의한 것이라고 볼 수 있습니다.

도파민은 쾌감과 밀접한 신경전달물질입니다. 복권에 당첨되거나, 또래집단에서 인정받거나, 사랑하는 사람이 안아 주거나, 심지어 농담으로 친구를 웃기는 데 성공하는 사소한 성취를 거두었을 때처럼 뭔가 기분 좋은 일을 경험할 때 도파민이 분비됩니다. 마찬가지로 관종짓이 성공한다면 도파민이 분비되어 짜릿한 쾌감을 얻는 것이죠.

그렇다면 세로토닌은 언제 분비될까요? 정신과 전문의 이시형 박사는 자신의 저서 《세로토닌하라!》에서 유산소 운동, 좋은 관계 형성, 자신감 등을 통해 세로토닌이 발생한다고 설명합니다. 관종짓을 하며 신체를 움직이니 유산소 운동이 가능하며, 관종짓이 성공하면 좋은 관계가 형성되고 스스로에게 자신감이 생기니 세로토닌 역시 얻을 수 있겠네요.

우리가 하는 관종짓은 우리에게 쾌감과 행복감을 전달해 줄 수 있습니다. 몸에 무리를 주는 것인데도 돈을 주고 사 먹는 에너지 드링크보다 모든 면에서 압도적인 에너지가 관종짓에서 나온다는 것입니다. 물론 사람들의 관심이 한몸에 집중된 자리에서 멋지게 대응해 쾌감과 행복감을 맛볼 수 있지만, 반대로 관심을 받는 그 자리의 부담스러움을 이기지 못해 관심은커녕 비난과 야유를 경험할 수도 있습니다. 이로 인해 고통스럽거나 트라우마가 생길 수도 있습니다. 그럼에도 불구하고 우리는 관심을 얻기 위해 도전할 필요가 있습니다. 비난과 야유로 인한 트라우마를 이겨 내는 방법이 또 다른 관심의 자리에서 성공적인 관종짓으로 트라우마를 벗어나는 것이기 때문이죠. 또 관심을 얻는 방법은 경험에 의해 점점 성공적인 관종짓으로 나아지기 때문에 연속된 시도가 필요합니다.

관종짓은 그대에게 쾌감과 행복감을 전합니다. 아마 대한민국이 허락한 유일한 마약은 관종짓 아닐까요?

5

우린 우리 자신일 때 더욱 빛나!

쇼미충이라고 들어봤나요? 엠넷의 랩 경연 프로그램 〈쇼미더머니〉에서 나온 말로 '힙합에 관한 것은 〈쇼미더머니〉밖에 모르는 사람들'을 일컫는 말입니다. 네, 제가 쇼미충입니다. 책 전반에 이러한 영향이 보이는데요. 힙합 음악을 〈쇼미더머니〉로 입학해서 〈쇼미더머니〉로 배웠고 〈쇼미더머니〉로 졸업했죠. 대한민국 힙합 전파에 〈쇼미더머니〉의 영향력은 사바나의 대지입니다. 지대하죠. Ye!

힙합음악을 사랑하는 사람들에게 힙합의 중요한 요소를 한 가지 꼽으라면 '솔직'을 꼽더군요. 그만큼 힙합이라는 장르는 자신의 생각을 솔직담백하게 꺼내는 것을 큰 기둥으로 합니다. 이런 솔직함이 예(禮)를 중요시하는 한국에서 받아들여지기 힘든 문화였으며, 또 거칠고 불량스러운 문화로 알려져 있었죠.

이도 오래 지속되지 않더군요. 시대의 흐름이란 게 있으니 말이죠. 다양성이 존중되고 세상에서 자신의 목소리를 내는 것이 미덕으로 자리 잡는 때, 〈쇼미더머니〉 방송의 힙합정신과 함께 '솔직함'의 철학이 대한민국을 덮쳤습니다.

2017년 방송된 〈쇼미더머니6〉에서 가장 좋아했던 래퍼는 넉살이었습니다. 그가 나온 첫 방송에서 매료되었죠. 다음은 그의 예선 곡인데요. 같이 보겠습니다.

more caffeine 잠을 잃은 도시
모두가 떠나고 싶어해 태풍 속 도로시
가장이든 아들이든 각자의 위치에서
압박을 받으며 자기 자신을 잊지
알몸에 사내 난 자신을 믿지
베니스의 상인은 후한 값을 제시했지만
내 영혼의 옆구리 1도 줄 일 없어
저 어릿광대들은 난리법석
자 내 무겔 와서 달아봐
0의 개수가 몇 개인지 내게 말해봐
내 영혼은 0g 절대 묶일 수 없어
저기 저기 멀리 날아가
아직도 눈치를 보며 안전한 삶 속에 넌 숨지
숨을 쉬는 것만이 살아 있다 말할 수 있나
우린 우리 자신일 때 더욱 빛나

이 곡의 전반적인 내용은 저에겐 '스스로에 대한 가치 확인'으로 보입니다. 세상이라는 틀에 맞춰 살다 보면 자신을 잊기 마련이지만, 넉살 본인은 눈치를 보지 않고 스스로의 가치를 확인함으로써 살아 있음을 느낀다는 것으로 해석되더군요.

자신의 목소리를 낼 줄 아는 것이 힙합이라면 저는 관종도 힙합정신이 가득하다고 말하고 싶네요. 관심을 원한다고 솔직하게 말하고 자기가 하고 싶은 행동을 취하는 것. 그것이 관종짓으로 불릴지라도 말이죠.

YOLO(You Only live Once)라는 말 들어 보셨죠? 한동안 카카오톡 상태메시지를 장식한 단어입니다. 힙합이라는 문화가 대중화되는 데 기여한 '다양성을 존중하는 사회'가 YOLO 정신을 확산시키는 데도 기여했죠.

'단 한 번 사는 인생, 즐기고 도전해 보자.'의 의미를 가지고 있는 욜로는 수많은 욜로족을 양산했습니다. 그런데 이들을 잘못 이해하면 충동주의자, 한탕주의자들로 오해할 수 있죠. 하지만 그것이 아니라 참는 것을 미덕으로 여기며 살던 지난날을 넘어, 한 번뿐인 인생이니 순간을 즐기고 도전하자는 것에 의의를 두고 있죠. 나아가 다른 사람들에게 보여주기식 삶을 사는 대신 자신이 원하는 삶을 살아가라고 주문합니다. 이는 불확실한 미래를 짊어진 젊은이들 사이에서 묘한 해방감으로 다가옵니다.

아마 지난날 공리주의에 따라 다수의 행복이 실현된 사회가 행복한 사회라고 보았다면, 이제는 나부터가 행복해야 우리의 행복이 실현된다고 인식이 바뀌고 있는 것이겠죠.

저는 게장을 못 먹습니다. 그런데 대부분의 사람들이 게장을 밥도 둑이라고 말하며 너무나 맛나게 먹죠. 과거에 그들 사이에서 먹지 않으면 유별난 사람으로 취급받았지만, 이제는 시대가 '다름'을 인정하고 있습니다. 또 저는 곤충을 매우 좋아하고 만지는 것도 잘합니다. 대부분의 사람들은 그렇지 않기 때문에 곤충을 만지는 저를 징그럽게 생각했죠. 그럼에도 제가 좋아하는 것에 진정성이 있다면 호응을 해주는 시대가 지금이라는 겁니다.

김난도 교수가 이끄는 서울대학교 생활과학연구소 소비트렌드분석센터가 올해도 어김없이 책을 냈습니다. 이번 《2018 트렌드 코리아》에서 첫 번째 테마가 '소확행, 작지만 확실한 행복'이었습니다. 이것은 YOLO와 맥을 같이하고 있죠. 소확행이란 일본의 소설가 무라카미 하루키의 수필집 《랑겔한스섬의 오후》에서 처음으로 등장한 신조어입니다. 방금 내린 드립커피를 후후 불어 가며 마시는 것, 냉장고에 반찬을 잔뜩 채워 넣는 것, 집으로 돌아와 양말을 벗어던지는 기분처럼, 별 볼 일 없지만 누구나 경험할 수 있는 일상 속에서 느껴지는 작은 행복감을 의미합니다. 이제 별 볼 일 없어도 스스로가 행복함을 느낀다면 존중받아 마땅하다는 것입니다. 관종이 하는 관종짓도 같은 맥락 아닐까요?

저도 2013년 11월 22일부터 했던 소확행이 있습니다. 바로 카톡 상태명에 날짜 바꾸기인데요. 매일매일 그날의 날짜를 바꿔서 기입하는 겁니다. 그날이 11월 22일이면 상태메시지를 11월 22일로, 11월 30일이면 11월 30일로 매일 바꿨죠. 처음에는 별 반응이 없다가 한 1년 정도 하니 주위에서 관종이냐며 왜 그런 짓을 하냐고 묻더군요. 그도 그럴 것이 휴대폰 자체에 날짜와 시간이 나오는데 굳이 왜 귀찮게 매일매일 바꿔 가며 써놓느냐는 것이었죠.

저는 그냥 날짜를 바꾸는 것이 아닙니다. 여기에는 나름대로의 소확행이 있죠. 그것은 '시간의 기준을 내가 정한다.'는 것이었죠. 우리가 알고 있는 시간의 기준은 1884년 워싱턴에서 세계 25개국이 참가한 가운데 열린 세계만국지도협회에서 정했습니다. 이때 영국의 그리니치천문대를 '경도의 기준'으로 합의했지요. 그리니치천문대를 중심으로 동쪽과 서쪽으로 각각 12시간씩 나누어 시간 시스템을 정하기로 했고, 지구상의 모든 국가가 하나의 세계시(universal time)로 통일된 것이죠.

그런데 말입니다. 그리니치천문대를 기준으로 정할 때 과학적인 증거나 바탕에서 이루어진 것이 아니라, 영국에 천문학이 발달해 있었고 가장 중요한 것은 영국이 세계의 바다를 지배할 정도로 막강한 힘을 가지고 있었기 때문에 기준이 되었다는 겁니다. 당시 세계의 바다를 이용하는 배(총 톤수의 72%)가 그리니치의 시간을 의존했다고 하죠.

그런 차원에서 시간을 다른 사람들과 약속의 기준으로 쓰는 것을 빼면 내 시간은 내가 정의 내려도 될 것 같았습니다. 어차피 나라별로 시간이 다르기도 했고요. 지금 제가 뉴욕에 있는 친구에게 전화를 걸면 14시간 차이가 나지만 그것은 기준을 정하다 보니 차이가 나는 것이고, 뉴욕 친구와 저는 14시간이 무색하게 각자의 현재에 통화를 하고 있는 것 아니겠습니까. 그래서 저는 다음과 같이 시간을 정했습니다.

예를 들어 오늘 날짜가 1월 1일입니다. 그러면 카카오톡의 상태명을 1월 1일로 바꾸죠. 그리고 자정이 지나 1월 2일이라는 시간이 와도 제가 1월 1일의 날을 더 즐기고 있다면 카톡 상태메시지에 1월 1일의 날짜를 바꾸지 않습니다. 그리고 집에 들어와 푹 자고 일어나거나 하루가 끝났다고 생각될 때 1월 2일로 바꾸죠. 저한테는 그때가 1월 2일의 시작이기 때문입니다. 그렇게 하루를 보내며 자정이 지나는 1월 3일이 와도 바로 바꿔 놓지 않죠. 제가 시작이라고 느껴질 때 날짜를 바꾸죠. 새벽 3시가 됐건 오전 11시가 됐건 저녁 9시가 됐건, 제가 하루가 끝났다고 생각되는 때에 날짜를 바꿔 놓는 것입니다.

이것이 별것 아닌 것처럼 보이지만 제가 하루하루를 보내는 데 굉장히 큰 의미를 주고 있습니다. 나에게 주어진 시간이니 내 시간은 내가 조절한다는 것이죠. 현재 4년 넘게 날짜를 바꿔 가고 있습니다. 이제 주위에서는 이런 저를 '달력이형', '날짜오빠'라는 별명을 붙여 가며 관심을 가지더군요. 저의 소확행이 다른 사람들에게도 유희거리가 된다는 데 상당히 기뻤습니다. 그리고 따라 하는 지인도 생겼죠.

남들이 볼 때 별 볼 일 없더라도 스스로에게 의미가 된다면 해 보는 거죠. 그렇게 행복감을 추가하는 겁니다. 다만 나만의 것을 행할 때 특히 조심해야 할 것이 있습니다.

다시 힙합의 솔직함의 철학으로 돌아가면, 솔직함이 지나칠 때 조심해야 합니다. 예로 저는 디스랩 배틀에 대해 불편한 마음이 있습니다. 디스랩 배틀의 기원은 과거 미국의 갱들 사이에서 무자비한 살육을 줄이고자 각 갱들의 래퍼들끼리 서로 랩으로 대결하며 승부를 겨룬 것을 기원으로 보고 있습니다. 시간이 지나 한국에서는 래퍼들끼리의 하나의 놀이처럼 변했는데, 상당수의 디스랩 배틀이 상대방의 인격에 상처를 주는 것을 볼 수 있었습니다. 둘의 합의하에 진행된 랩 배틀이지만 끝나고 나서 서로 이성적인 것을 넘어 감정적으로 상처를 받는 것을 본 거죠.

디스랩 배틀을 힙합의 갈래로 보지만, 자칫 이 시대의 솔직함이 강조되는 패러다임에 편승되어 인격모독으로 느껴질 만한 언행들이 스스럼없이 나온다는 데 문제가 있음을 생각했습니다. 그런데 이러한 문제에 해결책도 힙합으로 풀어 낼 수 있을 것 같습니다. 다시 래퍼 넉살 등장하겠습니다.

넉살의 정규앨범 〈작은 것들의 신〉은 2016년 한국 힙합어워즈에서 올해의 앨범상을 수상했습니다. 이 앨범에 대해 힙합작가 김봉현은 자신의 저서 〈한국 힙합에볼루션〉에서 다음과 같이 평했죠.

"이 앨범의 가장 중요한 동시대적 의미는 바로 앨범 타이틀처럼 작은 것들을 대하는 넉살의 태도와 시선에 있다. 여전히 어떤 래퍼들이 자기보다 작은 것을 깔아뭉개며 성취감을 누릴 때, 넉살은 작은 것들을 돌본다. 소수자와 약자에 대한 혐오와 배제로 한국힙합이 비판받는 가운데 이 앨범은 한국힙합이 나아가야 할 올바른 방향을 상징한다."

개인의 솔직한 생각을 음악으로 승화시켜도, YOLO 인생을 통해 남의 눈치 보지 않고 자신의 삶을 살아가도, 자신의 소확행을 찾아 실현함에 있어서도, 디스랩 힙합음악을 즐김에 있어서도 또 관종짓을 하면서도 그 바탕에는 타인을 존중하고 사랑하는 마음이 있어야 합니다. 여러분이 여러분 스스로를 사랑하는 것과 같이 말이죠.

누구도 상처받고 싶어 하지 않고 고통받고 싶어 하지 않습니다. 하고 싶은 행동을 하는 것과 남에게 피해를 주는 것은 별개입니다. 하고 싶은 행동에는 책임이라는 것이 따르지요. 여기서 책임은 무엇을 말할까요? 사회라는 공동체의 일원으로서 서로 간에 지켜야 할 도리가 있는 거죠. 아무리 솔직함이 요구되는 사회라도 우리는 지나치지 않도록 경계해야 합니다.

이와 같이 할 때 우리의 관종짓이 인정받을 수 있겠죠. 서로가 서로를 배려해서 온전히 정신적 보호를 받을 수 있다면, 그때야말로 넉살의 예선 곡 말미에 있는 '우린 우리 자신일 때 더욱 빛나'라고 외칠 수 있겠습니다.

6

매력적인 관종

세상이 참 빠르게 흐르더군요. 어제의 유행어를 쓰는 자는 오늘의 아재가 되고, 다양한 유행들이 동시다발적으로 시작되어 같은 지역에서도 다양한 문화가 생기고 사라지는 때죠. 그럼에도 불구하고 우리가 멈춰 서야 비로소 보이는 것들이 있습니다. 길에 나 있는 작은 풀꽃하나, 하늘에 떠 있는 초승달, 어머니의 주름 등 말이죠.

뭐든지 빠른 이 시대, 우리는 모든 것을 쫓아갈 수 없습니다. 이때 낙오될 것 같은 공포감이 엄습하죠. 자신이 시대에 뒤처지는 것을 바라는 이는 없으니까요. 하지만 우리는 멈춰야죠. 꼭 멈춰서 천천히 둘러봐야 합니다. 시간을 가지고 음미할 때 진정으로 느낄 수 있기 때문입니다.

일에 치여 어머니가 차려 주신 밥상머리에서 허겁지겁 밥을 먹다 어머니의 손 주름을 봤습니다. 분명 예전에 고왔던 손이 기억나는데, 안 보이고 다른 손이 있었습니다. 순간, 일이 정말 중요한 건가? 뭐가 중요한 거지? 어머니의 바뀐 손은 안 중요했니? 빠른 시대에 맹목적으로 따라가던 제가 못나게 느껴졌습니다. 그리곤 어머니가 차려 주신 밥상을 보고 천천히 식사했죠. 분명 조금 전에 떠먹었던 김치찌개가 다르게 느껴졌고 어머니가 해 준 계란 프라이에서 따뜻함이 깊게 느껴지더군요. 다시 어머니를 봤을 때 잘 먹고 있는 저를 바라보며 지으시는 미소를 보았답니다. 제가 식사할 때마다 어머니는 늘 미소로 바라보셨겠지요. 제가 보지 못했던 것입니다.

패스트 시장에서 슬로우 시장이 각광받고 있습니다. 인터넷 서점 예스24에서는 2007년부터 10년 동안 가장 많이 판매된 에세이 책이 혜민스님의 《멈추면 비로소 보이는 것들》이라고 발표했습니다. 제목부터 슬로우를 지향하는 책이죠.

생각해 보니 정말 천천히 느껴야 우리는 진정한 미를 느낄 수 있습니다. 어머니의 밥상이 그랬고, 출퇴근 길에 듣는 습관적인 음악재생보다 갑자기 듣고 싶은 곡이 생각나서 모든 것을 멈추고 오롯이 음악에만 집중했을 때 우리는 그 음악성을 더 깊게 느끼죠. 동네 골목을 평소처럼 급히 지나칠 때보다 집중해서 집집 사이의 담벼락은 어디 있고 무슨 색 대문이 많은지, 상점 간판은 무엇이 쓰여 있는지, 건물 2층, 3층을 바라보며 어떤 것들이 있는지 들여다보면 그렇게 새롭게 느낄 수가 없습니다. 다음에 그곳을 지날 때 더 정겹게 느껴지죠. 내가 관심을 가지고 보는 것에 우리는 애정을 느끼기 때문입니다.

제가 정말 좋아하는 시가 있습니다. '첫 마음'이라는 시인데 같이 볼까요?

첫 마음

　　　　　-박노해

한번은 다 바치고 다시
겨울나무로 서있는 벗들에게

저마다 지닌
상처 깊은 곳에
맑은 빛이 숨어 있다

첫 마음을 잃지 말자

그리고 성공하자
참혹하게 아름다운 우리

첫 마음으로

　시인들은 시간을 거꾸로 살아가는 듯합니다. 그러니 빠른 현시대에
도 첫 마음이라는 감정을 천천히 곱씹어 가며 감성이 깊이 밴 이야기
를 써내지 않겠습니까? 저는 이 시 가운데 '참혹하게 아름다운 우리'
라는 표현이 참 좋습니다. 저마다 애썼던 과거의 상처로 참혹한 모습
이 되었을지언정 이겨내 살아가는 우리의 모습이 아름다운 것이란 의
미로 다가오기 때문이죠.
　이 시에 대한 이야기를 조금 더 하자면 거꾸로 행을 읽어 나가도 뜻
이 이어지는 특이한 시입니다. 제가 고등학교 때 국사를 가르쳐 주셨

던 선생님이 새 학기 첫 시간에 들어와서 아무 말씀 없이 칠판에 써 주셨던 시죠. 그리고 따라 읽도록 했습니다. 그렇게 만난 시입니다.

그 국사 선생님은 MBC 〈무한도전〉에 역사 선생님으로 나오시기도 했던 '최태성' 선생님이셨습니다. 운이 좋게도 역사를 진정 사랑하는 스승을 만났지요. 당시 역사 공부를 참 즐겁게 했던 기억이 있습니다.

시라는 것은 참 함축적입니다. 시는 빠르게 읽어서 본뜻을 이해하기 힘듭니다. 천천히 음미해야 하며 이해가 안 된다면 몇 번이고 읽어 내는 방법밖에 없죠.

생각해 보면 세상의 관종들도 자주 접하고 천천히 바라보면 매력적으로 느껴집니다. 연예인 박명수 씨에 대해 생각해 보겠습니다. 제가 감히 누구를 못생겼다 할 수 없지만 박명수 씨보다는 제가 좀 잘생긴 것 같습니다. 확실합니다.(궁서체) 처음에 박명수 씨를 TV에서 봤을 때는 못생긴 모습에 정이 가지는 않았던 기억이 납니다. 방송에서 버럭

박명수 벌레퇴치약 광고

구로 빗대어 나올 만큼 호감 가는 외모는 아니었죠. 하지만 박명수 씨는 방송을 쉰 적이 없는 것으로 유명하죠. 이렇다 할 구설수도 없었을 뿐 아니라, 대한민국에서 가장 사랑받는 〈무한도전〉에 10년 넘게 출연하며 시청자들에게 꾸준히 모습을 보였습니다.

마치 앞에서 알아본 에펠탑 효과처럼 박명수 씨는 보면 볼수록 정감이 가고 요즘은 정말 조금 잘생기게 느껴지기도 한답니다. 지속적으로 노출되다 보니 관심이 가고 매력도 느끼게 된 것이죠. 그래서인지 박명수 씨는 벼멸구라는 혐오 캐릭터를 긍정적으로 바꿔 벌레퇴치약 광고도 찍었죠.

박명수 씨는 호통을 받아야 할 상황에서 되레 호통을 치죠. 그는 좋지 않은 몸이지만 훌러덩 옷을 벗어 버리고요. 또 연습 좀 하면 나아질 것 같은데 그런 것 없이 본능에 의해 나오는 날것의 댄스들. 마지막으로 정신없이 흘리는 침과 같은 분비물. 그럼에도 불구하고 우리에게 매력적으로 바뀐 그입니다.

저는 그 이유를 첫 번째로 그의 인간미에서 봤습니다. 상대에게 웃음을 전하기 위해 자신이 못난 사람이 되더라도 감수하고 행동하는 것이죠. 예전에 박명수 씨가 '청춘페스티벌'에서 했던 강의를 보면 그가 정말 천치여서 바보 같은 행동을 하는 것은 아니라는 것을 알 수 있습니다. 그는 청춘들에게 힘을 주는 말을 전했습니다.

"늦었다고 생각할 때는 진짜 늦었다."

맞는 말입니다. 그러나 이렇게 말하면 삶에 회의감이 들겠지만 박명수 씨는 이어 "그러니 빨리 시작하라."는 메시지를 전하더군요.

그렇다고 아무거나 빠르게 하라는 것이 아니라, 자신이 좋아하는 것을 찾아보라는 메시지였습니다. 오랫동안 스스로가 잘할 수 있는 것에 매달리다 보면 10년, 20년 뒤에 스스로 만족할 만한 일을 할 수 있게 되고, 그게 잘되면 제2의 직업이 된다는 말도 하더군요. "좋아하는 것을 찾아라." 이 말은 언제 들어도 참 공감이 갑니다.

두 번째, 그에게 시선을 고정하게 만드는 관종짓입니다.

그를 한번 보고 말면 기억조차 나지 않겠지만 꾸준히 자신의 것을 드러내고 보여 주며 사람들에게 각인시킨 것이지요. 그렇게 박명수에게 관심을 가지도록 하여 부정적 시선들을 긍정적으로 변환시키며 끝내 시청자들의 사랑을 받는 것이지요.

우리는 자주 접하고 관심을 가질수록 대상에 대해 깊이 이해합니다. 시와 박명수 모두 그렇죠. 여러분의 모습을 끊임없이 노출하세요. 다른 사람들의 시선이 당신에게 머물도록, 당신에게 시간을 내도록 해 보세요. 그리고 그렇게 시선을 받으면 보란 듯 여러분의 관종짓과 인간성을 그들에게 전달하는 겁니다. 그럼 여러분은 다른 사람들이 보기에 매력적인 사람으로 변할 수밖에 없을 겁니다.

7

자유를 찾다

수년간 해오던 독서모임이 있습니다. 한 달마다 책을 선정하고 같이 책에 대해 이야기하는 모임이죠. 어느 날은《기억전달자》라는 소설을 통해 이야기를 나눴죠.

이 책의 주인공 조나스는 완벽한 도시에 삽니다. 왜 완벽한 도시냐. 우리가 꿈꾸는 도시이기 때문이죠. 우리가 살면서 고통받는 것들이 모두 제거되어 있는 세상이기 때문이죠. 폭력, 가난, 누군가에게 상처를 주는 것, 혼란스러운 선택 등 말입니다. 그런데 아시겠지만 사랑이라는 감정도 시작과 과정은 좋을지라도 끝날 때는 우리에게 아픈 감정을 주지 않습니까? 사랑을 포함한 슬프고 기쁘고 행복한 감정들까지도 모두 배제되어 있습니다. 감정이란 고통이라는 것을 내포하니까 말이죠. 그렇게 모든 감정이 없어진 완벽한(?) 사회에 살고 있죠.

제가 격하게 공감하는 '삶은 고통이다.'라는 명문장을 정면으로 맞받아치는 부분이죠. 유토피아적 소설이냐고요? 좀 더 줄거리를 말씀드리겠습니다.

"이 사회는 서로의 갈등을 최소화하고 효율성을 극대화하기 위해 모두가 똑같은 형태의 가족을 가지고 동일한 교육을 받으며 성장합니다. 위에서 말한 사랑이나 우정 같은 인간적인 감정에서 나오는 어떠한 종류의 고통도 없는 완벽한 행복에 이르기 위해서, 개인의 선택에 따르는 어떠한 종류의 잘못도 있을 수 없는 완전한 사회를 이루기 위하여, 피부색이나 언어와 같은 차이에 따르는 어떠한 종류의 차별도 없는 평등한 세상을 만들기 위하여 분란의 소지를 모두 제거해 버린 곳."

- 본문 304쪽 중에서

책《기억전달자》의 배경을 보면 직업까지도 사회 시스템에 의해 정해집니다. 각자에게 가장 잘 어울리는 직업으로 자동으로 선택되죠. 그리고 조너스는 마을에 단 한 명뿐인 기억 보유자의 후계자로 지명되는 엄청난 영예를 얻습니다. 마을에서 가장 중요한 일이며 존경받는 직업인 기억보유자. 이 직업은 무례함을 금지하는 규칙을 지키지 않아도 되며, 어떤 주민에게 어떤 질문이든 할 수 있고, 꿈을 이야기하는 데 참여해서는 안 되며, 임무 해제를 신청할 수 없을 뿐만 아니라 거짓말을 해도 됩니다. 과거의 기억을 보유해야 하기에 감정과 다양한 자유가 보장되는 직업이죠.

조나단이 뽑히면서 기억보유자에서 기억전달자가 된 선생님으로부터 지금껏 자신이 사는 사회가 어떠한 과정을 거치며 여기까지 왔는지 기억을 전달받습니다. 육아공동체라는 것에서 가족이라는 것을 알게 되었고, 즐거움, 사랑이라는 감정도 알게 되었으나 동시에 전쟁, 고통, 굶주림 등 고통에 대해서도 알게 되었습니다.

그리고 나이가 들어 사회에 잉여 인간이 되거나 '똑같은 사회'를 방해하는 사람에게는 직무해제라는 것이 주어지는데 그것은 그를 죽이는 것임을 알게 되죠. 조나단의 집에 새로 온 아이가 잠투정이 심해 임무해제를 받은 것을 시작으로 조나단은 가브리엘을 위해, 그리고 마을 사람들의 모든 감정의 자유를 위해 모험을 감행하게 되죠.

우리에게 선택과 자유는 얼마나 중요한 것인가, 또 고통은 삶을 완성시키는 조각 중 하나임을 생각해 보게 하는 소설입니다. 유토피아가 아닌 디스토피아적 소설이죠. 유토피아가 '어디에도 없는 것'을 전제하고 디스토피아는 유토피아에 반대한다면 곧 '어디에나 있는 것'을 이야기하는 것이 디스토피아라고 생각합니다. 그러므로 지금 공동체를 지나치게 중시하는 우리 사회를 따갑게 꼬집을 수 있는 명작 소설이 아닐까 생각합니다.

그런데 우리 사회를 보면 보이지 않게 공동체로 묶으려는 시도뿐만 아니라, 개인조차도 각자의 개성보다는 군중에 매몰되어 색깔 없이, 감정 없이 흘러가는 경향이 있죠.

지난 겨울은 롱패딩(무릎까지 내려오는 긴 패딩)이 유행이었습니다. 많은 연예인들이 착용하며 유행을 탔고 다양한 의류브랜드에서 롱패딩을 내놓았습니다. 사람들이 몰리는 어느 곳을 가도 이 두꺼운 망토를 두른 사람들뿐이었죠. 또 평창올림픽을 기념하기 위해 나온 롱패딩은 가격 대비 성능이 좋다고 하여 나오는 즉시 품절되어 더 비싼 값에 재판매되는 기현상을 보이기도 했습니다. 물론 무릎까지 덮는 롱패딩이 참 따뜻하지만 정말 클론처럼 모두가 같은 모습은 참 무섭습니다. 과거 등골브레이커라는 말이 생기던 시기, 한 브랜드의 패딩이 교복이라고 불릴 정도로 누구나 입었던 것처럼 말이죠.

　이러한 사회 분위기에서 자신의 개성을 드러내기란 쉽지가 않죠. 그러나 《기억전달자》라는 책을 통해 보았지만 우리는 이러다가 정말 다 똑같은 옷과 똑같은 감정, 똑같은 생각까지 하게 될지 모를 일입니다. 그래서 우리는 더 관종이 되어 자기 스스로가 다를 수 있도록 실천을 할 필요가 있죠. 군중심리에 의한 것이 아닌 내가 원하는 모습으로 당당하게 행동해 보자는 겁니다. 여러분의 매력은 롱패딩에 갇혀있기에는 너무 찬란합니다. 다르게 입고 다르게 행동하길 추천하는 바입니다. 이렇게 할 때 최소한 나의 자유가 보장되죠.

전국 학생들의 교복, N사 패딩　　　　　　　롱패딩 클론화

그런 차원에서 존경하는 사람이 있습니다. 바로 지드래곤(이하 지디)입니다. 그는 대단한 관종입니다. 그가 잘생겼다, 매력 있다, 옷을 잘 입는다를 넘어 '문화를 만들어내'기 때문입니다. 시대적 유행에 가장 민감한 집단인 10~30대 사이에 지대한 문화적 영향을 주죠.

그의 문화 창시는 늘 관종짓과 함께했습니다. 그가 방송을 통해 선보이는 첫 모습은 우리가 받아들이기 쉽지 않죠. 처음 보는 독창적인 행보를 잇기 때문입니다. 파격적으로 다가온 그의 모습이 곧 우리의 문화가 됩니다. 그의 주관적 문화 활동이 대중의 문화가 된다는 것이죠. 바꿔 말해 그의 관종짓이 문화가 된다는 것입니다.

특히 패션에서 그렇죠. 우리가 연예인들이 입는 것에 열광한다면 연예인들은 지디가 입는 것에 열광하니 말입니다. 세계적인 패션디자이너들이 그를 위해 손편지와 함께 한정판 선물을 하는 것을 보면 세계적으로 인정받는 패션문화 아이콘임에 틀림없죠.

그뿐만 아니라 음악성에서도 다양한 시도를 하는 그입니다. 2017년에 나온 정규앨범 〈권지용〉의 경우 이동식 저장장치인 유에스비(USB)로 발매가 되었죠. 이로 인해 음악계에는 한동안 논란이 있었습니다. USB가 음반이냐 아니냐 하는 논란이죠. 저는 이 논란을 이야기하고 싶은 것이 아닙니다. 그의 관종짓이 놀랍습니다. 음악의 존재 이유는 무엇일까요? 누군가의 귀에 들리기 위함이겠죠. 그런 면에서 음반은 다수에게 들려야 합니다. 그러기 위한 마케팅의 일환으로 이러한 논란은 관심을 끌기에 충분했습니다.

그는 이러한 논란에 대해 인스타그램을 통해 "무엇이 문제인가요?(What the problem?) 누군지도 모르는 어떠한 사람의 결정에 따라 한 아티스트의 작업물이 그저 '음반이다/아니다'로 달랑 나눠지면 끝인가?"라고 논란에 대한 심경의 글을 올리기도 했죠. 이후 이 글은 "난 문제가 아냐 문제의 답이에요."로 수정되었습니다.

저도 이에 동의하는 바입니다. 이런 제 생각에는 지디에 대한 저의 애정이 상당 부분 들어갔을 겁니다. 그럼에도 불구하고 '문제의 답'이 스스로라고 말하는 것은 제 애정을 빼더라도 좋은 해답으로 생각됩니다. 최소한 자신의 음악성에 대해 다른 이의 정의보다 자신 스스로의 정의를 통해 답을 내렸다는 거죠.

관심을 받는 것을 제외해도 세상엔 행복의 조건들이 많이 있죠. 내가 스스로 선택하고 결정하는 자유의지는 우리에게 큰 행복입니다. 그중 심리적 자유감이라는 가장 기본적인 행복의 조건. 남에게 피해를 주지 않는 선에서 내 인생을 내 마음대로 사는 것. 이 마음을 가지고 있는 것이 참 중요하죠.

거듭 말씀드리지만 개인적인 자유의 상태가 유지되려면 환경적인 것이 중요하죠. 이 환경은 무슨 모습일까요? 자유로운 삶을 지지해 주는 문화로 볼 수 있습니다. 여러분은 우리가 그러한 환경에 있다고 생각하시나요?

- 강의실에서 수업이 끝나고 나서 질문하는 이에게 괴상한 사람이라는 눈초리를 보내지 않나요?
- 남들과 다른 특이한 옷을 입는 사람 뒤에서 손가락질하며 놀리지 않

나요?

– 엉뚱한 생각이나 말을 하는 사람을 무시하거나 잘못된 생각을 한다
고 생각하진 않았나요?

저는 위와 같이 행동했던 적이 있습니다. 하지만 중요한 사실을 알고는 최대한 있는 그대로 받아들이도록 행동합니다. 중요한 사실이란 것은 문화나 환경은 어느 시기에 바뀌는 것이 아니라는 거죠. 내가 받아들일 때 바뀐다는 것입니다. 즉, 여러분 스스로가 개개인의 개성을 나타내는 자유를 얻고 싶고 똑같아지는 군중 속에서 나오고 싶다면 다른 이의 개성부터 존중하자는 것입니다.

그런 차원에서 우리의 관종짓은 더욱 다양한 문화가 나올 수 있는 기회를 줄 것입니다. 관종짓을 통해 세상에서 자유로워지시길 희망합니다.

영원한 건 절대 없어. 결국에 넌 변했지. 이유도 없어. 진심이 없어. 사랑 같은 소리 따윈 집어 쳐. 오늘밤은 삐딱하게 내버려둬. 어차피 난 혼자였지. 아무도 없어. 다 의미 없어. 사탕 발린 위로 따윈 집어 쳐. 오늘밤은 삐딱하게

– 지드래곤의 노래 '삐딱하게' 중에서

8

관심은 돈이다

강의를 하면 처음에는 아이스브레이킹을 위해 제 소개를 영상으로 보여 드립니다. 제가 지금껏 촬영한 광고영상을 보여 주며 태연하게 제 자랑을 하죠. 다행인 건 제 모습을 보면서 저 스스로도 만족하고, 보고 있는 이들도 만족한다는 것이죠.

보통 저와 강의로 만나는 분들은 저의 첫 모습을 보고 대단한 사람으로 생각하지 않습니다. 실제로도 대단한 사람이 아니니 그렇게 보는 것은 무리이나 영상을 보여 드리기 전과 후과 반응이 다르죠.

기분 탓이 아닙니다. 강의 시작을 위해 마이크를 잡고 먼저 인사를 드립니다. 그리고 "저를 딱 보니 어떤 느낌이 드시나요?"라고 질문을 하죠.

그러면 대답으로 "강사 같다, 하얗다, 기생오라비 같다" 등의 말을 듣습니다. 딱히 긍정적이다, 라고는 보기 힘든 답입니다. 특히 마지막 기생오라비 같다는 말을 들으면 가끔 상처를 받기도 했는데, 뜻이 '얼굴이 곱상하고 예쁘며 외모를 치장하는 남자'라는 사전적 정의가 있기에 기분 좋게 듣고 있습니다.

그리고 간단한 소개와 함께 제 광고영상을 보여 드리죠. 광고의 경우 매체를 통해 무방비 상태에서 무의식적으로 보기 때문에 제 얼굴을 기억하는 경우는 드물죠. 하지만 어디서 본 기억을 꺼내 주시기에 영상이 끝나면 저를 보는 눈이 달라져 있습니다. 그리고 똑같이 묻죠.

"저를 보면 어떤 느낌이 드시나요?"

답이 달라집니다. "재미있을 것 같다, 유쾌하다, 즐겁다, 강의가 기대된다." 등 대체로 강의에 앞서 좋은 분위기가 형성되죠. 어찌 됐건 본 것 같은 기억이 난다면 저를 아예 모르는 사람이 아닌 친근한 사람으로 느끼기 시작하죠. 이는 별게 아니지만 강연자의 입장에서 어떤 보이지 않는 벽을 제거함으로써 좀 더 효과적으로 접근할 수 있는 이점이 됩니다.

강의를 마치고 강의평가를 보면 '연예인이 강의를 해 줘서 재미있었다, 광고모델이 강의를 해 줘서 흥미로웠다' 등의 표현도 나오는 걸 보면 광고영상이 강의에 직접적으로 관련은 없어도 간접적으로 큰 영향을 주는 것을 알 수 있습니다. 그리고 제 강의료 인상에는 광고모델이라는 프로필이 큰 역할을 하고 있다고 느끼고 있답니다.

현대사회에서 관심은 다양한 방면으로 중요합니다. 개인에게 행복을 줄 수 있는 요소로, 사회적으로는 자본을 끌어들일 수 있는 요소로 말이죠. 이미 언급한 바 있는 스타급 개인 방송 BJ들의 월수입이 대기업 직장인들의 연봉과 맞먹죠. 방송 BJ들의 수입은 유튜브의 경우 구독자가 얼마나 많은지에 의해 결정됩니다. 영상에 광고가 삽입되어 이때의 광고 수익에 따라 콘텐츠 제작자에게 수익이 돌아가는 구조이기 때문이죠. 그래서 많은 유튜버들은 구독자를 늘리는 것을 목표로 삼고 있죠.

대학교 한 후배가 유튜버로 활동하고 있어서 소식을 들어 보니, 구독자가 30만 명이 넘는 시점에서 그에게 돌아가는 수입이 500만 원 가까이 되더군요. 엄청난 금액입니다. 금액만 보고 그들이 하는 노고를 잊어서는 안 되겠죠? 보통 일반 직장인들만큼 혹은 그 이상으로 시간을 쓰더군요. 그럼에도 불구하고 그들은 원하는 것을 한다는 것에 큰 힘을 얻고 즐겁게 살아가더군요.

제가 좋아하는 유튜버 중에 '허팝'이라는 이름으로 활동하는 분이 있습니다. 그는 수영장을 물풍선으로 가득 채우거나, 액체괴물이라고 불리는 슬라임을 커다란 욕조에 부어 그 안에서 수영을 하는 등 만화에서 볼 법한 기상천외하고 창의적인 아이디어로 영상을 제작하는 과학 크리에이터입니다. 현재(2018년 5월) 구독자 수가 190만 명에 이르고 누적 조회수가 14억 회를 넘고 있죠. 세계 인구가 75억 명이니 5명 중 1명꼴로 허팝의 영상을 봤다고 생각해 볼 수 있겠네요. 대단한 숫자입니다. 이렇게 구독자 수와 조회수를 생각해 볼 때 수익이 엄청날 것으로 예상되네요. 본인이 직접 한 달 수입이 직장인 연봉에 이른다고 밝힌 바 있죠.

그에게 관심을 가도록 만드는 매력은 무엇일까요? 매력이라는 말은 이상하게 사람의 눈이나 마음을 홀리는 힘을 말합니다. 매력에서 매자는 도깨비 매입니다. 그래서 뭔가에 홀린 듯 비이성적인 것에 관심이 가는 것을 매력적이라 하죠. 주위에 흔히 있는 물건들을 창의적이고 재미있게 활용하는 그를 홀린 듯이 보게 되는 것. 그것이 매력적인 것입니다.

현대사회는 매력이 필수적입니다. 2013년 출간된 《매력자본》이라는 책은 꽤나 큰 반향을 일으켰죠. 이 책의 저자 캐서린 하킴 교수는 "현대사회에는 경제자본, 문화자본, 사회자본과 함께 매력자본까지 4가지의 자본이 있다."고 말하고 있습니다.

여기서 매력자본은 아름다운 외모, 건강하고 섹시한 몸, 능수능란한 사교술과 유머, 패션 스타일, 이성을 다루는 테크닉 등을 말하며, 사람을 매력적인 존재로 만들어 주는 이 매력자본이라는 자원은 일상을 지배하는 '조용한 권력'이라고 설명하고 있죠.

권력이라는 것이 돈과 명예뿐 아니라 매력에 의해서도 생긴다는 거죠. 매력적이라는 소리를 들으려면 먼저 관심을 받아야겠죠? 특히 마케팅 분야에서 두드러지게 나타나죠.

구글글래스를 아시나요? 구글이 만든 '스마트 안경'으로, 증강현실(AR) 기술을 활용한 웨어러블 컴퓨터죠. 한번쯤 들어 본 적 있는 이 안경. 보신 적 있으신가요? 엄청난 화제를 낳았지만 시중에서 보기가 어려웠죠. 왜 구글은 이 화제성 높은 안경을 지속적으로 판매하지 않았을까요? 성균관대학교 최재붕 교수의 말에 따르면 구글은 구글글래스를 애초에 판매 목적으로 만든 것이 아니었다는 거죠.

구글이 크롬 브라우저와 G메일을 확산시켜야 하는데 이에 대한 관심도가 낮으니 구글글래스라는 획기적으로 보이는 상품을 선보여 관종짓을 했다는 거죠. 구글이 설마 그랬겠어? 라고 생각하는 분들에게 관종짓에 지나지 않았다는 증거를 전합니다. 구글글래스는 제대로 된 제조팀도 없었죠. 당연히 구글글래스를 만드는 공장 또한 없었습니다. 제대로 만들어 판매할 생각이 없었습니다. 또 판매가 되긴 했지만 이도 시제품을 만들어 딱 하루 1,500달러에 판매가 됐죠. 1달러를 1,000원으로 계산할 경우 150만 원이라는 비싼 돈에 말입니다. 거기에 환불 불가, A/S 불가라는 엄청난 조건(?)을 걸고 말이죠.

어찌 됐건 구글은 이러한 관종짓으로 인해 야후와 다음에서 엄청난 사람들이 구글의 G메일로 몰려갔죠. 당시 시가총액이 100조 원이었던 구글은 관종짓을 통해 시가총액이 400조 원까지 올랐었습니다.

구글의 관종짓은 이후에도 이어지고 있습니다. 알파고가 이세돌을 이긴 후 정확히 3주가 지나고 시가총액이 58조 원 늘었습니다. 그리고 바둑에 대한 관심도가 떨어지니 현재는 스타크래프트로 관종짓이 확장 진행되고 있죠. 또 돈을 벌어들일 것입니다.

관심은 자원입니다. 이 자원을 평가하는 기준은 희소성이죠. 책《관심경쟁의 사회학》에 따르면 관심이라는 것은 받는 것과 주는 것이 있는데, 이 구조가 양쪽으로 나뉘는 것이 아닌 한 사람에게 몰리게 되어 있다고 설명합니다. 그렇기 때문에 상대방은 가지지 못하고 나만이 취할 수 있는 희소성 있는 모습에서 우리는 쾌감을 맛보게 된다는 거죠.

그래서 스스로를 상품으로 여기는 이들은 희소성이 있어야겠죠. 희소성이라는 것은 가치가 있는지 여부를 판가름하는 기준이 되니까요.

우리가 희소성에 목매는 이유 역시 가치가 있어야 쳐다보는 것이고 그래야 관심을 얻을 수 있기 때문이죠. 자신을 상품으로 여기지 않는 사람은 해당되지 않을까요? 아닙니다. 직장을 다니고 있거나 어느 집단에 포함된 이들도 똑같이 관심이 필요하죠.

'워라밸'이라는 신조어를 아시나요? 일과 삶의 균형을 뜻하는 이 말은 '직장이 나의 전부가 될 수 없다.'고 외치는 새로운 직장인들의 모습을 말합니다. 예전에는 개인 생활보다 직장 생활을 우선시했다면 이제 일 때문에 자신의 삶을 희생하지 않겠다는 거죠.

집단에서 관심을 받는 것은 쉽지 않습니다. 스포트라이트를 나눠 받아야 하기 때문입니다. 하지만 내 삶의 스포트라이트는 나만이 받을 수 있죠. 과거 같으면 직장에 다니면 내 삶을 즐기는 것이 쉽지 않았지만 이제는 워라밸 세대가 나오면서 직장인들 또한 여가시간을 잘 영위하는 것이 중요해졌죠.

스스로를 상품으로 생각하는 사람이나 직장에 다니는 사람이나 모두 관심이 필요한 시대입니다. 관심을 받게 되면 행복과 금전적 보상을 얻을 수 있죠. 재미있는 것은 취미활동을 발전시켜서 직업을 바꾸어 새로운 것으로 전향하는 사례가 있다는 거죠. 앞에서 알아본 대도서관이 그러한 경우입니다. 원래 직업은 회사원이었으나 여가로 게임 방송을 하며 관심을 끌었죠. 그러다가 하던 직장 일보다 그런 일이 열심히 할 가치가 있음을 느끼고 회사를 그만두고 전문 방송 BJ가 되었죠.

혹시 아나요? 이 책을 읽고 제2, 제3의 대도서관이 나올지. 기대가 됩니다.

PART 4

역사가 말하는
관심종자

오늘날 관심종자에 대한 이야기를 하다 보면 과거 관심종자들에 대한 이야기를 하지 않을 수 없습니다. 당연히 과거에도 관종들은 존재했고 그들의 모습이 차츰 진화하여 현재의 관종이 됐습니다. 그러므로 과거를 돌아볼 필요가 있죠. 이를 통해 미래 관종의 모습도 예측해 볼 수 있을 테니까요.

과거 관종짓을 기꺼이 하며 자신을 알린 이들을 동서양을 막론하고 알아볼 예정입니다. 또 오늘날 관종들의 특징과 전 세계 관종들도 살펴보겠습니다. 아마 관종 세계여행을 할 수 있을 것 같네요. 사회문화적이고 과학적인 측면에서 관종의 의의를 찾아보고, 관종의 존재 의미를 긍정적으로 논해 볼 예정입니다. 끝으로 미래 관종의 모습은 어떤 모습이 되어야 하는지를 같이 유추해 보는 것으로 이번 장을 구성하였습니다. 다양한 혁명가와 정치가, 아티스트가 등장할 것이며, 그들 스스로 어떠한 관종짓으로 관심을 얻어 냈는지 이야기해 볼 예정입니다. 꽤나 광범위한 시대와 장소에서 활동한 관종을 지금 바로 만나 보시죠.

내가 아르테미스 신전을 불태운 이유는
나를 영원히 기억해 주길 바라는 마음이었다.

- 고대 그리스의 방화범, 헤로스트라투스

1

관심종자의 역사 (동양 vs. 서양)

초등학교 때 좋아했던 프로그램이 있었습니다. 《호기심천국》이라는 프로그램이죠. 그 프로그램 말미에 타이거 마스크라는 마술사가 나와서 마술을 했었습니다. 그는 늘 검은색 옷을 입고 나왔고, 미녀 도우미를 칼로 자르기도 하고 물속에서 꽁꽁 묶인 밧줄을 풀고 탈출하는 마술 등을 선보였죠. 그 놀라운 마술의 비밀은 매번 알려 주었으니 궁금증에 시달릴 필요는 없었습니다. 하지만 풀리지 않는 궁금증이 있었습니다. 그는 왜 타이거 마스크를 쓰고 있었을까? 저 속에는 어떤 얼굴이 숨어 있었을까? 마술 해결도 해결이지만 그에게 관심 자체가 가기 시작하더군요. 실력도 실력이지만 가면에 시선이 한번 더 가게 되니 높은 인기를 얻을 수 있었습니다.

프로레슬링 선수 중에는 유독 가면 쓴 선수들이 많죠. 헐벗고 나와 경기를 하는 것보다 가면을 써서 신비함으로 관심을 끄니 자신의 인기에 도움이 됐겠죠. 이러한 마스크의 시초로는 멕시코의 프로레슬러

'세르지오 구티에레스'가 있죠.

그의 이야기를 좀 더 하자면 원래부터 프로레슬러가 꿈은 아니었고 가톨릭 신부였던 그는 고아가 된 아이들을 돕기 위해 돈이 되는 일을 해야 했죠. 그 돈이 되는 일이 레슬러였던 거죠. 링네임을 '폭풍의 수도자'로 정했는데 직업과 관련해 직접적인 링네임이기에 실제 가톨릭 신부일 거란 생각을 못 했겠죠. 후에 가면을 벗고 신분을 밝혔을 때 관객들의 충격이 엄청났죠. 그의 생을 바탕으로 〈나쵸 리브레〉라는 영화가 나오기도 했습니다.

이처럼 '겉모습으로 관심 끌기'는 가장 원초적인 모습의 관종짓으로 볼 수 있습니다. 기원전 14세기 이집트 무덤의 벽화에 나온 화장부터 기원전 4세기 고대 그리스의 유적지 파에스툼의 여성 화장까지 겉치레를 한 것을 볼 수 있죠. 분명 그 이전부터 존재했을 겁니다.

고대 토속신앙 중 샤머니즘을 믿고 행했던 사람들의 옷차림과 장신구 등도 관심 끌기의 역사를 보여 줍니다. 그들이 주술을 부리는 데 거추장스러운 옷과 화장은 준비하거나 움직이는 데 도움보단 방해가 됐겠지만, 그러한 모습을 통해 사람들에게 주술능력을 높이는 것처럼 관심을 끌어 낼 수 있었을 겁니다.

한국의 샤머니즘인 무당을 보면 좀 더 쉽게 이해됩니다. 무당도 관심받기 좋은 화려한 모습을 하고 있죠. 보통 무복의 목적은 시각적 효과가 가장 큽니다. 눈이 아플 정도로 현란한 색을 쓰고 다양한 액세서리를 붙여 놓음으로 관심을 끌 수 있고, 구경꾼들에게 멀미와 환각을 일으킬 수 있도록 극도로 화려하게 디자인합니다. 다양한 색에 적응

된 요즘 사람들이 봐도 어지러운데, 밝은 색깔에 노출될 일이 적었던 옛날 사람들에게는 굉장한 환각 효과를 일으켰을 것으로 예상할 수 있죠.

화려한 색을 사용하지 않지만 매우 눈에 띄는 서양의 단색신사가 있죠. KFC(켄터키프라이드치킨)의 창업주 샌더스 대령(19~20세기)입니다. 그가 만든 치킨 맛도 일품이었지만 그는 겉모습을 통해 사람들에게 큰 관심을 받았죠. 볼수록 친근하고 깨끗한 이미지를 준 것이 KFC가 세계적인 음식점으로 퍼지는 데 일조했답니다.

참고로 실제 이름은 할랜드 샌더스지만 그의 트레이드마크인 흰 정장에 검은 타이를 입고 자신을 샌더스 대령이라고 말하며 KFC의 마스코트를 자처했죠. KFC를 지휘하는 군관이 되고 싶었나 봅니다. 후에는 켄터키 주지사였던 로렌스 웨더비로부터 실제로 주방위군 명예 대령으로 위촉되어 실제 대령으로 위촉되었죠. 관종짓이 꿈을 이루어 주었네요.

새하얀 모습 하면 떠오르는 관종이 있죠. 일본의 게이샤입니다. 게이샤는 헤이안(平安) 시대인 12세기 말에 활약했던 시라뵤시(白拍子)란 무용수에서 비롯된 말로 전해집니다. 일본 한자로 예술을 뜻하는 芸(게이)와 사람을 뜻하는 者(샤)로 이루어져 있으며, '예술의 달인'이라는 뜻이죠. 그들은 흰 분으로 얼굴을 하얗게 칠하고 눈 주위를 붉게 합니다. 그리고 연차에 따라 입술에 빨간 꽃물을 들이죠. 또 목과 등에도 하얀 가루를 바르고 머리는 왁스를 이용해 둥글게 말아 올립니다.

게이샤의 화장법을 2015년 MBC에서 창사특집으로 '천 개의 얼굴,

화장' 편에서 다룬 적이 있습니다. 방송에 따르면 남자들은 아내에게 정숙한 모습을 요구하면서도 유흥문화에서는 화려한 화장을 한 여자들을 선호했고 이러한 이중적인 시선에 의해 게이샤의 화장이 탄생했다고 전하고 있습니다. 게이샤의 흰 화장은 과거 전구가 없는 밤에도 밝고 예쁘게 보이기 위한 방도였지요. 이 또한 게이샤들이 남성으로부터 관심을 받기 위해 흰 화장 같은 관종짓이 만들어졌다고 볼 수 있겠습니다. 프로그램에서 인터뷰한 어느 현직 게이샤는 자신의 업을 '항상 예뻐야 사람들이 주목하는 일'이라고 전하죠.

한국의 역사에도 화장 하면 생각나는 집단이 있죠. 신라의 화랑도(약 6세기)입니다. 이들은 고대 신라에 있었던 화랑과 낭도의 줄임말로 화랑과 그를 따르는 낭도로 이루어진 심신 수련 집단입니다. 당시 신라는 여자뿐 아니라 남자들도 화장을 했습니다. 화장을 한 이유는 무엇이었을까요? 자신의 권위와 힘을 드러내기 위해 화장을 했다고 전해지죠.

화랑들이 화장을 한 목적도 관심 끌기였습니다. 화랑의 주위에는 언제나 수많은 낭도들이 뒤따랐고, 이 낭도들을 잘 지휘하기 위해서는 권위를 보여 주어야 했죠. 그 방편이 화장을 하는 것이었습니다. 또 화장을 함으로써 다른 낭도들과 쉽게 구별이 되기도 했답니다. 다른 이들과는 다른 모습이 필요한 화랑의 관종짓이었죠.

동서양을 넘나들며 이야기를 하다 보니 저는 동양과 서양의 관종을 구성적으로 다르게 보고 있더군요. 서양은 개인적인 인물 위주라면, 동양은 집단적 무리 위주로 말입니다. 이는 우연의 결과는 아닌 것 같

"이 중 2개를 묶는다면?"의 질문으로 나타내는 동서양의 사고방식 차이

습니다. 실제로 동서양은 재미있는 문화적 차이가 있습니다.

미국 미시간대 심리학과 석좌교수인 리처드 니스벳은《생각의 지도》라는 책을 통해 동서양의 사고방식이 다르다는 것을 말하고 있는데요.

여러분께 질문 드리겠습니다. 그림과 같이 원숭이, 바나나, 판다가 있습니다. 이 중 2개를 묶는다면 여러분은 어떻게 2개를 묶으시겠습니까?

이 질문에 원숭이와 바나나를 묶는 사람들은 대부분 동양인들이며, 원숭이와 판다를 묶는 사람들은 서양인들이라고 하죠. 동양인들은 관계를 굉장히 중요하게 생각하기 때문에 원숭이가 좋아하는 것인 바나나와의 관계 때문에 원숭이와 바나나를 묶고, 서양인들은 개체 중심적이기 때문에 원숭이와 판다의 각각의 기본 성질인 동물이라는 공통점 때문에 원숭이와 판다를 묶는다는 거죠.

의학에서도 차이가 있습니다. 서양에서는 배가 아프면 배를 고치는 문제 자체를 수술로 해결하지만, 동양에서는 체하면 손을 따거나 침을 놓는 등 신체를 맥락적으로 접근한다는 것이죠.

사실 관종에 대해 조사를 하다 보니 서양에서는 개인 그 자체에 중심을 두어서 다양한 관심종자들이 발생함에도 존중해 주는 인식들이 있는 반면, 동양에서는 집단적이지 못하고 개인적인 행동을 하는 관종을 받아들이는 데 쉽지 않은 모습이 보이더라는 겁니다.

가령 서양에서는 공공장소에서 연인이 키스를 하는 모습을 보고 전혀 거리낌 없이 둘의 개인적인 사랑을 존중해 주지만 한국에서는 공공장소에서 키스를 했다가는 어른들의 쓴소리와 사람들의 카메라플래시 세례를 받을 겁니다. 집단에서 원하는 행동이 아니기 때문입니다.

따라서 동양 문화권에 속하며 유교를 따랐던 한국에서 관종짓은 더없이 질타와 손가락질의 대상이겠죠. 그런데 말입니다. 지금 시대는 세계화가 되고 있는 시대죠. 이젠 정말 세계화라는 말이 구식처럼 느껴질 정도로 나라 간 문화 교류에 국경이 없습니다. 그리고 그 중심에는 소위 선진국이라는 서양의 문화가 세계를 선도하고 있습니다.

이러한 차원에서 세계의 흐름을 볼 때 서양의 개체주의 문화는 자연스럽게 우리에게 유입됐죠. 관종을 점점 존중해 주는 문화가 오고 있는 것이죠. 그래서 동양의 집단주의 문화를 버리자는 것이 아닌 공존할 수 있는 우리네 시야를 넓혀야겠지요. 한국도 길에서 키스를 하면 손가락질을 먼저 하는 것이 아닌 '용기 있게 자신들의 사랑을 확인하는구나' 하며 충분히 긍정적으로 생각해 볼 수 있는 거죠. 그들의 문화가 퍼져 모두가 그렇게 된다면 한국의 어느 누구도 자신의 사랑을 방해받지 않고 표현하겠지요.

나아가 이처럼 피해를 주지 않는 선에서 행해지는 관종짓은 더욱 다양한 문화와 예술성을 발휘할 수 있지 않을까요? 문화와 예술은 경계를 허물 때 종종 만들어지니까요.

2

현대 관심종자의 특징

콜롬버스의 달걀 이야기를 기억하시나요? 그가 아메리카 대륙을 발견하고 나니 사람들이 "어차피 대륙이 있었으니 누구라도 발견했을 테지." 하며 콜롬버스를 비아냥거렸죠. 이때 콜롬버스는 "이 달걀을 세워서 쓰러지지 않게 할 수 있는 분이 계시면 나와 보십시오."라고 했죠. 그리고 사람들은 다양한 시도를 했지만 아무도 세우지 못했습니다. 그러자 콜롬버스가 달걀의 한쪽을 살짝 깬 다음 달걀을 세우죠. 그리고 이야기합니다. "남이 한 것을 보면 쉽게 따라 할 수 있습니다. 그러나 그것을 처음 한다는 것이 어려운 것이죠. 그렇기 때문에 최초로 한 사람을 훌륭하다고 하는 것입니다." 이후 사람들은 콜롬버스를 비웃지 않고 신대륙 발견을 높이 샀다고 전해지죠.

예나 지금이나 새로운 시도를 하는 사람을 이방인 취급하기 바빴던 것 같네요. 그러나 결국 사람들의 마음을 바꿀 수 있는 행동도 관심을 끌어 내는 행동에서 시작된 것 같습니다.

한국에도 해괴한 행동으로 관심을 끌어 상대방의 마음을 변화시킨 이야기가 있죠. 오성 이항복의 감나무 이야기입니다. 오성 집의 감나무 가지가 권율의 집으로 휘어 들어갔는데 이 가지에 열린 감을 권율이 자신의 것이라 하자, 오성은 권율이 있는 방문에 주먹을 찔러 넣고 "이 주먹이 누구 주먹이오?" 하고 물었죠. 권율이 기겁하며 "네 주먹이지 누구 주먹이겠느냐."라고 말하자 오성은 감이 넘어간 것도 같은 이치라며 권율에게 그 일을 추궁하였다죠.

관종짓으로 극단적이지만 그만큼 큰 영향을 준 사례도 있죠. 대한민국 노동운동의 큰 약진을 이뤄 낸 전태일 열사의 사례입니다. 청계천 평화시장의 한 공장에서 일하다 열악한 노동 현실에 눈을 뜬 뒤 노동 환경을 개선하고 노동법을 지키라고 정부에 주장했지만 경제 성장을 최우선으로 여긴 박정희 정부는 그들의 요구를 받아들이지 않았죠. 그는 "근로기준법을 준수하라. 우리는 기계가 아니다."라는 말을 외치며 분신자살을 했습니다.

이후 저임금, 장시간의 노동, 비인간적인 대우, 열악한 환경조건 등 노동자들의 고통스러운 상황들이 세상에 밝혀지게 되었고, 노동문제는 사회적인 이슈가 되어 다른 노동자들과 국민들이 관심을 가지게 되는 계기가 되죠. 훗날 사회 전체의 민주화운동의 한 축이 되는 계기가 됩니다.

아마 콜롬버스나 오성, 전태일은 타고난 관종이 아니었을까 싶네요. 이를 비롯해 과거의 관종들은 주로 자신의 의지나 뜻을 전하기 위해 특출한 행동들을 했습니다. 관심을 끄는 행동을 해서 상대방에게 자신의 주장을 설득시킨 것이죠. 그러나 현대에 들어서는 관종짓으로 단순하게 자신의 의지를 전달하는 것뿐만 아니라 자본을 획득하기 위해 행동하는 경우가 늘어났죠.

간단합니다. 현대가 자본이 중시되는 시대이기 때문이죠. 자본의 중요 요소는 희소성이라고 말한 바 있죠. 관종짓만큼 희소성 있는 행동이 없습니다.

현대의 관종의 모습은 기네스북에 참 많이 보여집니다. 기네스북은 1955년부터 발간을 시작해 세계의 각종 신기한 1등을 기록해 놓은 모음집이죠. 관종의 성지로 볼 수 있겠네요. 성경을 제외하고 세계에서 가장 많이 팔린 책으로 기네스북에 올라와 있는, 스스로 기록을 부여하는 책입니다. 그럼 2018년 기네스북에 기록된 관종들을 함께 볼까요?

세계에서 가장 손톱이 긴 사람

미국 텍사스주 휴스턴에 사는 아야 나 윌리엄스 씨. 그가 23년간 기른 열 손가락의 손톱을 모두 합친 길이는 무려 5.76m에 달합니다. 기네스북 홍보 담당자에 따르면 이전 기록 보유자인 크리스 월튼 씨의 손톱 길이는 6.02m. 그러니까 월튼 씨보다 0.26m 짧습니

다. 그런데 월튼 씨가 작년에 손톱을 잘라 버려 2018년도판에 게재되지 않았다고 하네요.

세계에서 가장 긴 속눈썹

중국 장쑤성에 사는 유지안샤 씨의 왼쪽 눈 속눈썹 길이는 12.4cm입니다. 2016년 6월 28일 중국 장쑤성 창저우에서 측정된 것입니다.

세계에서 가장 높은 하이톱 컷

2016년 11월 6일 미국 LA에서 측정한 베니 할렘T1의 하이톱 페이드 (High-top fade) 컷의 높이는 52cm. 아침마다 머리를 높이 세우기 위해 2시간씩 머리와 씨름을 벌인다고 하네요.

1분간 가장 많은 풍선을 분 사람

엄청난 심폐 능력을 자랑한 주인공은 헌터 이언 씨. 1시간에 풍선 910개를 불어 기네스 관계자들을 놀라게 했다는군요.

배트맨 관련 상품을 가장 많이 모은 사람

미국 조지아주의 브래드 라드너 씨. 2015년 4월 시점으로 8,226개의 배트맨 상품을 소장하고 있는 것으로 확인됐습니다(출처: 중앙일보, 2018 기네스북에 오른 세계최고의 스타들).

한국에도 다양한 기네스 기록 보유자들이 있죠.

악수 오래 하기 부문

1993년 대전 엑스포 당시 강호동이 8시간 동안 쉬지 않고 가장 악수 많이 한 사람으로 기네스북에 올라있다.

옷 많이 입기 부문

제국의아이들 멤버인 황광희는 2011 환경의 날 이벤트에서 티셔츠를 252벌까지 입어 기네스북 티셔츠 많이 껴입기의 새로운 기록을 세웠었죠.

연예인이 아닌 일반인도 있죠.

벌수염 달기 기록자

벌수염 기네스북 공식 기록 보유자로 안상규 씨(칠곡군 동명면). 그의 몸에는 8만 마리 정도의 벌이 붙어 있는 것으로 밝혀졌죠.

기네스북에 오른 인물들을 보면 전형적인 관종의 모습입니다. 그들의 기네스 기록들은 막말(?)로 아무 쓸데가 없죠. 손톱이 길거나 배트맨 관련 상품이 수천 개가 있거나 악수를 8시간 하거나 말입니다. 더군다나 마지막에 안상규 씨는 벌수염 달기를 하면 보통 벌에 쏘이는 횟수가 150회 정도라고 전했습니다. 오히려 피해를 보는 듯합니다.

그런데 현대의 관종들은 자본으로 연결된다고 말씀드렸죠? 벌수염 달기 기록 보유자 안상규 씨의 직업은 벌꿀 연구가입니다. 그는 자신의 벌꿀 브랜드를 가지고 있는 사업가이기도 하죠. 그의 벌꿀은 매우잘 팔립니다. 벌수염 달기 세계기록 보유자이지 않습니까. 아시겠지만벌수염과 벌꿀의 질은 전혀 상관관계가 없죠. 그럼에도 그는 기네스 기록을 통해 효과적인 마케팅을 할 수 있었습니다. 물론 벌꿀의 질을높이는 데 본인의 노력이 있었겠지만, 기네스 기록이라는 국제적 인증이 영향을 하나도 주지 않았다고는 말할 수 없겠죠. 유명인사는 자본을 획득하기 쉽거든요.

현대의 관종들은 과거보다 더욱 좋은 위치에 있는 듯합니다. 자신의 능력을 한껏 선보이며 자본의 축적도 이뤄 낼 수 있으니 말입니다. 주위를 둘러보세요. 기네스에 도전할 종목을 찾아봅시다. 우리도 세계에 이름을 알려보자고요!

3

현대 관심종자의 러전, SNS

일어나서 가장 먼저 하는 게 무엇인가요? 네, 저도 여러분과 마찬가지로 휴대폰을 봅니다. 밤새 연락 온 것은 없는지, 밤사이 SNS에서는 무슨 일이 있었는지를 확인하죠. 그럼 잠들기 전에는 무엇을 하나요? 네, 저도 여러분처럼 휴대폰을 봅니다. 다른 사람들은 어떻게 하루를 보냈는지, 눈요기할 것은 있는지를 보면서 SNS에서 하루를 마무리하죠.

과거에 휴대폰 중독이라는 말이 나와 사회의 문제로 보고 있었지만 지금은 어디 갔는지 그러한 말이 잘 안 들립니다. 이미 휴대폰에 모두가 중독되어 있기 때문이 아닐까요? 현대인에게 없어선 안 되는 물건 1위가 휴대폰이라고 합니다. 신체의 일부가 된 휴대폰. 이제는 이 휴대폰으로 관종짓을 가장 왕성히 할 수 있습니다. SNS가 대표적이죠.

한국인터넷진흥원에 따르면, SNS 사용자는 인터넷 사용자 중 66.5%의 높은 비율을 차지하고 있습니다. 즉, 인터넷을 사용하는 사람 3명

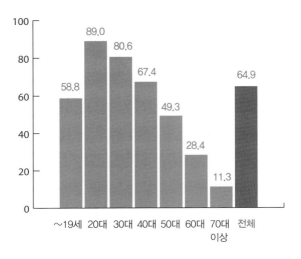

100 ┐
80
60
40
20
0

58.8 89.0 80.6 67.4 49.3 28.4 11.3 64.9

~19세 20대 30대 40대 50대 60대 70대 전체
이상

(단위: %)

연령대별 SNS 이용률(2015년)

중 2명은 SNS를 사용한다는 것이죠. 특히나 젊은 연령대에서는 SNS 사용률이 유독 높게 나타났고, 20대의 경우에는 89.7%에 달해 10명 중 9명이 SNS를 사용한다는 사실을 보여 주죠. 19세 이전 SNS 사용자 역시 해당 연령대 인터넷 사용자의 사용률이 78.9%로, 10명 중 8명에 해당하는 높은 수치를 보이고 있습니다.

이처럼 트렌드에 민감한 젊은 연령층에서 특히 SNS 사용률이 높고, 새로운 것에 적응하기 어려워하는 40대 이상 중장년층의 사용률은 뚝 떨어지는 것을 감안한다면, 전체로 보아도 3명 중 2명이 SNS를 사용한다는 것은 상당히 놀라운 결과가 아닐 수 없겠죠(출처: 통계청, 두 얼굴의 소통문화, SNS).

여러분 한글 자판으로 SNS를 누르면 어떤 글자가 나오죠? 네, '눈'이 됩니다. 현시대를 사는 사람들은 SNS라는 거대한 '눈'을 통해 세상을 봅니다. 이곳에서 우리는 주목받기도, 주목하기도 하죠.

관종들은 SNS를 통해 관심욕구를 채우죠. SNS라는 가상공간에 살다 보니 현실을 돌아보지 못하는 경우가 많죠. 끼니를 거르면서 SNS에 매달려 소속된 집단으로부터 관심을 얻어 내는 사람들. 이들에게 식사를 권해도 그들은 말합니다. "밥 안 먹어도 관심받으면 배불러." 이는 그들이 배부른(?) 소리처럼 농담으로 하는 말이 아닙니다.

저명한 사회심리학자 로이 바우마이스터는 소속 욕구가 식욕처럼 반드시 충족돼야 하는 근본적 욕구라고 했지요. 우리가 아는 성욕, 수면욕, 식욕과 어깨를 나란히 하는 욕구라는 말이죠.

소속 욕구의 놀라움은 이뿐만이 아닙니다. 우리가 치료용으로 먹는 타이레놀은 통증뿐 아니라 외로움도 완화시킨다고 하죠. 이는 신체적 고통과 외로움을 동일한 뇌 영역에서 처리하기 때문입니다. 나아가 만성적 외로움은 수명까지 단축하는 것으로 알려져 있고, 그 위험성이 만성 흡연에 필적하는 것으로 전해집니다.

그러니 우리가 오래 살기 위해 SNS에 빠져 있다고 해도 적당한 변명이 될 수 있을 것 같네요. 그럼에도 불구하고 너무 깊이 빠지면 자신의 현실 모습을 망각할 수 있죠. JTBC 예능 〈비정상회담〉에서 SNS로 관심 중독자인지를 확인해 볼 수 있는 체크리스트를 공개했습니다. 같이 해 볼까요?

1. 게시글에 '좋아요'나 댓글이 없으면 불안하다

2. 자신의 노출모습이나 성적으로 자극적인 모습의 노출이 빈번하다

3. 나의 희로애락, 시시각각 변화하는 감정을 SNS에 곧장 드러낸다

4. 타인을 의식해 보정하지 않은 본인 사진은 절대 게재하지 않는다

5. 사람들의 반응을 얻기 위해 거짓된 일상을 올린 적 있다

6. 나 자신을 3인칭화한 주어를 쓴 적이 있다

7. 환경변화에 민감하거나 타인에 말에 상처받는 성향을 널리 알린다

8. SNS에 친구로 등록된 사람들과 대체로 친하다고 생각한다

9. SNS에 게시글을 매주 7개 이상 올린다

10. 사람들에게 SNS 이용을 좀 줄이라는 이야기를 들은 적 있다

방송에 소개된 '관종 판별법'에 따르면, 총 10문항 중 5개 이상 해당될 때 타인의 관심에 지나치게 집착하고 있다고 볼 수 있습니다.

여러분, 여행 좋아하시나요? 저는 많이 다니지 않지만 한 번씩 새로운 경험을 하면 제 삶이 채워지는 느낌이 들어 매우 긍정적으로 생각합니다. 여러분도 많이들 좋아하실 거라 생각합니다. 특히 SNS에 소개되는 멋지고 환상적인 여행지를 보면 더욱 떠나고 싶은 욕구가 들죠. 물론 편집 과정에서 매력적인 요소가 추가됐겠지만 우리는 SNS에 나오는 정보를 보고 여행을 떠나는 데 자극과 도움을 받죠.

이렇게 여행욕구를 자극하는 영상, 사진 등 게시물은 정말 매 시간 업데이트되는 것 같더군요. 전문적으로 여행 글을 올리는 매체도 있지만 개인의 여행담을 너도나도 나누는 시대이니 말입니다. 이러한

여행 관련 정보가 SNS로 크게 퍼지기 시작한 것은 '춤추는 매트'를 빼놓고는 말할 수 없을 것 같습니다. 미국의 근로자였던 매트는 하던 일을 때려치우고 모아 둔 돈을 다 쓰고 돌아오겠다는 굳은 마음을 안고 아시아로 여행을 떠납니다. 여행을 다니던 중 친구가 춤을 춰 보라고 권유했고 그는 다양한 나라를 다닐 때마다 자신만의 특이한 춤을 추는 영상을 만들죠. 그리고 SNS 중 하나인 유튜브에 올립니다. 이후 그 영상은 큰 호응을 얻어 내 많은 사람들이 그의 영상을 접하죠.

그는 'Where the Hell is Matt?'라는 영상제목으로 세계여행을 다니는 연도를 기록하여 영상을 업데이트하고 있습니다. 2005년부터 시작한 이 영상은 2016년까지 이어지고 있습니다. 가장 많은 조회수를 올린 2008년 영상은 현재 5,100만 조회수를 기록하고 있습니다. 2008

년 영상에는 혼자 춤을 추는 것을 넘어 여러 사람들과 함께 추는 좀 더 업그레이드된 영상이 나오죠. 관종짓도 함께해야 파급력이 커지는 것 같군요.

매트의 춤 영상

또한 VISA와 구글 등 다양한 국제기업의 CF에 출연해 화제를 모으기도 했습니다. 그는 현재 다녀온 나라만 80여 나라가 넘습니다. 그 많은 나라를 다니려면 얼마나 돈을 모았어야 했을까요? 라는 생각은 안 해도 될 것 같습니다. 그는 기업으로부터 후원을 받으며 공짜로 여행을 다니며 영상을 남기고 있죠. 거기에 광고료를 생각하면 하고 싶은 일로 돈을 벌어 낸 관종의 좋은 사례입니다.

영상을 보면 여행지에서 그가 춤을 추면 사람들의 시선이 재미있습니다. 모두 나라는 다르지만 사람들은 즐거워하고 있습니다. 남에게 불편한 마음을 주지 않는 선에서 관종짓은 누구에게나 기쁨을 줄 수 있는 멋진 행위라는 걸 매트가 보여 주고 있습니다.

또 재미있는 관종 아니, 관종 어르신이 SNS에서 화제였습니다. 엘리자베스 스위트하트(Elizabeth sweetheart)라는, 초록색을 사랑하는 할머니죠. 그녀는 항상 초록색을  입을 뿐만 아니라 집을 다양한 녹색 음영으로 꾸며 놓았습니다.

저도 초록색을 사랑하는 사람으로서 주위에서 초록색에 빠져 있다는 이야기를 많이 들었는데 그녀가 SNS에 회자된 후에 지인들은 저를 그녀의 소개 게시물에 태그하여 '너 스승님, 진짜 원조, 너가 졌다.' 등의 글을 남겨 주었죠.

그녀의 직업은 색채 예술가이자 패브릭 디자이너라고 합니다. 그러나 그녀는 '브루클린의 그린 레이디'로 불린다고 하네요. 그녀의 초록 사랑 관종짓이 업을 뛰어넘는 별명을 지어 주었답니다. 그녀는 왜 초록색을 좋아하는지에 대해 〈뉴욕타임스〉지의 인터뷰를 통해 다음과 같이 밝혔습니다.

"나는 항상 행복하게 지내기 위해 일을 하고 있으며, 녹색은 가장 긍정적인 색이며, 이것을 할 때 가장 행복하다."

매트와 할머니를 보면 돈이 없어도, 나이가 들었어도 관종짓이 행복을 위한 또 다른 방법임을 보여 줍니다.

관종은 자본주의 사회에서 돈에 의해서 발생하는 경우가 있다고 말씀드렸으나 가장 근본은 자신의 만족이겠지요. 관심을 받기 위한 행위 자체는 외적으로 보일지 모르나 보통 내재적 동기에서 시작하죠. 마음에서 먼저 하고 싶다고 느끼는 겁니다. 외재적 동기는 엄마가 용돈을 주며 청소를 하도록 동기 유발을 하는 것이지요. 용돈이 외재적 동기죠. 여기서 외재적 동기는 보상이 없어지면 동기가 사라집니다. 하지만 내재적 동기화가 될 때는 보상이 없어도 열심히 일하며 그들 자신이 하는 일에 점점 애정이 생기고 더 많이 즐기고 창의적으로 변하죠. 이것을 책《우리가 하는 것을 하는 이유》의 저자인 심리학자 데시(deci)가 밝혔죠.

최근 각자가 중요해지는 개인화의 흐름은 메가트랜드(현대 사회에서 일어나고 있는 거대한 조류)입니다. 이에 맞춰 우리에게 익명성이 부여되고 좀 더 자유로운 관종짓을 할 수 있는 SNS에서부터 자신의 개성을 드러내 보는 것은 어떨까요?

어렵지 않습니다! 지금 바로 이 책을 찍어 SNS에 올리는 겁니다!

#관심종자책 #양수영작가 #관종책 #관심종자 #양수영 #베스트셀러 #책추천

4

관심종자의 사회문화적 의미

초등학교 때부터 친한 친구가 있습니다. 친구들 사이에서 '히틀러'로 불리죠. 히틀러는 알다시피 잔혹한 인물이죠. 네, 그 친구가 딱 그렇답니다. 괴팍한 성격으로 고집을 피우면 그의 의견을 따르지 않을 수 없죠. 그 친구는 워낙 달변가이기도 하고 유쾌한 성격으로 친구들 사이에서 주도권을 쥐고 있습니다.

그런데요, 그 친구는 운동을 잘하지 않고 키도 크지 않아서 물리력으로 위협되지는 않습니다. 다만 선 짙은 이목구비와 개성 강한 스타일, 욕설이 섞인 큰 목소리로 주변의 관심을 집중시키며 분위기를 압도하죠. 누군가가 그가 하는 행동을 따라 해 보아도 자연스럽지도 않고 강해 보이지도 않아서 그 친구만큼 영향을 주지 못하더군요.

친구들 사이에서 그의 의견에 반하는 것은 곧 처단(?)을 의미합니다. 그래서 저희는 그의 말을 고분고분 듣는 편입니다. 그런데 합리적이지 못한 결정이 그에게서 나올 때도 우리는 그의 말을 따릅니다. 모르겠습니다. 그는 이미 그래도 되는 권리가 있다고 할까요? 친구들 사이의 문화라고 할까요? 마치 스타의 뒤를 쫓는 10대 팬의 모습처럼 그는 따를 수밖에 없는 존재죠.

우리가 지향하는 관종은 이 친구와 상당히 밀접한 연관이 있습니다. 관종의 핵심에는 스타성이 있기 때문입니다. 스타성이란 매력적인 요소를 뜻하는데, 대한민국 대표 프로듀서 박진영 씨는 '자신의 매력을 자연스럽게 드러내 보이는 것'을 스타성이라고 일컬었습니다. 그만큼 관심을 잡아 둘 수 있는 매력, 즉 스타성은 관종의 다른 이름이라고 해도 무방하죠.

다시 생각해 보면 그 친구의 괴팍하고 카리스마 있는 언행은 아무도 따라 할 수 없고 그만이 어울리는 모습이더군요. 친구들끼리 장난으로 "넌 언젠가 뉴스에 나올 거다."라는 말을 하곤 합니다.

또한 프랑스의 사회학자 에드가 모랭은 그의 저서 《스타(Les Stars)》 (1957)에서 스타의 조건으로 ① 미모, ② 젊음, ③ 착한 이미지, ④ 초인격적 행위 4가지를 제시했습니다. 생각해 보면 스타성을 가진 이들은 이에 꽤나 부합합니다.

그러한 스타들을 알아볼 예정인데요. 비단 연예계에서만 스타성이 통용되는 것은 아니죠. 정치, 예술, 운동 등 사회문화 전반에 걸쳐 다양한 모습의 인물들이 스타성을 겸비하고 있습니다. 그들은 스타성을 통해 자신의 모습을 한층 더 강하게 인식시킨답니다.

[정치] 체게바라

체게바라

정치라는 분야에서 가장 큰 스타성을 가진 인물로 체게바라를 논하지 않을 수 없죠. 20세기의 천재 사르트르가 '20세기의 가장 완벽한 인간'이라고 했던 그.

젊은이들에게도 익숙하고 또 그의 콧수염과 별이 그려진 베레모를 쓴 그의 모습은 정치가로서의 모습을 뛰어넘어 대중스타처럼 매력적이죠. 또 한참 활동하던 나이가 30대였다는 점과 쿠바의 독립에 힘썼고 혁명가의 모습에서 에드가 모랭이 제시한 스타의 모습 4가지 모두를 엿볼 수 있죠.

지난 2017년은 체게바라가 떠난 지 50주년 되는 해였습니다. 그의 추모식에는 6만~7만 명의 시민이 참석했는데, 그들은 체게바라가 그려진 티셔츠를 입거나 사진을 등에 걸고 추모했죠. 이날 추모식은 국영 TV로 생중계됐습니다. 죽은 지 반세기가 지났는데도 말입니다.

체게바라는 불꽃같은 삶을 살다 간 혁명가라는 매력적인 캐릭터에 힘입어 사회주의 운동가에서 저항의 표상으로 진화했지요. 이 때문인지 체게바라는 1968년 프랑스 '68혁명' 이후 진보적 젊은이들에게 영웅으로 추앙받았습니다. 이후 게바라의 반항적 이미지는 그의 사진을 복제한 앤디 워홀의 작품 '체 게바라'를 시작으로 티셔츠와 시계, 맥주, 남자 향수 등의 마케팅에 널리 이용돼 그 자체가 문화가 되었죠. 이걸 보고 〈뉴욕타임스〉는 '사회주의 혁명가가 사후 자본주의의 최정상에 서게 된 셈'이라고 평가했지요. 그의 스타성은 사회주의의 표상에서 자본주의 표상을 넘나들 만큼 혁명 문화형성에 광범위한 영향을 끼쳤습니다.

[정치] 김정은

예전 같으면 김정은을 거론한 것만으로 국가보안법에 위배될 수 있겠지만, 그가 북한에서 이뤄 낸 우상숭배를

김일성과 김정은(출처: 세계일보, 2011년 6월 28일)

비춰 보면 충분히 스타성이 있지요. 스타성이 있으려면 차별화가 되어야 합니다. 혹시 북한 사람들 중 김정은보다 살찐 사람을 본 적 있나요? 살찐 그는 이미 돋보이는 스타성을 지녔죠.

그는 1대 독재자 김일성을 닮기 위해 수차례 성형수술을 받은 것으로 알려져 있습니다. 김일성은 행적을 무시하고 얼굴만 보면 굉장히 잘생긴 얼굴입니다. 그러한 얼굴을 닮기 위해 수술한 것이지요. 또 김정은은 현재(2018년) 만 33세입니다. 거기에 북한에서는 자애로움의 상징으로 우상 숭배되는 것을 보면 김정은 역시 에드가 모랭의 스타의 4요소를 모두 가지고 있죠.

그의 정치는 북한 밖에서 볼 때 군사 유지를 위한 과도한 비용 지출

이나 북한 주민의 복지 정책 등에서 문제를 일으키고 있지만 그는 내부적으로 그러한 것들을 잊도록 만드는 스타성으로 북한의 우두머리로 군림하고 있죠. 다양한 영상자료를 보면 김정은의 사진을 보고 감동하고 실제로 만나면 감정이 복받쳐 울음을 터트리는 북한의 주민들을 볼 수 있습니다. 김정은은 북한에서 하나의 문화로 볼 수 있죠. 적어도 북한의 문화권에서 김정은은 가장 스타일 것입니다.

[운동] 로드맨

끼리끼리 논다고 했나요? 스타 김정은의 절친(?)으로 알려져 있죠. 또 만화《슬램덩크》의 주인공 강백호의 실제 모델로 알려져 있는 농구선수 '데니스 로드맨'. 신장 204cm, 체중 95kg의 파워 포워드로서, 왜소한 신체조건(당시 포워드는 평균 키가 210cm 이상이었음)에도 불구하고, 1991~92 시즌부터 1997~98 시즌까지 7연속 리바운드 왕을 차지한 전설적인 선수죠.

로드맨은 처음부터 주목받는 선수는 아니었습니다. 초반 낮은 인지도와 무명 선수라는 핸디캡을 안고 NBA에서 살아남기 위해 중요하지만 남들이 꺼리는 일인 수비와 리바운드에 집중하였으며 몸을 던지는 '허슬 플레이'를 마다하지 않았는데 여기에 팬들이 굉장히 열광했죠.

로드맨의 허슬 플레이 모습

그런 그의 별명은 전설의 포워드가 돼야 하는데 '코트계의 악동'으로 불립니다. 상대방을 정신 못 차리게 만드는 언행과 함께 어디서나 돋보이는 스타성. 그의 헤어스타일이었죠. 그는 헤어스타일을 다양한 색으로 바꿔가며 특이한 문양으로 멋을 냈죠. 우리가 아는 수많은 운동선수들의 파격 헤어스타일 문화의 시초로 볼 수 있겠습니다. 그의 현역 시절 시카고에서 다운타운으로 가는 고속도로에 특이한 건물이 있었는데, 건물 벽면에 로드맨의 사진을 붙이고 머리카락 모양의 구조물을 단 다음 그날 로드맨의 헤어스타일에 맞춰 바꿨다고 합니다. 거의 매일 바꾸는 머리카락 때문에 건물의 외벽도 늘 바뀌었겠지요? 이를 보려고 교통 정체가 일어나서 시에서 폐기하게끔 했다고 전해집니다.

[운동] 김남일

대한민국의 운동선수 중에도 김남일 선수가 스타성이 돋보이는 선수죠. 2002년 월드컵 당시 그의 모습이 떠오르네요. 실력도 실력이지만 진공청소기라는 별명을 얻을 만큼 잘생긴 외모로 인기를 끌었죠. 하지만 그의 진짜 매력은 한국인의 기개, 깡이었지요. 세계 축구 강국들과 축구를 하며 명선수들 앞에서

김남일 선수의 패기

도 물러섬 없는 터프한 경기력으로 사랑을 받았죠.

한국과 프랑스 평가전에서 지네딘 지단이 김남일의 태클로 허벅지 부상을 당했다는 뉴스 후, 기자가 "어떡하나…, 지단 연봉이 얼만데…." 라고 걱정스레 묻자, 김남일 왈 "아, 내 연봉에서 까라고 하세요!"라는 후일담이 있었죠. 세계적인 스타축구선수에게도 물러섬 없는 당당한 모습에서 누리꾼들은 시원한 대리만족을 했죠.

이후 그의 패기 넘치는 플레이가 후배들에게도 전해져 한국축구에 눈치 보는 축구가 아닌 악으로 깡으로 덤벼드는 근성축구의 문화를 탄생시키지 않았나 짐작해 봅니다.

[음악] 오혁

〈무한도전〉 2015 영동고속도로 가요제 덕분에 인지도가 매우 급상승한 인디밴드 혁오밴드의 리더. 음색 깡패라는 말로 축약할 수 있을 만큼 독특한 음색과 창법으로 노래를 부르며 록 음악, 펑크,

오혁

R&B, 소울 등 여러 장르에 어울리는 개성적인 보컬의 소유자입니다.

그가 매체로 얼굴을 알리기 시작했을 때 그를 알고 있는 기존 팬들은 그가 유명해지는 것이 싫었다고 하죠. 좋은 것은 나만 알고 싶었는데 모두가 알게 되어 특별함이 사라졌다나? 그러한 마음까지 들게 만든 마성의 가수입니다.

그는 음악도 음악이지만 겉모습이 참 독특합니다. 빡빡 민머리에 윗입술 아랫입술을 수직으로 한 2개의 피어싱. 패션에 상당히 관심이 많은 것으로 알려진 그는 패션 매거진 〈Hypebeast〉에서 선정한 2017년 최고의 인플루언서 100인에 지드래곤과 함께 선정됐었죠.

방송을 통해 나온 성격은 상당히 말수가 적고 낮가림을 많이 가리는 것으로 보이는데, 리얼 버라이어티 TV프로그램 〈무한도전〉에선 국민MC 유재석이 인터뷰를 진행하는데도 말을 짧게 하니, 인성 좋은 유재석 씨도 장난 섞인 짜증을 냈었죠. 그 정도로 말을 아끼더군요.

그럼에도 불구하고 그의 스타성은 돋보였습니다. 젊은 나이지만 깊고 멋진 음색, 잘생기진 않지만 귀여운 인상을 주는 얼굴과 분위기 있는 스타일링으로 멋이 느껴졌고, 흔한 방송인의 성격에 정면으로 대치되는 말수 적은 캐릭터로 스타성의 4요소 모두 갖추고 있죠.

[미술] 달리

"유명해지기 위해서는 어떠한 수단을 써도 된다고 믿어요. 다른 사람들 눈에 안 띄는 것만큼 나를 절망시키는 사건도 없지요."

살바도르 달리의 말입니다. 달리는 20세기 초, 스페인에서 태어나 다재다능한 재능과 퍼포먼스로 사랑받은 초현실주의 화가이자 영화제작자죠. 달

살바도르 달리

리 하면 세상에서 가장 멋진 콧수염을 기른 모습이 떠오르죠.

콧수염을 통한 심리학 이론에서 살펴보면, 콧수염을 기른 남자들은 자기중심적인 면이 있고 자기애가 강한 나르시시스트들이 많다고 하죠. 이 나르시시스트들은 타인의 눈을 의식하고 불특정 다수에게 사랑받기를 바라는 마음이 강합니다. 곧 그는 스타성을 지닌 관종이었죠.

그는 자신이 태아였을 때를 기억한다며 스스로를 천재라고 불렀습니다. 그렇게 사람들의 이목을 집중받는 법을 알았죠. 달리는 사람들의 관심을 끌기 위해서 작품 활동 외에도 패션 스타일에 신경을 많이 썼습니다. 잘 차려입은 수트 차림은 기본이고 위로 치켜 올라간 콧수염을 트레이드마크화했죠. 달리는 스스로에게 이렇게 말했습니다.

"화가로서 달리는 잘 훈련된 지성과 놀라운 독창성, 기괴하고 파격적인 옷차림 등으로 유명하다. 자서전을 비롯한 책들도 또한 그의 그림처럼 놀라운 작품이었다. 그래, 달리여, 당신은 천재다. 내, 인정한다."

그의 이러한 자기애가 위대한 작품을 만들어 낸 자양분으로 작용했음에 틀림없겠죠. 또한 미술사에서 자신을 바라보는 이들의 선입견에 흔들림 없이 자신의 개성을 강하게 표출팼다는 점에서 참으로 멋진 관종으로 볼 수 있죠.

그의 대표작인 '기억의 연속성'을 냈던 당시 달리는 파리뿐 아니라 미국과 런던에서도 인정받는 세계적인 화가가 되고 있었습니다. 그의 재능은 영화, 퍼포먼스, 강연, 저술은 물론 뉴욕의 백화점 매장 전시 등을 통하여 매우 다양하고 복잡하게 나타났지요. 우리가 아는 사탕 추파춥스의 노란 심벌도 그가 만든 것입니다. 그는 이렇게 사회문화적으로 매력적인 어필을 한 것이지요.

    다양한 관종들을 통해 사회문화적 의의를 밝혀 보았습니다. 저는 이 관종들의 관종짓이 문화의 진일보를 이뤄 냈다고 봅니다. 책 《미래보고서 2050》에 의하면 세계의 메가트렌드 중 하나가 개인화(individualization)라고 했습니다. 즉, 똑똑한 개인이 권력을 잡는 시대가 도래할 거라는 말입니다. 이러한 흐름의 시작에는 자신의 매력을 충분히 드러내며 관심을 받을 수 있는 스타들이 있었습니다.

    그런데 스타는 태어나는 건가요? 만들어지는 거죠!

    스스로를 스타로 만들어 보세요. 꽤나 즐겁지 않겠습니까?

5

관심종자의 사회과학적 의의

한 남자가 있었습니다. 그는 한 여자를 좋아했지요. 네, 그녀에게 관심을 받아야 했죠. 남자는 그녀가 아이돌 같은 곱상한 남자를 좋아한다는 정보를 입수합니다. 그에 비해 그는 너무나 평범했죠. 변신을 해야겠죠?

먼저 여성들이 좋아한다는 쉼표머리를 배워 헤어스타일링 합니다. SNS를 보니 요즘 남자들도 화장품을 쓴다는 사실에 흠칫 놀랍니다. 하지만 그녀로부터 눈길을 받기 위해 고민 끝에 올리브영에 들어가 피부의 잡티를 가려 줄 수 있는 BB크림을 구입합니다. 또 생기 있는 느낌을 위해 입술에 바르는 틴트를 남자도 바르는 것을 기억하고 틴트까지 구입하죠. 계산을 하며 기다리는 도중 눈썹 다듬는 칼이 보여 바로 구매합니다. 그렇게 요즘 핫하다는 아이돌 얼굴을 하고 그녀를 만납니다. 그녀가 묻습니다.

"오! 오빠 뭔가 잘생겨진 것 같은데? 웬일이야?"

오! 변화를 주었던 것이 꽤나 먹혀들어간 것 같습니다. 이때다 싶어 데이트 약속을 잡으려는 그때!

"그런데 오빠 옷은 진짜 못 입는다. 인정? 아니야, 대답하지 마. 그냥 인정해."

남자 마음이 무너지지만 다시 일어서야죠? 그는 주위에 옷 좀 입는다는 친구들과 방송에 나오는 사람들의 옷을 보고 공부합니다. 조사할수록 깔끔한 스타일이 최고라는 것을 알게 되죠. 쉼표머리를 한 자신과 가장 잘 어울리는 깔끔한 니트와 함께 롱코트를 구매합니다. 그리고 청바지는 유명 브랜드의 것으로 구매합니다. 일단 비싼 것을 입으니 핏도 핏이지만 자신감이 생기네요. 신발은 깔끔한 컨버스로 구매하죠. 나름 구색을 맞추니 키도 커 보이고 TV 속 연예인과 크게 다르지 않은 멋진 모습이네요. 그녀를 만납니다.

"오! 오빠, 뭔가 멋있어졌는데? 웬일이야?"

웬일은, 다 너한테 잘 보이려고 그랬지. 속으로 생각하고 그녀의 반응에 기뻐합니다. 그리고 바로 데이트를 청해 봅니다. 그녀가 선뜻 받아들이네요. 성공입니다. 바로 맛집으로 갑니다. 얼마 후 그녀의 말에 남자의 억장이 무너집니다.

"그런데 오빠는 진짜 하나도 안 웃겨. NO매력이야. 안녕."

남자는 서점에 가서 글로 유머를 배우고 SNS를 통해 유행어를 배우죠. 그러나 유머는 한순간에 얻어지는 것이 아니더군요. 꽤나 긴 시간 유머능력을 키워 봅니다. 그리고 그녀를 찾습니다. 그녀는 이미 다른 남자와 연애를 하고 있네요.

흔한 일입니다. 누군가를 좋아하면 그에게 관심을 받기 위해 무던히도 상대가 좋아하는 매력을 장착하려고 노력하죠. 그리고 언제나 성공적이지는 않죠. 하지만 새드엔딩인가요? 아닙니다.

시간이 지나 남자는 상처를 딛고 일어납니다. 그리고 훈훈한 얼굴과 멋진 패션 그리고 유머감각으로 더 멋진 여성의 마음을 사로잡습니다. 그는 노력하는 성격과 함께 시련을 딛고 멋진 남자로 진화를 한 거죠. 해피엔딩입니다.

사람이 관심을 받아야 하는 이유는 스스로의 행복을 위해서이기도 하지만, 스스로 발전한다는 측면에서 진화론적으로도 의의가 있습니다. 진화론의 아버지 다윈은 "서로 경쟁하는 유전자들 가운데 개체군 내에 가장 잘 전파되는 유전자가 계속 선택되어 마침내 복잡한 적응이 생겨난다."고 했고 이를 '자연법칙에 의한 진화'라 했습니다. 진화에 대해 좀 더 이야기를 해 볼까요?

예를 들어 겨울 동안 잠을 자며 봄을 기다리는 토끼는 배가 고파 용기 있게 동굴 바깥으로 나갔다가 무서운 늑대를 마주칠지 모르죠. 이런 상황에서 배가 고파도 동굴에 오래 머무르는 겁 많은 토끼는 용기 있는 토끼보다 생존과 번식에 유리하죠. 이는 많은 세대를 거치며 토끼들이 겁이 더 많아지는 방향으로 진화하는 것, 이것이 자연법칙에 의한 진화죠.

인간도 그렇겠죠? 키를 예로 들어 볼까요? 왜 과거 오스트랄로피테쿠스와 같은 고인류에 비해 현재 키가 더 클까요? 키 크고 덩치가 있는 인간이 무리를 더 잘 지킬 수 있었고 이후 키 큰 인류가 생존과 번식에 유리해졌죠. 그래서 인류는 초창기보다 점점 키가 크게 되었죠.

여성들이 키 큰 남자를 선호하는 것은 단순히 멋져 보여서가 아닌 인간의 생존진화에서 답을 찾을 수 있다는 말입니다.

그런데 처음 이야기한 한 남자가 여자의 관심을 얻어 내기 위한 행동은 무엇이 진화된 걸까요? 다음 세대를 거친 것이 아니라 다른 사람들의 장점들을 가져와서 발전한 것이지 진화랑 관련이 있을까요?

진화생물학자 리처드 도킨슨의 《이기적 유전자》라는 책을 보면 '밈'이라는 단어가 나옵니다. 옥스퍼드 영어사전에는 밈에 대해 다음과 같은 정의가 실려 있는데요.

밈: 모방 같은 비(非)유전적 방법을 통해 전달된다고 여겨지는 문화의
　　요소

도킨슨은 우리의 진화에 대해 유전적 요소 말고 다른 전파요소가 있다고 했고 그것을 '밈'이라고 말합니다.

도킨슨은 밈이 '넓은 의미에서 모방이라고 말할 수 있는 어떤 과정을 통해서 뇌로 간다.'고 했습니다. 그는 '노랫가락, 발상, 옷의 유행, 항아리 만드는 법, 아치를 건설하는 방법' 등을 예로 들었지요.

쉽게 생각해 한 사람으로부터 다른 사람에게 옮겨지는 요소를 밈이라고 볼 수 있다는 거죠. 남자가 여성에게 사랑받기 위해 누군가를 모방해 쉼표머리를 하고 유행하는 옷과 유행어를 익힌 것도 밈에 속할수 있겠죠?

유전자를 통한 진화(큰 키)에서 내가 우위를 얻지 못했다면 모방과 같은 진화 즉, 밈을 통해 우리는 매력적인 사람(관심종자)이 되는 거죠. 밈이라는 문화 진화 요소를 통해 우리는 다른 세대를 거치지 않고 스스로 문화적으로 성장한다는 것입니다.

우리가 관종으로서 살아가는 것은 미래를 좀 더 나은 문화로 진화시키는 하나의 역할을 합니다. 관종은 특별한 모습을 통해 시선을 끌고 그로 인해 새로운 문화를 만들죠. 그 문화에서 또 다른 관종이 다른 독창적인 문화를 꺼낼 것이기 때문에 문화의 변화는 관종의 발생을 따라간다고 볼 수 있겠지요.

이어 유전자 입장에서도 관종은 중요한 요소로 볼 수 있겠습니다. 탁월한 유전자(큰 키)와 자본의 힘에 밀려 누군가로부터 사랑받는 것이 어려울 때 관심을 얻어 내 사랑에 골인한다면 우리의 유전자는 더 오래 살아남을 수 있겠죠. 그것은 우리의 유전자의 깊은 염원을 이뤄주는 것일지도 모르겠네요.

네, 관심종자로 진화하자고요.

6

미래의 관심종자

1996년 제가 초등학교 2학년 때 처음으로 염색을 했습니다. 당시 유승준이라는 가수가 앞머리 한쪽만 길러서 염색을 한 상태로 TV에 나왔고 그것이 유행이 되었죠. 저도 그렇게 염색을 했습니다. 생각보다 잘 어울렸습니다. 문제는 아버지가 참 싫어하셨다는 거죠.

앞머리를 기른 것만 해도 탐탁지 않아 하셨는데 사내가 염색을 한다고 당장 자르라고 하셨죠. 그럼에도 저는 염색이 하고 싶었습니다. 다행히 어머니가 의류업에 종사하셨을 정도로 패션이나 트렌드에 트여 있는 분이셔서 머리카락을 보호받을 수 있었습니다. 아예 머리색을 다양하게 바꿔 주셨지요.

제 기억으로는 노란색에서 빨간색, 초록색, 핑크색을 거쳐 무지개색까지 했던 것으로 기억이 납니다. 당시 동네 미용실에 남자는 어린아이지만 저밖에 없었고 그렇게 현란한 색으로 하는 것도 저밖에 없었습니다. 1996년에 말이죠.

하지만 지금은 어떤가요? 부분염색을 넘어 전체 머리염색에 거기에 형형색색 다양한 색으로 염색을 하죠. 이제 염색을 하는 남자를 보고 사내가 염색을 한다고 면박 주는 이도 없습니다. 당연히 자기 머리니까 자기 맘대로 해도 된다는 인식이 깔려 있기 때문이죠.

며칠 전 아버지와 이야기를 나눴는데 아버지도 인식이 바뀌셨더군요. 대학생으로 보이는 젊은 친구들이 다양한 색으로 염색한 상태로 지나갔는데 예전 같으면 혀를 끌끌 차셨을 법도 한데 저런 머리는 얼마나 하냐고 물으시며 저는 또 안 하냐고 물으시더군요. "할까?" 되물으니 맘대로 하라고 하시더라고요.

과거에 비해 자신의 개성이 더욱 중요한 시대입니다. 앞으로도 우리 주변에는 독특하고 수위가 높은 관종들이 많이 생겨날 것입니다. 관종이 많아지면 많아질수록 관종은 당연한 이들로 인식될 것입니다. 그러다 보면 관종이라 욕먹는 시대도 언젠가는 없어지겠죠.

한국에 살다가 유학을 가거나 하물며 외국여행을 다녀온 사람들은 말합니다. 외국에 나가면 다른 사람들 신경 쓰지 않아서 좋다고. 내가 무엇을 입든지 어떤 행동을 하든지 남의 눈치 안 보고 다녀서 좋다는 말이지요. 사실 한국은 아직도 눈이 부셔 선글라스를 끼고 다니거나 감기에 걸려 마스크를 쓰면 연예인 흉내 낸다며 눈을 가늘게 뜨고 쳐다보는 이들이 있죠. 하지만 이들도 점점 타인의 개성을 받아들이고 존중하게 되겠죠.

관종의 시대는 자유의지의 존립, 즉 자신이 하고 싶은 것을 한다는 면에서 삶에 긍정적인 역할을 할 것입니다. 그렇기 때문에 어서 왔으면 좋겠습니다. 때가 되면 어련히 오겠지만 그때가 오려면 이 책을 누구나 읽고 각자의 관종짓에 관대해진다면 더 빨리 맞이할 수 있겠죠? (진지)

관종의 미래는 오프라인보다 온라인을 통해 한 발 빠르게 찾아볼 수 있습니다. 오프라인보다 온라인에서 관종이 자주 보이는 이유는 익명성이 보장되고 면대면 커뮤니케이션이 아닌 컴퓨터 매개 커뮤니케이션(Computer-Mediated Communication, 이하 CMC)이기 때문에 행동의 부담감이 줄어들기 때문이죠.

많은 이들이 CMC를 통해 자신을 드러낼 일이 많아질 겁니다. 그들은 '이제' 유명해지고 싶어 하죠. 그럼 과거에는 유명해지기 싫었을까요?

네, 과거에는 유명해지는 것은 평범한 사람에게는 행운이 아닌 위험과 재난의 시작으로 보였습니다. 한국에 주요 사상으로 자리 잡았던 유교에서는 '욕망의 절제'와 '자기 수양'을 강조하며 평범함을 넘어서는 것을 극도로 자제시켰지요. 중용, 평형, 중도, 적당히 사는 것이 가장 안전하고 평화로운 삶이었습니다. 그런데 매스미디어와 함께 모든 것이 바뀌었죠.

"현대 미디어 사회에서 평범한 삶은 아무 의미 없는 삶이다."

책《신분의 종말》을 쓴 로버트 풀러 교수의 말입니다.

이제는 평범함은 자신의 그저 시청률(최근에는 조회수)이나 올려주는 무명의 관객일 뿐입니다. 우리의 삶이 의미를 가지려면 아무도 알아주지 않는 노바디nobody에서 벗어나 썸바디somebody가 되어야겠죠. 남들의 주목을 받고 어딜 가도 알아봐 주는 누군가가 되는 것이 현대인의 삶의 목표 아닐까요? 썸바디는 권력자이며 세상의 주인공입니다. 그리고 노바디는 썸바디가 차지하고 남긴 것들을 주워 먹는 비천한 존재들로 인식되죠.

그럼 어떻게 해야 썸바디가 될 수 있느냐는 겁니다. 많은 이들이 찾아 낸 방법은 이미 썸바디가 된 이들을 참고하는 것입니다. 선글라스와 마스크가 그러했고 SNS를 통해 썸바디가 된 이들의 모습을 모방하기 시작했죠.

커피 한 잔을 들고 사진을 찍어 놓고 '아침 출근길에'라고 글을 남겨 두지요. 하지만 그 뒤로 보이는 벤츠의 로고가 다이아몬드처럼 박혀 있는 운전대와 릴랙스하지 못한 가격을 자랑하는 롤렉스가 팔에 감겨 있죠.

나는 평범하지만 모든 재산을 투자해 구매한, 나를 신분상승시켜 주는 장치들을 통해 특별한 이로 둔갑되죠. SNS에서 말입니다. 실제 벤츠를 타고 다니며 롤렉스 시계를 차고 다닐 만큼의 여유가 있는 사람이 얼마나 될까요? 경제 위기는 매년 찾아오고 있지만 이런 현실에도 불구하고 썸바디가 되기 위한 사람들은 늘어날 것입니다.

이것을 보고 자기 분수에 맞추지 못하고 허영심에 빠져 사는 이상주의자라고 말할 수 있지만 저는 한편으로 자신의 분수라는 것을 한정짓지 않고 오히려 이상적인 세상을 만들어 내는 현실주의자라고 봅니다.

롤렉스와 벤츠라는 목표를 위해 열심히 일하고 그것을 통해 기쁨을 만끽하는, 그리고 그것을 겪어 본 이는 알겠지요. 그것이 허영이었는지, 또 다른 목표로 달려갈 수 있는 동력인지.

허영이었다면 거기서 멈춰 자신의 삶에 만족해 썸바디의 좋은 추억을 가지고 세상을 살 것이며 또 다른 목표를 위한 동기부여를 얻은 이는 현재보다 좀 더 이상적인 세상을 맞이할 수 있지 않겠습니까. 노력할 테니 말이죠.

관심종자의 발전은 시대의 자연스러운 흐름도 있겠지만 우리의 인식변화가 가장 큰 영향을 줄 것입니다. 틀리게 보는 것이 아닌 다르게 보는 인식이 중요하다는 것이지요. 이 책을 보고 사람들이 관종이 되어 그런 인식 변화가 이루어지기를 바랍니다.

다시 말하지만 저는 관종의 수많은 장점을 이야기합니다. 이에 관종이 되길 바랍니다. 언젠가는 각자의 개성을 누구도 개의치 않는 시대가 올 거라 믿고 있죠. 하지만 앞으로 그런 때가 온다고 해서 당장 지금부터 내 마음 내키는 대로 관종짓을 할 수는 없는 노릇입니다.

책을 읽는 오늘이 세계화에 가장 가까운 시대지만 아직도 우리의 윗세대는 존재하죠. 그들 중엔 유교적 영향을 받은 분들이 많이 있습니다. 그들을 고려하지 않을 수 없죠. 그들은 우리의 부모이고 가족이니까요. 모두가 인정하면 상관없지만, 다수가 아닌 소수라면 그들은 이단아가 되는 겁니다.

그럼 어떻게 해야 하는 것일까요?

사회에는 불문율이라는 것이 있습니다. 법에 적혀 있지는 않지만 우리가 인간으로서 지켜야 하는 도덕법을 말하죠. 불문율을 기초로 하는 것은 인간미고요.

인간미는 나를 사랑하는 만큼 다른 사람을 사랑하는 것이라 생각합니다. 나의 관심욕구를 채우는 것이 다른 이에게 피해가 된다면 자제하는 것. 반대로 다른 사람의 행동이 내게 피해를 주지 않는다면 그 사람을 인정해 주는 것. 그러한 마음이 있다면 관종은 욕이 아닌 우리를 지칭하는 언어가 될 것입니다. 미래의 관심종자는 늘 행복할 여러분입니다.

PART 5

관심종자,
이렇게
시작하라

이제 관종이 되는 쉽고도 어려운(?) 이야기를 꺼내 볼까 합니다. 먼저 관종이 되는 것은 쉽습니다. 사람들의 관심을 받는 방법은 넘쳐흐르기 때문에 선택해서 행동하면 됩니다. 그리고 관종이 되는 것은 쉽지 않죠. 수백 가지의 관종짓을 알아도 그걸 할 용기가 생기지 않기 때문입니다.

하지만, 걱정 마십시오. 제가 있지 않습니까. (멋졌나요?) 근자감이라는 말을 들어 보셨을 겁니다. 근거 없는 자신감을 말하죠. 이 근자감을 키우는 것을 시작으로 이번 장을 마련했습니다. 근자감은 여러분의 관종짓에 용기가 되어 줄 테니 말이죠.

눈 감고 꿀밤 맞기 직전의 두려움을 아시는지요? 그 두려움을 보면 뼈가 깨져 피가 터질 거라는 물리적 고통이 아닌, 언제 맞을지 모르는 심적 고통이 더 크죠. 두려움은 예상되지 않거나 모르는 것을 마주했을 때 많이 느끼죠. 그렇기 때문에 자기 자신에 대해 알아야 합니다. 자신도 스스로를 모른다면 두려움이 생기고 근자감 또한 생길 수 없죠.

우리는 간단한 몸 상태부터 파악할 예정입니다. 스스로를 좀 더 알게 됐을 때, 자신에 대한 근자감이 샘솟음을 느낄 수 있을 겁니다. 체크 후, 제가 해 본 관종짓을 공유하겠습니다. 실제 긍정적이었던 관종 사례를 통해 당신이 할 관종짓에 용기를 더욱 얹어 드리겠습니다.

(당신이 얼마나 멋진 존재인지) 너 자신을 알라.
– (양수영이 바라본) 아리스토텔레스

1

건강한 자아에서 시작

"관종은 병이다!"라는 말이 흔하게 들립니다. 책 초입에서 말씀드렸지만 관종이 부정적으로 인식되는 데에는 소수의 정신적 문제 있는 사람들의 영향이 컸다고 말씀드렸죠. 그분들이 병에 걸린 거지, 관심종자는 병자가 아닙니다. 그렇다면 병에 걸린 '불편한 관종'들은 누구이며 어떤 문제가 있는 것일까요?

뮌하우젠 증후군

타인의 사랑과 관심, 동정심을 유발하기 위해 자신의 상황을 과장하고 부풀려서 얘기하는 행동으로 허언증(虛言症)의 하나(네이버 백과 참조).

한 예로 들 수 있는 우화가 있죠. 그 유명한 '양치기 소년' 이야기입니다. 사람들의 관심을 받기 위해 늑대가 나타나지도 않았는데 늑대가 나타났다는 거짓말을 하죠. 그리고 사람들이 달려오자 그것에 재미를 느끼죠. 그 후에도 몇 번 거짓말을 했고 사람들은 양치기 소년의 말을 믿지 않기로 합니다. 나중에 진짜로 늑대가 나타났지만 이미 신뢰를 잃어 늑대에게 양을 모두 잃고 말죠. 아마 양치기 소년도 뮌하우젠 증후군에 걸렸을 확률이 높을 겁니다.

뮌하우젠 증후군이라는 말은 1951년 미국의 정신과 의사 리처드 아셔(Richard Asher)가 18세기 모험소설 〈말썽꾸러기 폰 뮌하우젠 남작의 모험〉에서 병명을 따와 이름 붙인 것입니다.

비슷한 질환으로 '대리 뮌하우젠 증후군'이 있는데 이 질환은 내가 아닌 남에게 상처를 입히고 돌봐주며 관심을 얻고자 하죠. 이 질환을 겪고 있는 사람은 환자에게 상처를 입히고 간병을 통해 보호본능을 보여 주며 주변 사람들의 이목을 끌어 대리만족하는 것에 기쁨을 느끼는 것으로 알려져 있습니다. 생각만 해도 섬뜩한데요. 우리가 잘 아는 과학자도 이 병에 걸린 사람에게 피해를 입었죠.

세계적인 물리학 천재 스티븐 호킹 박사가 그 피해자이고, 그의 두 번째 아내 일레인이 가해자이죠. 일레인은 호킹 박사의 병간호를 맡던 간호사였고 후에 사람들의 찬사 속에서 결혼을 합니다. 그녀는 호킹 박사의 간호를 맡으며 세상으로부터 동정의 관심을 받습니다. 그도 그럴 것이 루게릭병이라는 어마무시한 병을 가진 호킹 박사를 24시간 옆에서 간호하며 호킹 박사가 과학 연구에만 전념토록 도왔고, 그가 획을 그을 업적을 다수 남겼기에 그 영광의 장본인으로 아내 일레인을 추앙하였지요.

하지만 어느 순간부터 호킹 박사가 병원을 자주 찾게 되었습니다.

목에 4.5cm 길이의 상처가 생기고 손목이 부러지고 온몸에 멍이 드는 등 크고 작은 병치레를 겪죠. 주변에서는 이를 이상히 여겼고 후에 다양한 목격자들의 진술을 통해 일레인이 호킹 박사를 수년간 폭행한 것으로 밝혀졌답니다.

호킹 박사는 일레인의 폭행 사실을 부인했지만 결국 이혼하고, 일레인은 정신병원에서 치료받게 되었지요. 후에 호킹 박사와 헤어지고 언론의 관심을 못 받자 극도의 정신불안에 시달리고 있다는 후문이 돌았지요.

이 분야의 전문가인 앨러배마대학의 정신과 의사 마크 펠드만(Marc Feldman)은 21세기 들어 급격히 늘고 있는 소위 인터넷 뮌하우젠 증후군(Münchausen by Internet)을 우려했죠. 인터넷 대화방이나 채팅 창에서 자신이 끔찍한 병으로 고통받고 있다며 상대의 동정을 구하기도 하고, 실제 환자나 환자 가족들의 인터넷 동아리에 가입하여 고통을 토로하고 조언을 나누며 공동체 소속감을 누리기도 합니다.

이들은 가짜 이름과 경력을 내세워 가상의 자아를 조작해 내지만, 그러는 사이에 이 가상의 자아를 흡수하여 자신이 실제로 환자라는 환상에 빠지기도 하는 것으로 알려져 있죠. 그렇기 때문에 정신과적 치료가 꼭 필요한 이들로 명명되고 있습니다.

연극성 인격장애

감정 표현이 과장되고 주변의 시선을 받으려는 일관된 성격상의 특징인 인격장애(네이버 백과 참조).

21세기에 들어서며 연극을 할 수 있는 무대는 확대됩니다. SNS라는 거대한 무대로 말이죠. 그곳에서는 상당한 연극성 인격장애 예비환자들이 보이더군요.

누가 봐도 거짓말로 느껴질 이야기를 늘어놓거나, 별것 아닌 일에 지나치게 기뻐하며 축하를 바라거나, 세상이 끝나기라도 할 것처럼 우울함을 표현하죠. 비밀스런 일기장에 적을 법한 개인적인 이야기를 누구나 볼 수 있는 곳에 게시하는 행동 등은 비호감으로 느껴지기 마련입니다. 그들이 원하는 것은 오롯이 관심뿐이기 때문입니다.

미국정신의학회의 《정신장애의 진단 및 통계편람 제5판(Diagnostic and Statistical Manual of Mental Disorders 5th ed.)》에서는 아래 체크리스트를 통해 연극성 인격장애 진단이 가능하다고 했는데요. 한번 셀프체크 해 보겠습니다.

1. 사람들의 관심을 끌거나 주목을 받지 않으면 마음이 불편하다.
2. 섹시하고 도발적이라는 말을 자주 듣는다.
3. 감정 표현이 자주 바뀌고 변덕스러운 편이다.
4. 자신에 대한 관심을 계속해서 유지하기 위해서 외모나 패션을 중요시한다.
5. 연극적인 표현을 사용해 말을 하고, 말하는 내용에 세세한 내용은 빼고 말한다.
6. 기분이나 표정, 몸짓이 좀 과장된다는 얘기를 듣는 편이다.
7. 다른 사람의 말에 쉽게 혹하거나 귀가 얇은 편이다.

8. 주변 사람들을 실제보다 더 친하다고 믿는다.

　위의 보기 중 5가지 이상에 해당된다면 연극성 인격장애를 지녔을 가능성이 높습니다. 하지만 오롯이 체크만으로 병을 단정 짓는 것은 위험하니 전문의의 상담이 필요하겠죠? 저도 체크를 해 보면서 해당되는 몇 개를 보고 놀랐는데요. 연극성 인격장애는 여러 성격장애 중에서도 감정의 표현이 과장되고 주변의 시선을 받으려는 일관된 성격상의 특징을 가지고 있는 것으로 알려졌습니다. 예방법으로는 관심의 결핍으로 인해 생기는 질환으로 볼 수 있기 때문에 적절한 관심 받기를 조절함으로서 질환의 발생을 낮출 수 있을 것으로 예상합니다.

　뮌헨증후군이나 연극성 인격장애 모두 관심종자와 비슷한 면이 있지만, 가장 큰 차이는 관심을 얻으려는 목적의 차이입니다. 질병들의 경우 자신의 자아실현과 관련 없이 오롯이 타인의 관심만을 원하는 것이지요. 타인의 관심에 맞춰져 행동하다 보니 본연의 모습은 잃은 채 타인의 욕망만을 따르죠. 자크 라캉이 말한 "인간은 타인의 욕망을 욕망한다."의 끝판왕이라고 볼 수 있겠네요.

　이에 반해 제가 전하는 관심종자는 스스로의 자아실현을 위한 욕구 충족으로 관심을 요하는 데 있습니다. 본연의 개성 있는 모습을 드러냄으로써 관심을 받기 때문에 본인과 타인 모두 만족할 수 있는 모습이죠.

　병에 걸린 것이 죄는 아니죠. 말 그대로 병은 병일 뿐입니다. 치료해서 나으면 되죠. 그런데 건강함에도 불구하고 관심종자로 보이는 게 극히 두려운 것은 역시 근자감이 없기 때문이겠죠.

그렇다면 우리의 근거 없는 자신감을 되찾으러 가겠습니다. 책장을 넘겨 주세요.

2

인정하고 실천하기

강의를 준비하다 보면 골머리가 아플 때가 있습니다. 특히 인사담당자의 니즈가 반영된 강의 내용과 제 가치관이 상충될 때 힘들죠. 예를 들어 '회사 생활을 즐겁게 하는 방법'을 주제로 강의를 해야 합니다. 여기서 의뢰한 회사는 즐거운 회사가 아니겠죠. 회사 생활이 즐거우면 강의를 요청하겠습니까? 강의를 요한다는 것은 사안에 대해 결핍이 있는 겁니다.

일단 다양한 방법을 통해 개선 방법을 모색합니다. 조직활성화 기법, 단체 목표설정 등의 방법을 자주 시도하죠. 하지만 이런 방법보다 더 좋은 방법을 저는 알고 있습니다. 그럼에도 그걸 전할 수 없습니다. 그 방법은 '그 회사를 다니지 않는 것'이죠.

맞잖아요. 호전되는 방법은 강의를 통해 어느 정도 활용 가능하지만, 가장 확실한 방법은 문제의 핵심을 고치는 것입니다. 그럼 다니지 말라고 말하면 안 되냐고요? 안 됩니다.

제 수익인 '강의료'를 주는 회사를 때려치워야 한다고 말하면 그 회사는 없어질 테니 전 강의를 때려치워야겠죠.

저는 나름의 해결책으로 최선의 개선 방법을 전달한 후에 "그래도 안 되면 회사 때려치워야 합니다."라는 말로 농담 10, 진담 90의 의 말을 남기고 '그래도 할 말 했다.'며 스스로와 타협을 하죠.

사람들은 스스로가 인정하지 못하는 것을 행동하는 것에 저처럼 어려움을 느낍니다. 내가 믿는 것만 보려고 하는 것처럼 내가 인정하는 것만이 행동하도록 만들지요.

그런 면에서 관심종자로 행동하는 것은 쉽지 않습니다. 앞서 말했던 내가 인정하는 것보다 다른 사람의 인정이 더 중요시되는 사회 속에 있기 때문인데요. 나는 초록색 머리카락이 좋지만 남들이 모두 검은색 머리카락이니 내가 초록색으로 염색하면 이상자로 보이는 사회가 우리 사회입니다. 혹 용기를 내어 자신이 좋아하는 초록색으로 염색하면 다음과 같은 말을 듣죠.

"너, 이상해."

"너, 안 어울려."

"다 검은색인데 왜 튀려고 해?"

그러면 나는 정말 나한테 안 어울린다고 느끼고 검은색으로 염색을 하고 맙니다. 안타까운 결말이죠. 이게 우리네 모습입니다. 초록색 염색은 꿈으로 남아 평생 후회로 남겠죠.

그럼 제게 충고한 그들의 심리를 보겠습니다. 먼저 여러분을 진심으로 깊이 생각했기 때문에 말해 준 걸까요? 저는 아니라고 생각합니다. 진심을 담아 깊이 생각해 줬다면 그 진심 어린 행동 자체에 박수를 쳐 줘야죠.

그렇다면 그들은 어떤 기준에서 이상하고 안 어울린다는 말을 할까요? 저는 그들의 심리 안에는 자신들의 모습이 '옳은 모습이라는 당위성'을 얻기 위해 여러분의 개성을 '옳지 않은 것'으로 평가하려는 마음이 있다고 봅니다.

그렇기 때문에 다른 사람도 나처럼 행동하도록 동일한 범주 안에 넣죠. 그리고 무리를 만들고 그것을 확대시켜 '보통 혹은 정상'을 만들어 내지요. 자신들의 무리와 다른 모습을 하는 사람들을 이상자로 몰아가고 문제가 있다며 공포심을 느끼게 하는 겁니다. 우리가 원하는 것을 쉽게 얻지 못하도록 막는 것이지요.

거듭 말하지만 어느 누구도 여러분이 스스로를 생각하는 것 이상으로 여러분을 생각해 주지 않습니다. 우리는 스스로가 가장 중요하고 가장 소중하죠. 그리고 누구와도 좋아하는 것이 모두 같을 수 없습니다. 무리의 입맛을 맞춘다는 것 자체가 애당초 불가능한 일이라는 겁니다. 그러면 우리는 불가능한 혹은 존재하지 않는 범주에 들려고 우리가 진정 원하는 것을 놓칠 필요가 있을까요?

타인의 충고에 반응하는 전원을 끄십시오. 그리고 자신이 좋아하는 것을 인정해 주세요. 그리고 자신이 하고 싶은 것을 실천해 보세요. 남이 아닌 내가 스스로를 인정하면 우리는 자신감이 생깁니다. 이러한 모습을 '건강한 자기애'라고 부르지요. 어느 누구보다 깊이 생각하고 결정한 행동일 테니 강력한 자신감이 생기는 겁니다.

그럼 구체적으로 자신을 바라볼 필요가 있을 것 같습니다. 자신을 머릿속으로 생각하는 것보다 나의 머릿속을 시각화하여 끄집어 낼 필요가 있습니다. 시각화를 통해 한눈에 바라보는 것입니다. 지각이라는 것은 시각을 통해 가장 많이 얻어내므로 자신에 대한 지각에 도움을 줄 수 있습니다. 그러한 면에서 마인드맵만큼 좋은 방법이 없죠.

어렸을 적 한번쯤 해 봤을 마인드맵(Mindmap)은 영국의 교육학자 토니 부잔(Tony Buzan)이 개발한 학습과 발상 방법으로 쉽게 표현하면 '생각의 지도'라고 정의할 수 있습니다. 백지 위에 키워드 혹은 중심 이미지로 주제를 적고 가지를 만들어 가며 핵심어, 이미지, 색상, 기호, 심벌 등을 사용해 방사형으로 표현해 시각화하는 것입니다. 한눈에 알아볼 수 있다는 점에서 매우 좋은 도구죠.

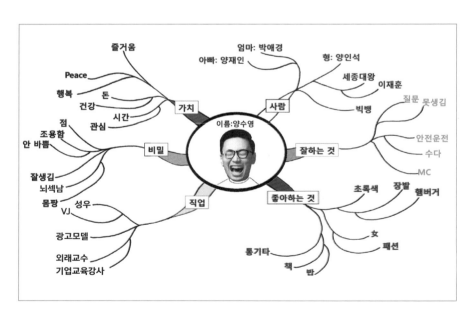

먼저 펜을 가져와 여러분의 이름을 가운데에 큼지막하게 씁니다. 그리고 각각의 주제에 맞춰 자신의 생각의 지도를 완성해 보겠습니다. 그리고 최대한 많이 자신의 정보를 기입해 보겠습니다.

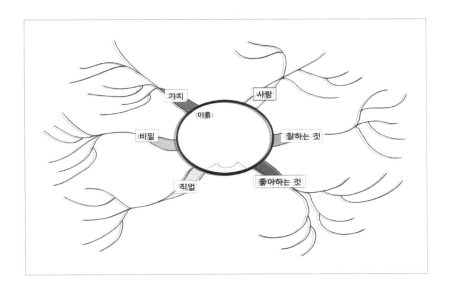

기입을 마쳤다면 자신을 한눈에 들여다볼 수 있을 겁니다. 다양한 정보 중 남들의 시선에 의해 발전한 요소도 있고 남들과는 조금 다른 나만의 요소들이 섞여 있을 겁니다.

우리는 관종을 지향하죠? 내가 온전히 좋아하는 것을 발전시킬 겁니다. 여러분이 생각했을 때 남들과는 다른 혹은 조금은 눈치 봤던 요소를 체크해 보겠습니다.

그리고 '관종 그리드'라는 제가 고안해 낸 도구를 이용해 나만의 매력으로 발전시킬 수 있는 관종 요소를 파악하겠습니다.

방법은 다음과 같습니다.

1) 나의 관심종자 요소 7가지를 적습니다.

2) 각 요인별로 1~10점까지 현재 실행 정도에 대한 점수를 매긴다.

3) 한눈에 보기 위해 결과치를 하나의 선으로 잇는다.

4) 가장 실행이 어려운 3가지를 해당란에 기록한다.

5) 향상시킬 구체적인 실행계획을 수립한다.

여기 당신을 위한 관종그리드가 준비되어 있네요! 한번 적어 볼까요?

관심종자가 될 만한 요소는?

1. 녹색 덕후

2. 장발 헤어스타일

낮음				실행력					높음
1	2	3	4	5	6	7	8	9	10

가장 실행이 어려운 3가지

1. 장발 헤어스타일 (실행력 1점)

실행계획

1) 머리를 기를 수 있는 환경인지 확인
2) 스타일, 머리카락 기장, 기르는 데 걸리는 시간 파악(장발/귀밑 10cm/10개월)
3) 10개월 동안 보기 좋게 기를 수 있는 방법 찾기(파마/유학)
4) 파마 잘하는 곳과 비용에 따른 미장원 탐색
5) 예약 후 파마

이처럼 내가 인정하는 좋아하는 요소들을 좀 더 노출시키는 구체적인 실행 계획을 통해 하지 못했던 관종짓을 서서히 해 보는 겁니다. 동시에 자신의 개성과 존재감을 표출해 보는 거죠. 그렇게 실행하다 보면 차츰 남들의 시선에 무뎌질 것이고, 나아가 자신이 원하는 행동에 대한 남들의 시선은 중요해 보이지 않을 것입니다. 남에게 피해 주지 않고 자신의 자아실현도 이룰 수 있는 좋은 관심종자가 되는 것이지요.

관심종자가 될 만한 요소는?	낮음				실행력				높음	
	1	2	3	4	5	6	7	8	9	10
-------------------------	●	●	●	●	●	●	●	●	●	●
-------------------------	●	●	●	●	●	●	●	●	●	●
-------------------------	●	●	●	●	●	●	●	●	●	●
-------------------------	●	●	●	●	●	●	●	●	●	●
-------------------------	●	●	●	●	●	●	●	●	●	●
-------------------------	●	●	●	●	●	●	●	●	●	●
-------------------------	●	●	●	●	●	●	●	●	●	●

가장 실행이 어려운 3가지

실행계획

이제 제가 활용하는 좋은 관종짓을 공유합니다. 여러분들의 관종짓을 강화시키는 데 참조하시면 좋겠습니다.

아, 그전에 제가 문제를 하나 내겠습니다.
베토벤의 '운명교향곡'이 대단한 이유가 무엇일까요?

– 평론가들이 그렇게 평가했기 때문에?
– 베토벤이 귀가 들리지 않았음에도 만들었기 때문에?

아니죠. 베토벤이 그 곡을 만들었기 때문입니다.

네? 무슨 말이냐고요?
운명교향곡은 베토벤의 '실행'으로 만들어진 것입니다. 실행 없이는 그 곡이 만들어지지도, 대단해질 수도 없지요.
행복한 관심종자가 되는 것은 실행이 필요한 것입니다. 실행 없이는 관종짓도, 행복도 없습니다.
세계 1위 스포츠 브랜드가 무엇인지 아시죠?
네, 나이키입니다.
그 나이키의 30년째 이어지는 등록상표이자 핵심슬로건은 아래와 같습니다.

Just Do It!

(그냥 해!)

P.S. 그럼 다시 올라가 마인드맵과 효과성 그리드를 작성해 볼까요?

3

나만의 시그니처 만들기

2010년 4월 입대했습니다. 입대를 할 때 슬픔보다는 기대감이 컸습니다. 어차피 군대는 가야 하고 이왕 가는 거 재밌게 다녀오고 싶었지요. 그래서 긴 캠프라고 스스로 정의를 내렸습니다. 그렇게 마음먹고 나니 생각보다 힘들지 않더군요. 훈련병 수료를 할 때도 300명 조금 안 되는 인원 중에서 1등으로 수료했답니다.(자랑)

훈련병 수료 때 1등을 하면 포상휴가를 주었기 때문에 1등 자리는 치열했습니다. 훈련소에서도 아무나 주지 않겠죠? 저는 제가 받았던 이유를 관종짓에서 찾았습니다. 집단행동 하도록 엄격하게 통제하는 군대에서도 관종짓을 했지요.

먼저 이동 간 구호는 최대한 크게 외쳤습니다. 그리고 훈련병들 중에서 소대장 훈련병을 뽑았는데, 하고 싶다고 자진해서 손을 들었죠. 제일 먼저 손을 들어서 제가 됐습니다. 앞서 이야기를 꺼낸 유치원 때도 제일 먼저 손들어서 연극 주인공을 했었죠? 저의 세 살 버릇이 여든까지 가는 건 확실할 것 같습니다.

마지막 주에 훈련병의 밤이라는 시간이 있었는데 이때도 개인기를 하겠다고 나가서 장기자랑을 했죠. 뭐 이 정도지만 아무도 나대지 않는 그곳에서 저는 간부들 눈에 확실히 튀었던 것 같습니다.

수료식이 다가올 즈음 1등 수료생으로 몇 명의 후보가 있었는데 모두 불러서 제식동작을 시켜 보더군요.

'차렷! 경례! 사단장님께 받들어 총!' 등과 같이 수료식에서 대표로 할 수 있는 깜냥(?)을 테스트해 보는 시간이었습니다. 당시 저는 그렇게 잘하지는 못했습니다. 다른 동기 훈련병들이 워낙 목소리가 쩡쩡했기 때문이죠. 그런데 제가 필살기를 사용했습니다. 테스트를 마치고 나가면서 제가 미소와 함께 한마디 했습니다.

"뽑아 주셔서 감사합니다."

그러자 간부님들이 "그래." 하며 웃어 주시더군요. 그렇게 1등으로 수료를 한 기억이 있습니다.

사실 저에게 1등으로 수료한 그때보다 더 중요한 때가 있었는데요. 2주차에 찍는 사진촬영이 그때였죠. 이때 찍는 사진은 장병들의 가족들이나 지인들이 볼 수 있도록 인터넷 사이트에 올려 주었습니다. 그렇기 때문에 최대한 밝게 찍도록 강요(?)받았고 훈련병 때 몇 안 되는 자유로운 행동을 부여받아 사진을 찍을 수 있었습니다.

앞에서 찍는 친구들을 보면 V 표시를 하거나 팔짱을 끼는 듯 뭔가 어설프기도 하고 멋져 보이지 않았습니다. 순서를 기다리며 '최대한 잘 적응하고 있다는 모습'이 나올 포즈를 생각했죠. 도구를 쓸 수 없으니 손을 사용하되 최대한 저를 표현해야겠다고 생각했습니다.

저의 이름은 양수영이고 여기서 자음만 보면 ㅇㅅㅇ이죠. 군대를 가기 전에도 기타 서류에 서명을 할 때 ㅇㅅㅇ으로 서명을 하곤 했는데 이걸 살려 봐야겠다는 생각이 들더군요. 그래서 손으로 ㅇㅅㅇ을 표현해 봤습니다. 이렇게 저렇게 손 모양을 바꾸다가 다음과 같이 사진을 찍었죠.

이때부터였나요? 저는 늘 사진을 찍을 때 저 핸드사인과 함께 포즈로 찍기 시작했습니다. 처음에 찍고 나면 왜 저렇게 찍었느냐 묻죠. 그럼 ㅇㅅㅇ을 형상화한 거라고 부연설명을 하면 흥미롭게 생각하고 한 번씩 따라 해 보더군요.

그리고 저를 다시 만나면 저에게 저 손 모양을 보이며 저에게 인사하죠. 제가 따라 하라고 한 적도 없지만 지속된 노출과 스스로 따라해 봄으로 자연스럽게 저를 개성 있는 사람으로 각인하게 됩니다. 그들 스스로에게 말이죠.

이러한 것을 시그니처(Signature)라고 부릅니다. 보통은 서명과 특징이라는 의미인데, 다음과 같은 뜻도 있습니다. 시그니처란 심볼마크(symbol mark)와 로고타이프(logotype)의 의미가 합쳐진 것으로 어떤 대상을 대표할 수 있는 물건이나 모습, 상태를 말합니다.

예를 들어 아메리카드림에 큰 기여를 한 커피! 그 커피의 대명사 스타벅스를 떠올려 볼까요? 어떤 색이 먼저 떠오르시나요? 네! 초록

색입니다. 그래서 스타벅스의 시그니처 컬
러는 초록색이라 말하죠.

그리고 행위예술가 낸시랭 하면 뭐가 떠
오르나요? 그녀의 어깨에 올라와 있는 고양
이가 떠오르지 않나요? 그럼 그녀의 시그니
처 아이템은 고양이죠.

이러한 시그니처는 마케팅에 상당히 많
이 사용되죠. 당연히 자연스러운 각인을 통
해 관성적으로 특별한 이미지로 기억해 찾
게 만들려는 의도에서 말입니다. 예를 들어
스타벅스가 초록색을 유지하는 것은 환경
과 자연을 생각하는 환경경영을 지향한다

는 이미지를 심어 주기 위해서라고 하죠. 코카콜라가 시그니처 컬러
인 빨간색을 고수하는 것은 식욕을 자극하는 색이고 또한 열정적이고
에너지 넘치는 인상을 주기 위함이라 알려져 있죠.

미국의 유명 컬러테라피스트 케만쿠사는 어떤 제품에 대한 첫인상
의 60% 이상을 컬러가 결정한다고 했습니다. 시각이 오감 중에서 차
지하는 비중이 50%나 되기 때문이지요.

브랜드뿐만 아니라 저도 초록색을 제 시그니처 컬러로 삼고 있죠.
자연스러움과 눈을 편안하게 해주는 색이죠. 신호등이나 비상구를 보
면 초록색이죠? 뭔가 정의로움과 배려에 대한 색으로 인식되기 때문
에 저도 활용하고 있습니다.

제가 초록색 아이템과 ㅇㅅㅇ 핸드사인을 사용해서 말하지 않고 저를 표현하는 것처럼 낸시랭과 제이지도 시그니처를 활용하며 추가적인 의미부여를 하고 있죠.

낸시랭의 경우 고양이 인형에 대해 한 매체를 통해 다음과 같이 인터뷰했습니다.

"제가 사랑하는 분신 같은 존재예요. 일본에서 만나게 됐어요. 지금 아홉 살 정도 됐어요. 이름을 코코샤넬로 지은 이유는 혁신적인 고양이가 되라는 의미였어요. 코코샤넬 브랜드의 디자이너가 가브리엘 샤넬이잖아요? 그 디자이너가 굉장히 혁신적인 분이거든요. 저지를 사용한 복식의 세계를 보여 주면서 상류층의 각광을 받아 커 나가게 된 디자이너였기 때문에 코코샤넬도 혁신적인 고양이가 되길 바랐어요."

확실히 그녀에게 고양이는 그녀를 깊이 기억하도록 만드는 좋은 시그니처가 되었죠.

예전에 한 힙합클럽에 간 적이 있습니다. 당시 미국의 힙합대부 제이지 노래가 나오자 모두 손으로 다이아몬드 모양을 그리며 제이지를 추앙하는 모습을 보았죠. 제이지가 없었는데도 말입니다. 그들을 지배하는 막강한 교주가 등장한 것과 같은 인상을 주었죠.

제이지의 손동작은 다이아몬드를 형상화하고 있죠? 우리가 알고 있는 한 다이아몬드는 비싼 보석으로 떠오르죠. 그는 로카펠라(Roc-A-Fella)라는 음악회사를 설립하는데요. 그 이름도 석유 재벌인 록커펠러의 이름에서 따온 것으로 알려져 있죠. 그렇기 때문에 제이지의 핸드 사인은 자신과 회사를 표현함과 동시에 다이아몬드를 쓸어 담을 수 있는 재력가의 의미 부여를 추가로 한다고 볼 수 있죠.

스타벅스나 낸시랭, 제이지 모두 자신의 브랜드를 더욱 강화시키고 한번 더 기억하도록 시그니처를 이용했죠. 물론 저도 마찬가지입니다.

이는 매우 손쉽게 할 수 있는 관종짓입니다. 남들과 다르면서 거부감을 주지도 않고 개성을 나타낼 수 있죠. 하지만 시그니처가 각인되기 위해서 가장 중요한 것은 '지속성'입니다.

대한민국에서 가장 좋지 못한 이미지에서 방송사 예능대상까지 받은 김구라 씨가 TV특강 쇼에서 한 말이 있습니다. 돌아이 짓을 꾸준히

하다 보니 지금의 자리에까지 오르게 되었다. 그렇기 때문에 여러분도 하고 싶은 일에 확신이 있다면 돌아이 짓도 꾸준히 하라고 했지요.

거기에 덧붙여서 삶은 평범하게 살아가되, 일은 남들과 다르게 하라고 말하며 제가 바라는 관심종자와 뜻을 같이했죠.

처음에 할 때는 사람들이 이게 뭐지? 할 수 있지만 그냥 하는 겁니

다. 언제까지? 당연해질 때까지 말입니다. 그러면 여러분은 당연히 개성 강한 관종이 되어 있을 겁니다. 혹시 돌아이라는 말을 들을까 두려워하지 마세요. 요즘 돌아이라는 말만큼 개성 강함을 표현하는 좋은 칭찬이 어디 있나요?

시그니처 만들기, 어렵지 않습니다. 말 나온 김에 지금 한번 떠올려 볼까요? 여러분에게는 어떤 시그니처가 나올지 상당히 기대됩니다. 당장 보여 주세요! 현기증 난단 말이에요!

4

비난을 피하고 관심 받는 법

J라는 친구가 있습니다. J는 연예계 매니지먼트에 종사하고 있죠. 그리고 꽤나 똑똑한 친구입니다. 연예계뿐 아니라 다양한 분야에 아는 게 많았죠. 뭐든지 아는 것처럼 늘 당당한 자신감이 있었죠. 한번은 또 다른 친구가 J에게 부탁을 했습니다. 부탁한 친구의 회사 대표 딸이 유명 아이돌그룹을 좋아하니 그 아이돌의 사인CD를 얻어 달라는 부탁이었죠. 워낙 유명한 아이돌이었지만 J친구는 알겠다고 했습니다. 그리곤 일주일 안에 사인CD을 받아 준다고 그 자리에서 약속했죠. 부탁한 친구는 회사 대표에게 일주일 후면 받을 수 있을 거라 전했고 기뻐하는 대표를 보며 만족감을 느꼈죠.

5일쯤 지나서 어떻게 됐냐고 부탁한 친구는 J에게 물었죠. J는 조금 기다리면 된다고 걱정 말라고 했다죠. 그리고 6일째 밤이 지나고 7일째가 가까워지니 불안해진 친구는 J에게 진척 상황을 물었는데 연락이 되질 않는 겁니다. 당황한 친구는 빠르게 다른 방법을 찾았고 S라는 친구가 그 유명아이돌의 안무 선생과 친분이 있다는 것을 알았죠.

S친구는 잘생겼지만 재미가 없어서 얼굴이 아깝다는 이야기를 듣는 친구였습니다. S친구는 부탁의 말을 듣고 그 자리에서 통화를 해서 퀵서비스 배달로 사인CD를 부탁한 친구에게 보내 줬습니다. 이후 J라는 친구는 친구들 사이에서 비호감으로 보이기 시작했습니다. 그리고 재미가 없던 친구는 호감형으로 친구들 사이에서 수면 위로 올라갔죠.

관심종자가 되기 위해 자존감이 꼭 필요하지만 지나친 자존감은 오히려 독이 됩니다. 고대 그리스 아리스토텔레스부터 동양의 손자(공자의 제자)까지 동서양을 막론하고 '중용'(지나치거나 모자라지 아니하고 한쪽으로 치우치지도 아니한, 떳떳하며 변함이 없는 상태나 정도)을 강조했지요. 자존감 역시 지나치면 오히려 없는 것만 못합니다.

몇 해 전, 영국 일간지 〈데일리메일〉은 인간의 세 가지 유형의 어리석은 행동을 보도했습니다. 보도를 통해 1위는 나머지 2, 3위보다 훨씬 어리석어 보인다고 덧붙였죠. 3위부터 보겠습니다.

3위. 방심이나 건성

주변 신경 안 쓰고 뭔가를 대충 대충하는 사람들. 이런 사람들과는 공적인 업무뿐 아니라 사적인 관계도 끈끈하게 맺고 싶지 않다는 생각이 들죠.

2위. 자제력 부족

무언가를 해야 할 때 하지 않거나 다르게 행동하는 경우를 말하죠.

예를 들어 약속을 해 놓고 당일이 돼서 그놈의 '갑자기'가 생겨서 약속을 취소하는 책임감 없는 이들을 예로 들 수 있습니다.

대망의 1위!

1위. 자신감 넘치는 오만

이는 실제 능력보다 지나치게 큰 무언가를 하려고 하는 이들을 말하죠. 아마 J친구가 이러한 연유로 우리에게 비호감을 주었을 겁니다.

이 조사는 헝가리 부다페스트대학교의 발라즈 악젤 교수의 연구팀이 했는데요. 악젤 교수는 '가장 어리석은 짓은 자신을 과대평가하는 것'이라고 못 박았습니다. 이어 '이는 지능지수(IQ)가 낮다는 말이 아니라 사람들 눈에 당신이 어리석은 짓을 하는 것으로 보인다는 것'이라고 설명했죠. 이러한 조사는 미국의 비즈니스 네트워크 인맥 사이트 '링크드인닷컴(linkedin.com)'에도 실렸었죠.

'반드시 피해야 할 비호감을 갖게 하는 어리석은 행동 8가지'로 소개된 항목을 같이 볼까요?

1. 은근히 자기 자랑하기
2. 지나치게 심각하다
3. 감정적 압도감에 휩싸인다
4. 끊임없이 휴대전화 보기
5. 남에 대한 소문을 말하거나 험담하기

6. 마음이 닫혔다

7. 너무 빨리 많은 것을 공유하려 한다

8. SNS에서 너무 많은 것을 공유한다

위와 같은 행동을 하고 계시다면 당장 멈춰야겠죠? 그것만으로도 우리는 비난받을 거리를 없앨 수 있을 겁니다. 하지만 근본적으로 비난받는 이유는 무엇일까요? 왜 비난을 해야겠다고 생각할까요?

여러 이유가 있겠지만 기본적으로 상대의 마음을 설득시키지 못했기 때문에 비난을 받는다고 생각합니다. 내 언행이 상대방에게 설득된다면 비난받을 필요가 없겠죠. 우리의 관종짓은 상대를 설득시킬 때 비로소 부정적 감정이 아닌 긍정적 감정으로 기억될 것입니다.

그렇다면 상대방을 설득하는 방법은 무엇일까요?

애리조나 주립대학 심리학과 석좌교수이자 《설득의 심리학》 저자 로버트 치알디니 교수는 상대방들로 하여금 내 의견에 좀 더 긍정적으로 다가설 수 있도록 하는 과학적인 근거를 바탕으로 하는 다양한 사례를 포함한 6가지 법칙을 설파했는데요.

각각의 법칙을 활용하면 기업이 고객의 마음을 얻어 세일즈 하기 좋을 것 같습니다. 나아가 이러한 법칙을 충분히 관종짓에 대입해 볼 수 있을 것 같네요. 결국 상대의 마음을 얻는 맥락에서 볼 때 말이죠.

1. 상호성의 법칙

샘플을 받아 본 상품은 사게 될 가능성이 높다.

2. 일관성의 법칙

마지막보다 처음에 거절하는 것이 오히려 더 쉽다.

3. 사회적 증거의 법칙

사람들은 확신이 없는 경우, 다른 사람의 행동을 보고 자신의 의사를 결정한다. 즉, '가장 많이 팔린' 상품은 더 많이 팔릴 것이다.

4. 호감의 법칙

사람들은 자신이 호감을 갖고 있는 타인에게 "Yes"라고 답할 확률이 높아진다.

5. 권위의 법칙

불확실한 상황에서 사람들은 신뢰할 수 있는 전문가의 의견을 따르게 된다.

6. 희귀성 법칙

한정판매 시, 백화점 세일 마지막 날에 사람이 몰린다.

지금부터 공개합니다.
호감으로 설득되는 6대 관종법칙!

1. 상호성의 원칙: 관심을 받는 동시에 관심을 줘라

우리는 상호 보완적인 관계로 서로가 서로를 배려합니다. 일상생활을 예로 들겠습니다. 친구가 결혼식을 하면 찾아가 축하해 주고 축의금을 내죠. 그리고 내 결혼식 때 상대친구도 꼭 결혼식에 참석해 축의금을 주죠. 혹은 사정이 생겨 못 오더라도 다른 친구의 편을 통해 축의금을 냅니다. 이런 것이 바로 상호성이죠.

우리는 관심을 받아야 하지만 동시에 관심을 줘야 합니다. 관심이라는 것에 매달리다 보니 자신만 생각하기 마련인데 상호성의 법칙을 이용해 상대방에게도 애정 어린 관심을 줘야 하지요. 그렇게 상대도 다시 관심을 줄 것이고 이러한 관계가 증폭되며 누구와도 관심을 주고받는 좋은 관계가 형성될 것입니다.

2. 일관성의 법칙: 관종짓을 멈추지 마라

관종짓을 꾸준히 하는 것. 입 아프게 아니, 손 아프게 적었죠. 이와 일맥상통합니다. 한 번 하고 마는 관종짓은 기억되기 어렵습니다.

학습심리학의 권위자인 독일의 에빙하우스는 사람은 몇 분만 지나도 망각이 시작되며, 20분 후에는 42%의 기억이 사라지고 한 시간 후에는 56%, 하루가 지나면 66%, 일주일 후에는 75%, 한 달이 지나면 80~90% 기억을 잊는다고 했습니다. 그렇기 때문에 영구 기억 단계로 가기 위해서는 특별한 자극이 없을 때 각기 다른 상황에서 15회 정도의 반복이 이루어져야 한다고 전했죠.

꾸준히 하는 관종짓은 상대에게 영구적으로 기억될 수 있습니다. 맞다고 생각되는 것은 꾸준히 관종짓 할 것. 잊지 마세요.

3. 사회적 증거의 법칙: 당신의 추종자를 만들어라

코미디 프로그램에서 가짜 웃음을 배경음악처럼 들려 주는 것 아시나요? 여러 명의 웃음소리를 넣으면 나도 같이 웃어야 하는 동조현상이 일어나기 때문입니다. 맛집에 가면 줄을 서서 기다리는 경우가 많죠. 그런데 들어가 보니 자리가 충분히 있음에도 불구하고 사람들을 의도적으로 밖에서 기다리게 하는 경우가 있습니다. 지나가는 사람들에게 시각적으로 많은 이들이 찾는 곳이라는 점을 주입시키며 더 많은 손님을 모을 수 있는 방법이죠.

이를 통해 좋은 관종이 되는 방법을 얻을 수 있습니다. 한 사람이라도 당신의 팬을 만드는 것입니다. 그와 좋은 유대관계를 쌓는 것이지요. 대학교 때 저를 팬처럼 쫓아 다니며 좋아한 남자 후배가 있었습니다. 그는 제가 MC를 보거나 무대에 있는 모습이 멋지고 진행을 잘해서 좋았답니다.

이후 저는 졸업을 했고 그 친구는 누군가의 선배가 됐죠. 그는 학교를 다니며 자신의 후배들에게 제 이야기를 했더군요. 워낙 저를 교주처럼 따르던 친구였기 때문에 멋진 웅변술로 저를 좋게 소개했던 거죠. 우연찮게 학교를 방문했을 때, 후배들이 저를 꽤나 반겼습니다. 보통 모르는 선배가 오면 반감이 생기거나 피하기 마련인데 그런 껄끄러움 없이 새로운 후배들과 반감 없이 친해질 수 있었습니다. 이후 새로운 후배들과 번호를 교환하고 SNS로 소통도 시작했죠. 더 많은 관심이 생긴 것입니다.

저와 새로운 후배들이 좋은 관계를 맺게 된 데 8할은 저를 쫓아다닌 그 후배 덕이었죠. 그는 학교생활도 잘하고 꽤나 실력이 있어 후배들이 따랐고, 그런 믿음직한 이로부터 제 이야기를 들은 후배들은 묻지도 따지지도 않고 저를 좋게 생각해 준 것이지요.

관종은 추종자가 많아야 합니다. 그 추종자는 한순간에 생기지 않죠. 한 명 한 명 늘어날 것입니다. 여러분의 추종자는 더 많은 추종자를 부를 것입니다.

4. 호감의 법칙: 웃어라! 그리고 칭찬하라!

보통 호감 있는 사람들을 말하면 잘생기거나 예쁜 사람을 생각합니다. 맞으니까요. 외모가 뛰어난 사람들은 다른 이에게 호감을 줍니다.

미국처럼 배심원 제도를 운영하는 나라에서는 배심원들이 평결을 내리는 과정이 있죠. 이때 배심원의 무죄판결에 피의자의 외모가 매우 중요한 역할을 한다는 다수의 연구 결과가 있죠. 그런데 외모는 우리의 선택이 아니지 않습니까? 잘생기고 예쁜 외모를 가지고 있다면 좋겠지만 그러지 못한 경우는 어떻게 해야 하나요?

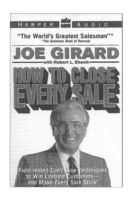

1966년부터 1977년까지 12년 동안 '자동차 판매왕' 자리를 지켰던 지라드는 하루 평균 5대 이상의 자동차를 판매하였으며, 기네스북에 '세계 최고의 자동차 판매왕'으로 기록되기까지 했죠. 그의 얼굴을 보면 디카프리오처럼 잘생긴 외모는 아니지만 참 좋은 인상을 가지고 있습니다.

바로 웃는 얼굴이죠. 전 세계 어디서나 좋은 인상은 웃는 인상입니다. 아마 인식하기도 전에 본능처럼 호감을 줄 수 있는 표정이 웃는 표정일 겁니다. 그래서 많은 서비스 기업에서 웃는 연습을 하죠. 우리도 웃는 얼굴을 해야 합니다. 그런데 잘!해야 합니다. 가짜 웃음으로 보이면 오히려 상대방의 기분이 좋지 않을 수도 있으니까요.

심리학에서는 진짜 웃음은 뒤센 웃음, 가짜 웃음은 팬암 웃음이라고 합니다. 뒤센은 프랑스의 심리학자 '기욤 뒤센'의 이름을 딴 것이고, 팬암은 팬암항공사의 승무원들이 가짜 웃음

가짜 웃음
(기욤 뒤센)

진짜 웃음

을 짓는다는 데서 지은 이름이죠. 두 웃음을 비교한 사진을 볼까요? 어떤 차이를 가지고 가짜와 진짜를 구별할 수 있을까요? 네! 바로 눈입니다.

우리의 얼굴은 일부러 미소를 지을 때 입 주위만 움직이게 됩니다. 반면, 자발적으로 나오는 웃음에는 눈이 수축하죠. 눈웃음이 진짜 웃음이라 불리는 이유입니다. 또한 우리는 눈웃음이 예쁜 사람을 특히 좋아하죠? 다 이유가 있었던 거죠.

한번 거울을 들여다보고 웃어 보시기 바랍니다. 눈가에 주름이 생기도록 방긋 말입니다. 보세요! 얼마나 보기 좋은 얼굴인지! 그런 웃음이면 얼마든지 사람들에게 호감을 줄 수 있을 것 같습니다. 치아가 보이니 생동감 있어 보이네요! 요즘같이 각박한 세상에 이런 좋은 웃음을 보여 주면 사람들이 굉장히 좋아할 것 같습니다. 연습을 하고 있을 당신을 생각하니 제가 다 기분이 좋아지네요.

아울러 칭찬도 함께 해 보는 겁니다. 칭찬은 고래도 춤추게 하죠? 좋은 인상과 함께 상대방에게 칭찬의 한마디를 건네면 더없이 좋겠죠. 하지만 칭찬도 감정 없는 칭찬으로 느껴지면 안 됩니다! 칭찬도 잘하는 방법이 있죠.

첫째, 정직하게 한다!

외모가 뛰어나지 않은 사람한테 "김태희 같아요! 정우성 같아요!" 하고 말하면 부담도 부담이지만 사람을 우습게 생각하는 줄 알고 기분 나쁠 겁니다. 따라서 그냥 좋은 칭찬이 아닌 상대에게 맞는 칭찬을 해야 합니다.

둘째, 구체적이어야 한다!

짱이에요! 와, 최고에요! 완전 멋져요! 등의 퉁(?)치는 표현보다는 구체적으로 단어를 말해 주는 것이 좋습니다. 가령 '넥타이 색이 하늘색이네요? 오늘 날씨랑 정말 잘 어울려요. 예쁘네요!' 등과 같이 말이죠.

셋째, 특별한 것이어야 한다!

누구나 들을 수 있는 칭찬보다는 상대에게 특화된 칭찬이 좀 더 진정성 있게 다가오겠죠? 예를 들어 '생각해 보니 하늘색 넥타이는 본 적도 없고 소화하는 것도 쉽지 않을 것 같은데 참 멋지네요!'와 같이 말이죠.

넷째, 상대방의 영향력을 말로 표현한다!

우리는 영향력을 끼치고 싶어 하는 본능이 있죠. 그러한 것을 해소해 주는 방법이죠. '오늘 기분이 가을 날씨였는데 메고 오신 하늘색 넥타이를 보니 다시 봄으로 돌아왔습니다. 고맙습니다.'와 같은 표현이 있겠죠.

눈가에 주름이 생기도록 웃어 주세요. 함께 칭찬도 해 주세요. 당신은 호감형 관종에 한층 가까워질 수 있습니다.

권위와 복종의 실험으로 유명한 밀그램 실험. 우리는 가운이라는 '권력'에 복종되어 있죠. 실제 우리 주변에서 볼 수 있는 가운 입은 의사들. 그들은 상당한 권위자들입니다. 내 병에 대한 의사의 소견에 반박할 수 있는 사람이 있을까요? 의사들이 의학 분야에 전문지식이 있고 똑똑한 사람이라는 권위에 우리의 생각은 '안똑똑'한 것이 되어 반박할 생각을 안 하죠. 처방해 주는 대로 약을 얻을 뿐입니다.

TV에서 의사 역할을 했던 배우의 신뢰도가 높아지는 이유도 의사의 권위 효과입니다. 실제로 의사가 아님에도 불구하고 신뢰도가 쌓였으니 말이죠. 이는 사람들이 권위의 실체뿐 아니라 권위의 상징에도 영향을 받는 것을 입증합니다. TV에 변호사, 의사와 같은 사회적으로 추앙받는 직업, 멋진 정장, 그리고 근사한 차가 등장하면 알 수 있습니다. 권력자라는 것을. 우리는 자동적으로 그렇게 받아들이죠.

실제로 권위가 없다면 우리는 어떻게 권위성의 법칙을 이용해 상대의 마음을 호감의 마음으로 설득시킬 수 있을까요? 간단합니다! 그들처럼 보일 수 있도록 옷을 입거나 행동하는 거죠. 겉멋과 속멋을 부리는 겁니다. 비교적 복장에 제한이 있는 직장에 다니는 경우라면 비싼 정장만을 찾기보다는 정돈된 머리에 구겨지지 않은 깔끔한 옷을 입고 다니는 것으로 충분하죠. 예술계에 종사하는 분들의 경우는 각자의 스타일이 있기 때문에 고수하시고요. 남성 잡지나 패션블로거들의 소식을 파악하며 트렌디한 모습이 되도록 유지해 보는 거죠. '트렌디한 것은 비쌀 거야.'라는 생각이 많은데 요즘은 저렴하고 질 좋은 의류를 판매하는 곳이 조금만 찾아봐도 참 많습니다.

하지만 가장 중요한 것은 바로 속멋입니다. 옷만 번지르르하게 입어도 행실이 바르지 못하면 권위가 묻어나오지 않습니다. 에티켓과 매너를 지켜 가며 신사 숙녀의 행동을 하는 겁니다.

영화 〈킹스맨〉을 보면 이런 대사가 나오죠. "매너가 사람을 만든다." 맞습니다. 늘 멋진 양복으로 '겉'을 꾸며도 가장 중요한 것은 '속'을 꾸미는 것입니다. 〈킹스맨〉을 보면 멋진 양복을 입기 전에 내실을 가꾸는 피나는 훈련을 통해 양복을 입을 자격이 주어지죠. 생각해 보세요. 매너와 에티켓을 지닌 관종이라니! 벌써부터 호감이 가지 않나요?

6. 희귀성의 법칙: 관종임을 밝혀라

관종 자체가 희귀성을 가지고 있죠. 자신 있게 관종이라고 외치세요. 많지 않은 관종의 시류에 몸을 맡기세요. 그것보다 가치 있는 존재로 쉽게 바뀔 수 있는 것은 없습니다. 여러분은 누가 뭐래도 스스로 원하는 것을 향유할 가치가 있어요.

《설득의 심리학》에 나온 6가지 방법을 인용해 '호감으로 설득되는 6대 관종법칙'을 완성했습니다. 비약이 있었지만 그럼에도 불구하고 우리는 상대에게 우리의 관종짓을 설득시킬 수 있을 겁니다. 관종도 전략적으로 될 수 있는 방법이 있는 거죠. 어렵지 않습니다.

나의 환경설정

친구 따라 강남 간다는 말이 있습니다. 저는 친구 따라 경기도 안성에 갔죠. 이야기는 대학교를 선택해야 하는 고3 때로 거슬러 올라갑니다. 서울 인문계 고등학교 학생들은 보통 in서울 4년제 대학을 목표로 공부하죠. 왜냐고요? 부모님이 원하고 선생님이 원했습니다. in서울은 성공을 보장한다고 가르침 받았죠. 저도 그중 하나였습니다. 내신 성적이 나쁜 편은 아니었습니다. 하지만 수능 공부를 하는 것이 참 재미없었습니다.

저는 미래에 MC나 레크리에이션 강사가 되길 바랐습니다. 그래서 고민 끝에 4년제 대학보다 내가 하고 싶은 걸 해야겠다는 호기로운 결심을 합니다.

대한민국의 MC 관련 학과를 알아보니 당시 서울에서는 서일대 레크리에이션 학과가 유명했고 지방에는 동아방송예술대학교 방송연예과에 MC 전공이 있어 그 둘을 목표로 삼았습니다. 이러한 특수 학과는 실기시험이 참 중요했는데 다행히 두 곳 모두 합격했죠.

사실 실기시험을 잘 본 것 같지는 않은데, 고등학생 때 레크리에이션 자격증을 가지고 있었고 서울시 교육청에서 주관한 큰 행사 MC를 본 이력이 있었습니다. 게다가 서울시교육청으로부터 학생MC 표창장을 받은 수상 이력이 합격에 큰 도움이 되었을 겁니다.

어쨌든 다행히도 선택을 해야 했고 지역을 안 볼 수 없었죠. 먼저 서일대는 집에서 2km 반경에 있었습니다. 매우 근접한 거리였죠. 하지만 동아방송예술대학교는 경기도 안성, 집에서 90km 떨어진 곳에 있었죠. 저는 안성에 있는 학교를 갔습니다.

왜 집에서 가까운 곳을 가지 않았냐고요? 저도 그러려고 했답니다. 그런데 가장 친한 친구가 서일대는 떨어지고 경기도 안성에 있는 두원공과대학에 붙은 거죠. 두원공대와 동아방송예술대는 3km 정도 떨어져 있는 매우 가까운 곳이었죠. 그렇게 친구를 위해(?) 전 안성에 있는 학교를 선택했습니다.

집에선 난리가 났죠. 4년제 대학교를 포기한 것도 맘에 들지 않는데 집 앞에 학교를 두고 교통비, 자취방비, 생활비 등을 내며 지방에 있는 학교를 간다니 얼마나 속상하셨겠습니까. 하지만 누가 봐도 미련했던 이 선택이 저에겐 신의 한 수로 다가옵니다.

입학하고 나니 동기들이 인기 아이돌 2PM, 비스트(현 하이라이트) 등 연예인들이었죠. 선후배들도 연예인들이 많았죠. 그 때문인지 고등학교 때까지만 해도 스스로가 못생긴 줄 몰랐는데 비로소 알았죠. 아, 내가 오징어였구나.

주위에 얼굴도 멋진데 실력 좋은 친구들이 널려 있다 보니 본능적으로 살아남아야겠다는 생각을 많이 했습니다. 그래서 얼굴과 실력을 뛰어넘을 매력적인 사람이 될 수 있는 방법을 많이 연구했습니다. 좋은 관심종자가 되고 싶었죠.

그 결과로 대학교에서 열리는 크고 작은 행사를 거의 모두 진행했던 것으로 기억납니다. 제 실력은 모르겠지만 확실히 사람들 눈에 튀었기 때문에 어떤 행사가 기획되면 'MC는 양수영!' 하고 떠오르게 된 거죠. 학교를 졸업할 때까지 많은 무대에 서며 실력이 향상됐습니다. 지금의 저는 대학교에서의 경험으로 기초를 다 만들어 냈다고 해도 과언이 아니죠. 환경이 저를 변화시켰다는 말씀입니다.

많은 분들이 아는 코이의 법칙이 있습니다. 일본의 관상어 중에 코이라는 잉어가 있죠. 이 잉어는 작은 어항에 넣어두면 5~8cm밖에 자라지 않습니다. 하지만 커다란 수족관이나 연못에 넣어 두면 15~25cm까지 자라죠. 또 강물에 방류하면 90~120cm까지 크는 것으로 알려져 있습니다. 코이가 처한 환경에 따라 작은 물고기가 되기도 하고, 대형 물고기가 되기도 하는 거죠.

제가 연예인들과 실력이 좋은 친구들 사이에 있었던 것이 저를 성장시킨 직접적인 원인인 것이죠. 이처럼 개인의 능력은 종종 스스로의 노력의 문제보다 환경의 변화로 쉽게 해결될 수 있습니다.

그래서 여러분께 제가 환경을 이용한 '넛지' 컨설팅을 해 드리겠습니다. 넛지라는 말은 팔꿈치로 옆구리를 쿡 찌르다라는 사전적인 의미를 가지고 있죠. 미국의 행동경제학자인 캐스 선스타인과 리처드

탈러의 저서인《넛지(Nudge)》에 처음으로 소개되면서 널리 알려진 말입니다.

강요에 의한 것이 아닌 자연스러운 유도와 부드러운 개입을 이용하여 긍정적인 변화를 얻어 내는 것이 넛지 컨설팅의 요지입니다. 또한 사람들에게 어떤 선택을 금지하거나 그들의 경제적 인센티브를 훼손하지 않고도 행동을 변화시키는 선택 설계자(choice architect)에 대한 중요성을 역설했죠.

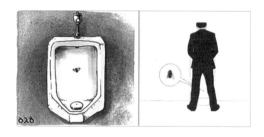

쉬운 예로 남자 화장실의 소변기에 있는 벌레 그림이 넛지효과를 이용한 디자인 설계로 볼 수 있습니다. 미국의 전 대통령인 버락 오바마도 넛지효과를 활용했죠. 강요나 복잡한 논의 절차 없이 은근한 설득으로 미국을 변화시키고 싶어 넛지의 저자 선 스타인을 고용했죠. 그는 2009년부터 2012년까지 오바마 행정부에서 규제정보국 책임자로 활약했습니다. 그는 책임자가 된 후, 정부 부처 종이서류 서명을 전자문서로 대체하고 행정 절차를 단순화했답니다. 쉽게 작성해 제출할 수 있는 서식을 허용하고 소기업 지원 프로그램을 단순화한 새로운 지침을 만들었죠. 이로 인해 미국 내 벤처 기업들의 성공을 도울 수 있었죠.

소변기부터 세계 최강대국의 정책까지 자연스러운 환경설계로 행동변화를 이끌었죠. 개인이 할 수 있는 방법은 간단합니다. 먼저 좋은 관심종자가 되기 위한 목표를 적습니다. 그리고 목표를 실행할 수 있는 환경을 만들어 주고 방해가 되는 요소는 제거하는 거죠.

목표: 책을 많이 읽는다.

이유: 관심종자는 다양한 사람들에게 사랑을 받기 때문에 광범위한 정보를 습득해 뇌섹남이 돼야 하기에

가장 큰 방해물은 무엇인가? 휴대폰

방법1: 책을 펴면 휴대폰을 끈다.

방법2: 책을 방해하는 얼굴책(페이스북) 어플을 삭제한다.

이와 같이 간단하게 여러분의 환경설계를 하는 것이죠. 우리가 관심을 받을 수 있는 능력을 키우는 데 매우 효과적입니다. 지금 한번 적어 보시죠.

건강한 관심종자 넛지 컨설팅

성장시키고 싶은 능력/목표 :

방해하는 요소 :

방법 1 :

방법 2 :

방법 3 :

#6
자신 있게 공고하라

여럿이 함께 모이는 약속을 잡게 되면 보통 제가 주동자가 되겠다고 선언하는 편입니다. 이는 관종이기 때문이기도 하지만 꼭 그것 때문만은 아닙니다. 아시다시피 모임 약속은 회비 문제부터 시간, 장소, 또 한 명 한 명 올지 안 올지에 대한 파악을 해야 하기에 여간 피곤한 게 아니죠. 그런 수고스러움이 우리를 약속의 주동자가 아닌 그 뒤에 숨어 되는 대로 맞춰 가는 주변인에 머물도록 만들죠. 네, 주변인은 일단 편합니다. 하지만 모임에 주동자가 나타나지 않는 경우 그 모임은 지속되기도 힘들뿐더러 주변인들의 우유부단한 주장 속에서 결과가 산으로 가는 경우가 많습니다. 상황이 반복되면 다들 피곤해지죠. 그래도 쉽게 주동자가 되려는 사람은 없습니다.

이러한 상황을 알기 때문에 일단 주동자가 되겠다고 말합니다. 그리고 저만 믿으라고 덧붙이죠. 다시 말하지만 주동자는 피곤합니다. 신경 쓸 일이 많아져요. 하지만 그것 외에 많은 부분이 장점이라는 것을 주동자가 돼 보면 알게 되죠.

먼저 시간과 장소는 내가 편한 대로 기준을 잡을 수 있습니다. 공지를 할 때는 내가 정한 기준에 맞춰 조금씩 조율할 필요가 있으니 참여자들에게 개별 연락을 하며 좀 더 깊은 관계를 맺을 수 있습니다. 또 주동자가 되기 때문에 모임에서 중심적인 목소리를 낼 수 있는 권한이 부여되죠. 돈은 똑같이 내는데 말입니다. 마지막으로 다 같이 마음의 평안을 얻습니다. 눈치만 보는 주변인도 없고, 혼자서 하는 저를 위해 이것저것 같이 알아봐 줄 사람들이 자발적으로 생기죠. 일단 내가 하고 보는 겁니다!

다른 이야기도 해 볼까요?

저는 이 《관심종자》 책을 쓰며 주변 지인들에게 말했습니다. 책을 사라고.(웃음) 책이 나오지도 않았는데 책 구매를 권했지요. 그리고 책의 구체적인 내용을 말하고 생각이 바뀌어야 한다는 것을 늘 설파했습니다. 어느 순간 지인들은 책이 언제 나오는지 묻더군요. 저조차도 언제 출간될지 모르는 상황이었지만 "다음 달이면 거의 다 된다."고 일단 말을 해 놓죠. 그리고 다음 달까지 완성해야겠다는 목표가 스스로에게 부여됩니다. 저는 이것을 지켜 내고 싶다는 생각이 들죠. 그리고 부족해도 이렇게 '완성'해 여러분에게 읽힐 수 있죠.

주동자도 그렇고, 책을 쓰는 것도 그렇고 저는 제 활동 계획을 공개적으로 말합니다. 완성되지도 않았고, 잘할지도 모르는 일이지만 일단 던져 놓는 거지요. 장점이 많은 관심종자가 되는 것은 우리의 한마디면 됩니다. '나는 관종이다.' 그리고 그때부터 우리는 관심종자가 되는 거예요. 이것을 심리학에서는 '공개선언 효과'라고 합니다.

이 효과에 대한 재미있는 실험이 있습니다. 미국의 네바다대학교 심리학 교수이자 행동 및 인지치료학회장을 맡고 있는 스티븐 헤이스 박사는 대학생을 대상으로 재미있는 실험을 합니다. 다음의 생각에서 시작됐죠.

'꿈을 이루기 위해서는 분명한 목표가 있어야 한다. 목표 공개 여부에 따라 학생들의 성적이 어떻게 변화하는지 알아보자.'

스티븐은 학생들을 세 그룹으로 나눕니다. 그리고 각각 다른 행동을 하도록 하죠.

첫 번째 그룹은 자기가 받고 싶은 점수를 다른 학생들 앞에서 공개한다.

두 번째 그룹은 목표 점수를 마음속으로만 생각하게 한다.

세 번째 그룹은 목표 점수에 대한 어떤 요청도 하지 않는다.

실험 결과, 재미있는 사실이 밝혀집니다. 자신의 목표를 다른 학생들 앞에서 공개한 첫 번째 그룹은 다른 두 그룹보다 눈에 띄게 높은 점수를 받은 거죠. 두 번째와 세 번째 그룹은 별 차이가 없었습니다.

이처럼 사람들이 말이나 글로 자신의 생각을 타인 앞에서 공개하면 그 생각을 끝까지 고수하려는 경향이 바로 공개선언 효과입니다. 한 번 타인 앞에서 '나는 이럴 거다.' 하고 선언하면 이미 뱉은 말이고 주워 담을 수 없기 때문에 그것을 이루려는 동기가 높아지죠. 그래서 어떤 목표를 세우고 달성하려고 할 때 이 공개선언 효과를 이용하면 성과를 낼 확률이 높아지죠. 따라서 관종이라고 공개 선언하는 것은 중요하고 필요한 것입니다.

공개선언 효과는 2가지의 특장점이 있습니다.

첫 번째, 선언한 사람은 그 약속을 지키기 위해 자신이 가진 역량을 최대한 발휘해 목표 달성을 위해 나아가죠.

두 번째, 선언을 들은 사람들은 그걸 전파하는 동시에 이루어지길 원하며 응원합니다. 이는 큰 힘을 주죠.

사실 주변에 이렇게 자신의 목표를 밝히는 경우가 많습니다. 금연을 결심하거나 다이어트를 시작하는 사람들이 그렇죠. '나, 오늘부터 금연할 거야!', '나, 내일부터 살 뺄 거야!'라고 말이죠.

하지만 여기서 의심이 들기 시작합니다. 대개 이렇게 선언한 사람들이 못 지키는 것을 많이 본 거죠.(웃음) 안타깝지만 공개선언을 한다고 모두가 결실을 이뤄 내는 것은 아닙니다. 많은 분들이 공개선언효과를 보기도 하지만 그만큼 많은 분들이 실패하기도 하죠. 대부분 실패하는 분들은 마음은 준비가 되었지만 실행력이 부족하다는 것을 알 수 있습니다. 우리가 좋은 관심종자가 되고 싶어도 실행력이 부족할 수 있다는 말입니다.

그렇다면 공개선언 효과를 좀 더 극대화해서 실행력을 높이는 방법은 무엇일까요?

1. 가능한 한 많은 사람들에게 결심과 약속을 공개한다

나를 지켜보는 눈이 많으면 많을수록 우리는 지키려는 마음이 강화된다. 예전 인기 개그코너 중 하나인 '헬스보이'에서 168kg이었던 개그맨 김수영이 70kg까지 감량했죠. 평생을 과체중으로 살아온 그지만 전 국민 앞에서 약속했기에 실행력을 발휘해 높은 성과를 본 것입니다. 최대한 많은 사람들에게 여러분의 결심을 알리세요.

2. 공개방법과 수단을 더 다양화한다

하지만 평범한 일반인이 TV에서 자신의 결심을 말하는 것은 쉽지 않죠. 우리는 세계의 눈들이 볼 수 있는 개인 SNS도 이용해 볼 수 있습니다. 얼마나 많은 사람들이 스쳐 지나가며 여러분의 글을 볼지 예상조차 안 되네요. 그리고 카카오톡 상태메시지와 다양한 채널을 통해 자신의 결심을 게시하세요.

3. 기회가 있을 때마다 반복해서 공개한다

늘 여러분의 결심을 말하는 겁니다. 여러분 스스로를 각인시키는 것이지요. 일단 각인이 되면 즉각 행동으로 연결될 수 있습니다. 영화 〈럭키〉는 눈빛만 마주쳐도 죽인다는 무시무시한 킬러가 기억상실증에 걸려 과거를 잊은 채 요리사가 되고, 배우가 되는 이야기를 그렸죠. 기억상실증에 걸리고 나서 분식집에서 일하게 되는 주인공은 칼을 잡더니 자신도 몰랐던 재주를 부려 각양각색의 김밥을 만들어 내 많은 손님을 불러 모으죠. 또 배워 본 적 없는 액션연기에서 과거 킬러의 무술실력이 나타나 감독의 눈에 띄고 멋진 배우로 성장하죠. 이처럼 과거의 자신을 모를지라도 관종이었다는 것을 알 정도로 각인하는 것은 여러분의 공개선언 효과를 극대화시킬 것입니다.

다이어트를 할 때 성공하는 친구들은 다음과 같은 대가를 말해 놓는 경우가 있습니다. '내가 먹는 걸 보면 만 원 줄게. 내가 먹으면 그 자리에서 뺨을 맞을게.' 등등 대가를 정해 놓는 거죠. 그건 내가 결심을 지키는 것과 추가로 만 원이라는 경제적 손실과 뺨을 맞는 신체적 고통을 동반하기에 좀 더 실행력을 높여 주는 방법입니다.

어떤가요. 관심종자가 되는 것이 어려운 것은 아니라는 게 느껴지시나요? 지금 당장 관밍아웃 하는 겁니다.

한번 외쳐 볼까요? 아니, 3번씩 외쳐 봅시다.

나는 좋은 관종이다!

나는 정말 좋은 관종이다!

나는 정말 진짜 좋은 관종이다!

단정 지어 말하는 것은 에너지를 불어넣는 행동이다. 특히 사람을 향해 공언했을 때 에너지를 얻어 실현할 수 있게 된다. 말을 하면 현실이 뒤따라온다. 물론 무책임하게 말하지 않고 신념을 갖고 공언해야 한다. 이때 입을 통해 나온 말은 서약과도 같다. 그렇게 하다 보면 실현하기 위해 더욱 노력하게 마련이다.

– 《물은 답을 알고 있다》 (에모토 마사루 지음) 중에서

7

함께하라

제가 군 시절에 겪었던 이야기입니다. 당시 '특급전사' 제도가 있었습니다. 지금도 있는지는 모르겠네요. 군 장병 중 체력, 사격, 정신 전력에서 우수한 장병에게 부여되는 호칭이죠. 명예 같은 거라고 생각하면 좋겠네요. 특급전사가 되면 4박 5일의 포상휴가와 동기들보다 한 달 빠른 진급을 포상으로 주기에 명예를 넘어 많은 장병들이 따고 싶어 했죠. 저도 그랬습니다.

거창한 호칭만큼이나 쉽지는 않더군요. 먼저 특급전사는 사격 90% 명중, 윗몸일으키기 2분 내 85개 이상, 팔굽혀펴기 2분 내 72개 이상, 3km 뜀걸음 12분 30초 이내라는 조건이 있답니다. 개인적으로 생각해 볼 때 윗몸일으키기나 팔굽혀펴기는 조금만 연습하면 금방 통과할 수 있었지만 사격과 뜀걸음이 참 어려웠죠.

전 어렸을 때부터 단거리는 빠른 편이었는데 장거리는 어려워했습니다. 뜀걸음 조건을 넘기기 위해 체육을 전공한 후임과 함께 긴 연습

기간을 가졌죠. 하지만 특급전사 체력 측정일 하루 전에도 몇 초 차이로 통과 조건을 맞추지 못했습니다.

특급전사 뜀걸음 측정일이 되었고 출발 신호가 내려졌습니다. 최대한 페이스 조절을 하며 호흡을 가다듬은 채 뛰기 시작했습니다. 그리고 고비의 시간이 찾아왔습니다. 마지막 30초 정도 남았을 때 운동장 반 바퀴가 남았었죠. 그대로 내달리면 충분히 들어갈 수 있었습니다. 하지만 호흡이 끝까지 차서 숨쉬기도 어려웠고 다리에 힘도 빠졌습니다. 한 발자국만 더 움직이면 몸이 부서지겠다는 생각이 들었죠. 포기해야겠다고 마음먹었죠.

그 순간 같이 연습하던 후임이 옆에 다가왔습니다. 그도 지쳐 보였지만 제게 말하더군요. 할 수 있다고 같이 끝까지 뛰자고 말이죠. 저는 눈이 돌아간 상태로 말했습니다. 안 된다고 먼저 가라고 이러다가 우리 둘 다 끝난다고 소리쳤습니다. 흡사 블록버스터 전쟁영화의 명대사처럼 말이죠. 하하.

그런데도 후임은 그냥 앞만 보고 넘어지지만 말라며 결승점까지 같이 달려 주었습니다. 저는 통과했을까요?

도착을 하고 통과시간 확인을 못했습니다. 몇 발자국 못 가 쓰러져서 누워 있었기 때문이죠. 그리고 후임이 와서 통과했다는 말을 했지만 믿지 않았습니다. 지금껏 통과해 본 적 없었고 제가 이미 중간에 포기했기 때문이죠. 호흡이 돌아와 정신을 차리고 결과지를 보니 정말로 12분 28초에 들어와 통과한 것이었습니다. 그리고 후임을 보았습니다. 땀범벅이었지만 고맙다고 말하고 진하게 안아 주었습니다. 후임은 땀 때문에 찝찝하다며 저를 내치더군요. 힘이 없어 다시 쓰러졌지만 그 자리에서 웃으며 행복했던 기억이 있습니다.

저는 그 기억이 참 오래 남습니다. 저는 그때로 다시 돌아가도 혼자서는 절대 끝까지 완주하지 못했을 겁니다. 저를 끝까지 달릴 수 있도록 해 준 것은 제 체력도, 제 의지도 아니었습니다. 오롯이 그 후임이 함께 있어 준 것이 제게 기적 같은 힘을 준 것이죠.

우리에게는 종종 이러한 일들이 있습니다. 혼자서는 하지 못할 일도 누군가의 격려, 누군가와 함께한다는 것만으로 힘이 생기죠. 관종짓도 처음에 혼자 하는 것은 상당히 겁날 수 있습니다. 말 그대로 혼자 하는 것이기 때문이죠.

이에 힘을 얻는 방법은 함께할 수 있는 사람을 찾는 것입니다. 사람은 끼리끼리 논다고 하죠? 분명히 여러분 주위에는 여러분과 비슷한 성향의 사람들이 있을 것입니다. 내가 하고 싶었던, 내가 보여 주고 싶었던 행동을 함께 과감하게 할 사람을 찾으세요. 주위에 없다면 웹사이트를 통해 내가 좋아하는 것을 똑같이 좋아하는 사람들의 모임을 찾아보거나, SNS와 같은 다양한 경로를 통해 같은 성향의 사람들을 찾아보시는 것도 도움이 됩니다.

그들과 '함께'의 힘을 얻으세요.

마케팅 이론 중에 '구매후부조화'라는 말이 있습니다. 쉽게 말해서 어느 한 제품을 구매한 뒤에 느끼는 심리적 불안감을 말하지요. 예를 들어 신발을 샀는데 '내가 보기에는 예쁜데 다른 사람들이 이상하다고 하면 어쩌지?' 하는 생각들을 말합니다. 그래서 판매 실적을 올리기 위해 마케팅에서는 고객들의 구매후부조화를 최소화시키려고 노력합니다.

그런데 이 구매후부조화가 발생하는 이유 중 하나를 보면, '전적으로 고객 자신의 의사 결정일 때' 발생하죠. 이 말인즉슨 우리는 본능적으로 누군가의 말에 의해 내 행동에 대한 옳고 그름에 영향을 받는다는 말이죠. 반대로 누군가가 괜찮다는 말을 하면 난 별로여도 남들이 괜찮다니 뭐 괜찮겠지, 라며 넘어간다는 겁니다. 이걸 이용해 우리의 관종짓에 누군가도 함께한다는 것을 눈으로 확인하면 좀 더 자신 있게 자신의 본 모습을 보여 줄 수 있다는 거죠.

나아가 우리가 함께하는 것은 굉장한 힘을 주게 됩니다. 대표적인 예가 촛불집회죠. 지금도 생각하면 가슴 벅찬 범국민적 '함께'의 힘을 보여 준 사례라고 생각됩니다.

촛불집회는 2002년 6월 주한미군의 장갑차량에 깔려 숨진 두 여자중학생의 사인 규명과 추모를 위해 같은 해 11월 처음 열린 이래 2017년 박근혜의 대통령직 탄핵에 이르기까지 한국의 대표적인 평화적 시위로 정착한 집회문화죠. 해가 진 이후에 옥외집회 또는 시위를 금지하는 법률에 저촉되는 것을 피하기 위해 문화제 형식으로 열리므로 촛불문화제라고도 불리는 대한민국의 자랑스러운 집단문화라고 생각됩니다.

'집단지성'이라는 말이 있지요. 이는 다수의 개체들이 서로 협력 혹은 경쟁을 통하여 얻게 되는 지적 능력에 의한 결과로 얻어진 집단적 능력을 말합니다. 집단지성의 예로 꿀벌과 개미의 사례를 많이 듭니다. 꿀벌은 한 마리만 보면 지능이 형편없습니다. 하지만 수백, 수천, 수만 마리가 모이면 지능이 꽤나 높은 동물처럼 조직적으로 활동하지요. 꿀벌이 커다란 집단화로 성장하기 시작하면 집단을 둘로 나눠 꿀벌 일부가 새로운 장소를 찾아 떠납니다. 꿀벌들은 어디로 옮겨갈지 결정할 때 흥미로운 방식으로 서로 소통하지요. 춤을 통해서 말입니다. 꿀벌들은 사방으로 흩어져 새로운 터전 후보지를 물색하고는 집으로 돌아와 각자 찾은 곳이 어디인지 춤으로 알리는 거죠. 마음에 들수록 더 오래 춤을 추는 것으로 밝혀졌습니다. 또한 장소를 찾기는 했는데 별로 마음에 들지 않았던 꿀벌은 다른 꿀벌의 열정적인 춤에 설득되어 추천된 장소에 가 보고 마음을 바꿔 이후에는 그 장소를 알리는 춤 대열에 동참합니다.

시간이 지나면 옮겨갈 후보지의 가짓수는 점점 줄고, 각 후보지에 동의하는 꿀벌의 숫자는 늘어나, 결국 어디로 옮길지 하나의 장소로 꿀벌들이 합의하게 됩니다. 하찮다고 생각된 꿀벌의 놀라운 집단지성이죠.

개미도 마찬가지로 집단지성을 이용하죠. 먼저 이동한 개미가 남긴 휘발성 있는 화학물질인 페로몬을 이용해 이견을 조율합니다. 그리곤 집에서 먹이까지 이동하는 시간이 가장 덜 걸리는 효율적인 경로를 찾아내죠.

꿀벌이든 개미든 사람이든 구성원들의 소통은 '함께'의 능력을 골조로 하는 집단지성이 꼭 필요합니다. 미래사회는 한 사람의 천재보다 집단지성의 힘에 의해서 움직이는 사회가 될 것이며 이미 그렇게 되고 있죠.

세계 최고 검색 사이트를 운영하는 인터넷 시대의 대표 기업인 구글. 구글의 검색결과는 정보가 얼마나 널리 연결이 되었는지에 따라 분류가 되는 시스템이죠. 이 구글에서 검색을 할 때 가장 최상단에 노출되는 것은 대부분 위키피디아 문서입니다.

위키피디아는 다들 아시겠지만 누구나 자유롭게 자신이 아는 것에 대한 지식과 정보를 올릴 수 있으며 기존에 등록된 지식과 정보를 수정, 보완할 수 있는 새로운 형식의 백과사전이죠. 위키피디아는 우선 무료입니다. 또한 글을 쓴다고 해서 원고료를 주지도 않죠. 하지만 사람들은 무던히도 자신의 지식을 방출합니다. 공동체 안에서 동지애를 위해 글을 쓰는 즐거움이 글 쓰는 목적이죠.

위키피디아와 비교되는 사전은 브리태니커 백과사전입니다. 브리태니커 백과사전은 웹사이트에 이렇게 설명되어 있죠. '브리태니커 백과사전이 있는 집은 배움이 존중받는 곳이다.' 또한 브리태니커는 노벨상과 퓰리처상 수상자들로 이루어진 편집위원회를 자랑하죠. 각자의 분야에서 최고의 자리에 오른 학자, 작가, 공무원, 예술가, 활동가들이죠. 훌륭한 비즈니스 모델이지만 〈네이처〉지에서 2005년 다음과 같은 실험을 했죠.

〈네이처〉 직원들은 브리태니커와 위키피디아에 실린 글을 일단 뛰어난 학자들에게 보내 내용을 평가해 달라고 요청했죠. 물론 학자들은 출처가 어디인지 모르는 상태로 말입니다. 실험결과에 따르면 학자들은 양쪽 모두 거의 같은 비율로 잘못된 부분이 있다고 생각했습니다. 이것은 소수의 우수한 개체나 전문가의 능력만 대단한 것이 아니라 다양성과 독립성을 가진 집단의 통합된 지성 또한 올바른 결론에 가까울 수 있다는 것을 의미합니다.

함께 ≠ 관종? NO!
함께 = 관종! YES!

관종짓 하면 개인이 하는 개별적인 행동이라는 생각이 듭니다. 하지만 이 관종짓을 모두가 하게 되면 우리의 문화가 됩니다. 개개인이 보여 주는 개성은 다를지라도 각자가 자신만의 것을 한다는 하나의 문화가 될 수 있다는 말씀입니다.

제가 군대 후임에게 얻은 함께의 힘, 꿀벌, 개미, 위키피디아 그리고 촛불집회의 힘 모두 '함께'에서 비롯되었습니다. 함께하는 것은 동기 부여를 얻는 것뿐만 아니라 혼자서는 이뤄 낼 수 없는 '문화적 변화'도 만들어 낼 수 있습니다.

우리는 소수의 우수한 개체보다 집단지성 쪽에 더욱 가까워져야 합니다. 부처가 고행 끝에 깨달음을 얻고 다시 사람들에게 돌아갔듯, 예수가 광야를 헤매다 다시 사람 사이로 들어갔듯, 니체의 차라투스트라가 산에서 시장으로 내려왔듯, 제갈량이 집에서 전쟁터로 나왔듯.

어떤 괴로움이 나에게 닥쳐 잠깐 세상과 거리를 두더라도 끝내 다시 세상과 만날 수밖에 없습니다. 이제 나와 함께할 수 있는 사람을 찾아 마음껏 함께 관종짓을 하세요!

P.S. 찾기 어렵다면 이 책을 누군가에게 선물하고 함께 실천하는 건 어떨까요? 그렇게 해 주면 정말 감사하겠습니다.(구걸구걸)

8

스스로를 믿어라

강의를 해 보면 질문하기를 꺼리는 경우를 많이 봤습니다. 다양한 이유가 있겠지요. 본인 입장에서는 완벽히 알고 있거나 혹은 이해를 전혀 못했거나 하면 질문을 하지 않겠죠. 다른 사람들의 시선을 생각하는 것이 질문하는 데 방해가 되기도 합니다. 다른 사람들이 내 질문을 이상하게 생각하면 어쩌나. 내가 질문해서 다른 사람의 시간을 빼앗는 건 아닐까.

나아가 3자 입장에서 누군가의 질문이 맘에 들지 않을 수 있습니다. 그건 단지 수업시간이 더 늘어나기 때문이 아니라 나에겐 없는 호기심과 날카로움이 그 사람에겐 있어 보이기 때문이죠. 우리의 열등감과 박탈감을 떠오르게 하니 우리는 질문하는 사람들을 쩨려봅니다.

이러한 입장 차이를 봤을 때 질문은 안 하는 것이 하는 것보다 좋겠다는 생각이 들죠. 이것은 좋은 생각은 아닌 것 같네요. 질문은 매우 중요한 학습법이기 때문입니다. 질문을 통해 상대의 생각을 들을 수 있으며, 내가 이해를 하는 데 더 많은 정보를 얻을 수 있기 때문이죠. 혹 알고 있더라도 질문을 통해 알고 있는 것을 강화할 수도 있지요.

사람은 질문을 통해 대화를 나눌 수 있지요. 인간적인 교류에 질문은 필수적이죠. 마찬가지로 교육생과 교육자가 서로 깊이 있게 통하려면 질문을 하는 것이 좋겠죠. 하지만 이것을 믿지 못하면 행동하지 못하겠죠. 여기서 믿는다는 것은 '질문이 좋은 것이다.'를 믿는 것이 아니라, '질문은 해야 한다.'를 믿는 것입니다.

이러한 태도들이 개성이 발휘되는 관심종자가 되는 것을 막습니다. 옳은 쪽에 가까운 것을 믿어야 하죠. 그리고 다른 사람과 다를지라도 나만이 좋아하는 것을 보여 주고 행하는 것은 스스로의 발전에 혹은 문화의 발전에 기여하는 좋은 행동이니 믿으셔야 합니다. 관종짓은 매우 좋은 행동에 가깝습니다.

관종짓을 방해하는 요소가 몇 가지 있는데 내 주위에 누군가가 이미 하고 있는 경우가 그중 하나죠. 상대방과 개성이 겹치는데 어떻게 해야 하냐고요? 전혀 신경 쓸 것 없습니다. 이 세상에 새로운 것은 없습니다. 먼저 관종짓 한 사람이 다른 이들에게 먼저 각인되는 게 당연하죠. 하지만 그게 무슨 상관인가요?

그냥 본인이 하고 싶은 것을 하는 겁니다. 오히려 선행자의 모습을 보고 따라 해 보며 금방 습득하고 이를 넘어서 내 것으로 소화시킨다면 그것이 더 강화된 멋진 관종짓 아니겠습니까?

세계적인 자동차 부품회사인 독일의 보쉬(Bosch)는 자신들의 세 가지 행동강령 중 한 가지를 '베끼기'라고 했습니다. 필요하다면 베끼는 행위까지도 능력으로 보고 있는 것이지요. 다른 사람이 내가 하고 싶은 관종짓을 먼저 했다고 해서 멈추지 마세요. 하는 겁니다. 일단 말이죠.

타인에 대한 배려심이 없고 인성에 문제가 있는 사람들을 말하는 '스포일드 어덜트(Spoiled Adult)'. 주위에 참 많습니다. 정말 많죠. 하지만 그런 사람들은 신경 쓰지 마십시오. 우리의 발전에 도움이 되지 않는 사람들입니다. 우리는 우리의 길을 가면 되죠. 자신이 생각하는 것이 옳다고 믿으면 상처받지 않습니다.

할리우드 인기 영화배우 모건 프리먼 아시나요? 참 좋아하는 배우인데 그가 이러한 인터뷰를 했죠. 어떤 사람이 모건 프리먼에게 물었습니다.

"누군가 당신을 깜둥이라고 욕한다면 어떻게 하시겠습니까?"

그러자 모건 프리먼이 이렇게 대답했지요.

"그건 무례한 그 사람의 문제이지 제 문제는 아닙니다. 누군가 저에게 준 것을 제가 받지 않으면 주인에게 되돌아가게 됩니다. 비난도 그렇습니다. 받지 않으면 제 것이 아닙니다."

참 멋지죠? 하지만 이러한 마음이 쉽게 생겼을까요? 모건 프리먼은 1937년에 태어났습니다. 아직까지도 인종차별의 이야기가 나오는데 당시 흑인 배우가 백인의 세상인 할리우드에서 얼마나 멸시를 받았을까요. 그럼에도 스스로의 존재와 가치를 수백 번 되뇌며 단단한 마음이 생겼겠지요.

여기서 수백 번 되뇌는 것, 이게 참 중요합니다. 자신을 믿겠다고 스스로의 입으로 말하는 것, 이것을 자기최면이라고 부르죠? 자기최면 하

면 떠오르는 올림픽 스타가 있죠? 2016년 리우데자네이루 올림픽에서 한국 최초로 펜싱 종목 에페에서 금메달을 딴 박상영 선수.

결승전 마지막 3세트에서 15점을 먼저 내면 이기는 경기에서 9:13으로 지고 있었죠. 역전하기 어렵겠다는 생각이 관중들에게 스밀 때, 그가 코트에 앉아 "할 수 있다."는 말을 반복하는 것이 카메라에 잡혔죠. 그리고 실로 마법 같은 일이 벌어지죠. 자신에 대한 믿음을 강화해 경기에 집중했고 결국 금메달을 따낸 것입니다.

할 수 있다는 믿음의 주문으로 마법이 벌어졌지만 이는 마법이 아닌 과학적 방법입니다. 인지심리학에서는 '자동처리능력'이라는 것이 있지요. 의식하지 않아도 자동으로 처리되는 능력입니다.

제가 강의를 할 때 많이 사용하는데요. 먼저 청중들에게 눈을 감도록 부탁합니다. 그리고 제가 말하는 것을 절대 상상하지 말라고 말하죠. 그리고 다음과 같이 말합니다.

노란 레몬이 있습니다. 이걸 반으로 쪼개 볼까요? 과즙이 엄청납니다. 정말 실 것 같은데요. 혀를 한번 대 보겠습니다. 아니, 한 입 베어 물게요. 많이 신가요?

이렇게 말하면 거의 대부분 노란 레몬을 상상합니다. 나아가 레몬을 먹지도 않았는데 침이 고인다고 하시는 분들도 계시고, 시다며 볼을 잡는 분들도 계시죠. 만약 레몬을 상상하지 않으려면 안 듣는 방법밖에 없지요.

우리의 감각기관과 뇌가 직렬로 연결되어 있어서 이성적 판단을 하기에 앞서 정보가 들어오면 바로 머릿속에 관련 정보가 퍼지죠. 이걸 자동처리능력이라고 합니다. 우리가 할 수 있다고 믿고 자주 되뇌는 것은 우리가 생각하기도 전에 내 몸이 그리 행동하도록 처리되기 때문에 효과를 볼 수 있는 것이죠. 우리는 확신을 가지고 자신의 개성에 당위성을 부여해야 합니다.

하지만 관종짓을 굳이 떠벌리고 다닐 필요는 없습니다. 일일이 말하고 다니지 않더라도 알 수 있는, 혹은 보이는 것이 그 사람의 개성이지요. '말보단 행동'이라는 말이 있지요. 말하고 다니기 전에 행동한다면 떠벌리는 것보다 좋은 효과를 얻을 것입니다.

수신제가치국평천하(修身齊家治國平天下)라는 공자님의 말씀이 있습니다.

'다른 사람들에게 행복을 알려주기 위해선 내가 먼저 행복을 알아야 한다.'는 의미로 받아들일 수도 있겠죠. 결국 자신을 사랑하는 것은 남을 사랑하는 것의 시작이지 않겠습니까?

하나의 행동으로 여러 곳에서 사랑을 실천하는 거랍니다. 이렇게 관종을 사랑해 보자고요.

에필로그

단어의 힘은 참 강합니다. 단어에 대해 들으면 각인된 생각이 바로 떠오르죠. 생각은 나의 행동을 지배합니다. 결국 단어의 힘이 강한 이유는 그것이 나의 행동을 통제할 수 있기 때문입니다. 이렇게 보면 관심종자라는 단어가 사회에서 부정적으로 인식되고 있는 현실은 쉽게 바뀌지는 않겠네요. 그러나 잘못됐다면 노력을 통해 바꾸어야 합니다.

이 책《관심종자》를 완성하는 중에도 관심종자에 대한 이야기를 많이 접했습니다. TV나 인터넷 등 매체를 통해, 주변 사람들을 통해 말이죠. 관심종자에 대한 인식이 조금은 긍정적으로 바뀌고 있다는 변화를 느끼고 있습니다. 좋은 미동(微動)이라 생각합니다. 하지만 아직까지도 관심종자가 부정적으로 느껴지는 것이 사실입니다.

저는 관심종자를 좋은 것으로 전했지요. 기본적 욕구인 관심을 통해 욕구를 충족시킬 수 있으며 관심 받음이 현대사회에서 득이 될 수 있음을요. 또한 진정한 자아를 찾는 길이라 했습니다. 그렇기 때문에

'좋은 관심종자'가 되기를 지향했지요.

이에 반해 피해와 불편함을 주는 관심종자는 '불편한 관심종자'로 분류했고 지양하기를 바랐습니다. 주변의 불편한 관심종자들이 관심이라는 단어에 부정성을 주니 더 이상 전파되지 않기를 바랐지요. 불편한 관심종자의 기준은 타인에 대한 배려가 없는 인간성 소멸로 보았습니다.

나아가 관밍아웃 하는 방법도 이야기 나눴습니다. 여러분 스스로가 어떠한 사람인가를 파악해 보는 시간도 있었고, 제가 가지고 있는 관종짓 노하우와 다양한 방법론을 전해 드렸죠. 관심종자가 되는 것에 도움이 되길 바라면서 말이죠. 하지만 이 책을 쓴 궁극적인 이유는 다른 사람들의 눈치를 보지 않고 '자신만의 세상을 살아가길 바라는 마음'이라고 말씀드리고 싶습니다.

다른 사람 판단에 눈치 보느라 자신의 인생을 살지 못한다면 이보다 더한 불행이 어디 있겠습니까. 관심과 눈치를 즐겨도 될 만큼 '관심받는 것은 좋은 것'이라는 인식이 확산된다면 자신의 삶을 살아가는데 도움이 될 거라 생각합니다.

눈치 보지 않는다면 자신만의 삶을 만들어 나갈 수 있겠지요.

저는 당신이 그렇게 되었으면 좋겠습니다.

당신은 멋진 사람입니다. 정말입니다. 저는 그렇게 믿습니다. 책을 통해 자신을 들여다보고 발전시키려는 모습을 보니 분명 멋진 사람임에 틀림없죠. 누가 뭐래도 저에게 그대는 멋진 사람입니다. 제 책을 읽어 주기 때문이 아닙니다.(웃음) 제가 저를 믿고 사랑하는 만큼 당신을 사랑하고 믿습니다. 이러한 제 생각은 누구도 바꿀 수 없지요. 이미 제가 그렇게 믿고 있기 때문입니다.

이제 스스로의 본모습에 반응하고 행동해 보세요. 최소한 제가 여러분의 관종인생을 응원하고 열렬히 지지합니다.

연잎 현상이라는 것이 있습니다. 연잎이 연못을 반쯤 덮을 때가 되면 그다음 날 연못에 연잎이 모두 덮인다고 하죠.

이 책이 개개인의 삶은 참으로 존중받아 마땅하다는 인식 변화에 단초가 되길 원합니다.

내가 관심에 대해 바라보는 인식이 바뀌는 것은 '티'조차 안 날 수 있습니다. 네, 아마 안 날 겁니다. 하지만 연잎 현상과 같이 어느 순간 관심이 좋은 인식으로 폭발적으로 바뀌기 시작한다면 저는 그 세상은 따뜻할 것이라 믿어 의심치 않습니다.

기대해 보고 싶습니다. 혹 시간이 걸려 우리 세대에서 이뤄 내지 못하더라도 우리의 2세는 다양성을 존중받고 각자의 개성을 발현하기 좋은 시대에 살기를 말입니다.

우리에게는 후세에게 나은 것을 전할 책임이 있지 않습니까.

그런 책임을 여러분들과 함께하고 싶습니다. 감사합니다.

관심종자

초판인쇄	2018년 7월 20일
초판발행	2018년 7월 25일

지은이	양수영
발행인	조현수
펴낸곳	도서출판 더로드
마케팅	최관호 최문섭 신성웅
편집	정민규
디자인	호기심고양이

주소	경기도 고양시 일산동구 백석2동 1301-2
	넥스빌오피스텔 704호
전화	031-925-5366~7
팩스	031-925-5368
이메일	provence70@naver.com
등록번호	제2015-000135호
등록	2015년 06월 18일

정가 15,000원
ISBN 979-11-87340-14-0